JN072611

怪奇小説集

蜘蛛

遠藤周作

角川文庫
22780

怪奇小説集

蜘蛛

目次

三つの幽霊

怪談といっても、ぼくは本当に幽霊が実在しているのか、どうか、未《いま》だにわからないのだ。今からお伝えする三つの怪談はいずれもぼく自身が体験した納得いかぬ出来事ばかりなのだが、もし読者が鼻の先きに冷笑をうかべずその謎を手紙ででも教えてくだされば本当にうれしいと思う。

「鼻の先きに冷笑をうかべ」などとは大変、失礼な言葉だが許して頂きたい。だが今まででこの話を先輩、友人に告白するたび、鼻の先きに冷笑をうかべられたことが幾度あったろう。

先日も上野《うえの》の桜肉をくわせる店で酒を飲んでいる時、作家の吉行淳之介《よしゆきじゅんのすけ》にこの体験談を物語ったら、

「フン」

とても嫌アな顔をしてそっぽ向いた。

「信じないの。信じてくれないの」ぼくはすっかりオドオドして弱い声で呟《つぶや》いたのだが、冷酷な彼は、

「うるせえな。姉ちゃん、お銚子《ちょうし》もう一本。それから桜肉も持ってきてチョウダイネ」

　また別な日、読者もおなじみの杉靖三郎《すぎやすさぶろう》博士にある座談会でおめにかかったことがある。ぼくの話をすっかり聞き終った博士はニコニコしながら、

「その夜ね、あなた食べすぎていませんでしたか」

「食べすぎた記憶はありません」

「それじゃ疲れていたんだ。そうです。体は勿論《もちろん》、頭脳も疲れていたんですね。幻覚や幻聴というものは人間が不自然な状態にある時、起るものですからね。よく考えてごらんなさい。思いだしませんか。疲れていた。そうでしょう。そうに違いない」

　杉博士はハジキ豆を口から飛ばすように物を言われる。ぼくは抗弁する暇もなく「疲れていたのかしらん」と半ば心に思いこむようになってしまう。だが一度なら兎《と》も角《かく》、この三度の体験がいずれもぼくの疲労時に起ったことではなさそうだ。

　先輩の柴田錬三郎《しばたれんざぶろう》氏はもっとひどい。

「おめえ」縁なしの眼鏡ごしにジロリとぼくを窺《うかが》いながら「またウソを言う……」

「先輩！　ウソじゃありません」

「ウソだ。ウソにきまっとる」

「困るなあ」

「そうウソばかりついておると狼少年のようになるぞ」

　断わっておくがぼくは今まで幽霊が実在しているのか、どうか未だわからない。自分

が味わったこの三つのふしぎな体験も先輩や友人の言うように幻覚・幻聴、あるいは偶然の重なり合いであればどんなによいか、わかりはしない。ただぼくが当惑しているのはあのいずれもが周囲の事情から見て幻覚や幻聴ではなかったためである。偶然の重なり合いとすれば余りに事がうますぎる。(読者は特にこの点を考えながら読んで頂きたいと思う)

もう一つ。ぼくはそれまで幽霊など信じたことのない男だった。よく、そういう話を他人からきかされても、今の吉行淳之介や柴田先輩のように「フン」と言ってソッポ向くか、唇に皮肉な微笑を浮べたものである。

勿論、相手があまり真剣になった時には「こいつは本気かもしれん」と考えたこともある。だが自分が実際、この眼で見、この耳でたしかめぬ限りは幽霊など信じることができぬという不信の念がいつも心の底に残っていたことは確かなのである。この点を特に強調しておくのは、あの三つの体験がぼくの心から勝手に生まれたものでないことを知って頂きたいためである。ぼくにもともと幽霊を信じる気持がひそんでいたならば、こういう心の迷いもありえたかもしれない。しかし、それまで妖怪変化《ようかいへんげ》の類を軽蔑《けいべつ》するぼくであった以上、この体験も決して無意識の記憶がうんだ妄想ではないらしいのである。

第一回目の経験はフランスのルーアンという町で起った。今からちょうど七年前の話である。

　ルーアンは北仏、ノルマンディにある人口、七、八万の小さな、ひっそりとした小都市だ。巴里《パリ》から汽車で二時間ほどセーヌ河の碧《あお》い流れを右左に見ながら、豊かな牧場や牧場をふちどるポプラの並木の間をゆっくりと北に進むと、突然、トンネルにはいる。そのトンネルをぬけ出た時、陽にキラキラとかがやく教会の塔やひっそりと静まりかえった甍《いらか》の中から見えてくる。それがルーアンだ。

　ぼくはその年の七月、マルセイユに上陸したばかりの留学生だった。フランスの大学は日本とちがって十月が新学期なので、まだ二ヵ月ほどの暇があった。

　その二ヵ月を利用してぼくは中仏の城を見たり、アルプスの冷たい山々にかこまれたサボア地方をめぐり、巴里に戻ったのは八月も末だった。

　巴里の夏はつまらなかった。劇場も音楽会もほとんど秋までは休んでいるし、大きな商店なども鉄の厚い鎧戸《よろいど》をおろしている。街は砂漠のように乾いて人影も少ない。それは朝鮮戦争の始まった年なので日本大使館もまだ設置されておらず、邦人の数も十人に足りない。ぼくは羅典《ラテン》区の安ホテルに一週間ほど暮していたが、あまりの退屈さにふたたび旅行に出ることを考えはじめた。

　ぼくはルーアンという町を一度、見ておきたかった。子供の時読んだ、仏蘭西《フランス》の聖女ジャンヌ・ダークが魔女として火刑に処せられたのがこの町であることも憶《おぼ》えていたし、彼女が閉じこめられた城の一部がまだ残っていることも耳にしていたからである。

そんなわけで、昼、巴里のサン・ラザール駅をたってルーアンに着いたのは午後四時頃だったと思う。駅の前の広場には真白な烈しい陽の光がふり注ぎ、キャフェのテラスでは三、四人の米国人の旅行客が汗をふきながら麦酒《ビール》のコップを眺めていた。はじめての町であるから勿論、ぼくには行く当てもない。絵葉書や土産物の人形を売っている通りをぬけて、時計町というメイン・ストリートを見物したり、古い城塔《じょうとう》や教会の周りをぐるぐる回ったりすると、もう猫の額のようなこの町が全部わかったような気がした。

いつのまにか陽が落ちていた。ぼくはセーヌ河に沿ったルーアンの小さな港にたっていた。港といっても巴里から大西洋海岸のアーブル市まで上りおりする小さな蒸気船や達磨船《だるません》が錨《いかり》をおろす波止場である。黄昏《たそがれ》の光がセーヌ河の河面《かわづら》を薔薇色《ばらいろ》にそめている。ランニング・シャツ一枚の男が木箱を肩にのせて舟に積んでいる。彼等は時々、胡散臭《うさんくさ》そうな眼つきで東洋人のぼくを窺った。

その夜、波止場ちかくの旅館に泊った。第一日目の不可解な体験はこの旅館の中でぶつかったのである。

それは港に沿った大通りの裏手にあたる小さな家だった。仏蘭西の街ではよく見かけるのだが、一階が酒場、兼安料理屋になっていて二階と三階はあまり金もない旅人を泊める旅籠屋《はたごや》だ。その黄昏、ぼくが酒場の扉を押した時も、三、四人の人夫らしいのが暗い隅のテーブルで、トランプを遊んでいた。

「部屋、ありますか」ぼくは少しオボつかない仏蘭西語でたずねた。

白い前掛をしてコップを磨いていた亭主は黙ったまま、しばらくぼくの顔を眺めていた。トランプを遊んでいた人夫たちも煙草を口にくわえたまま、こちらを見つめている。

「部屋、ありますか」もう一度、ぼくがきいた時、人夫の一人がニヤッと笑って、仲間に何かを小声でささやいた。亭主は壁にかけた部屋鍵《かぎ》をとり、相変らず無言のままぼくに差しだす。

その鍵をうけとってぼくが二階にのぼる階段をのぼりはじめると、背後で人夫の声らしいのが、

「奴の××……」

そのあとの言葉は当時のぼくにはよくわからなかった。わかっていたならば、この時、きっとある危険を予感したかもしれない。というのは「××がしぼむ」という仏蘭西語の俗語には「縮みあがる。震えあがる」という意味があるからだ。不幸にしてルーアンに着いた頃のぼくはそのような俗語が理解できるほど、仏蘭西語を知らなかったのである。

「シッ」

亭主がすぐにその言葉を制したらしいが、ぼくは別に気にもとめず二階の廊下に出た。

うす暗い、きたない部屋だった。病院によく見かける鉄製のベッドが一つ、洋服ダンスが一つ、それに水を入れる剝《は》げちょろの壺《つぼ》が枕元の小机においている。窓にちかよっ

てみると、下は埃《ほこり》をかむった夏草が生えた空地。空地の向うには工場の塀が灰色に拡っていた。

客は一人もこの家には泊っていないらしい。隣の部屋からも廊下からも物音一つ、きこえない。ぼくはベッドに腰をおろしたまま、しばらくの間、夏草の生えた空地と工場とをぼんやり眺めていた。

そのうち夜がきた。下の酒場におりてみると、人夫たちは相変らずトランプをやっている。亭主もバーテン台のうしろでコップを磨き続けている。ぼくはできるだけ彼等から離れた席でラム、オムレッツとチーズとで貧しい晩飯をくったが、その間、時々顔をあげると、人夫たちもトランプのかげからジッとこちらを窺っているようだった。勿論、その時のぼくは彼等の視線をうるさいとは思ったが、それも黄色人にたいする好奇心のためだろうと考えていたわけだ。

飯がすむと部屋に戻った。もう一度、ルーアンの街を一回りしてみようかと思ったが、出かけたところで見るものは何もない。ベッドにひっくりかえったまま、染みのついた天井を見あげていると、遠くから教会の点鐘がきこえてくる。非常に暑くるしくて、なかなか眠れない。眠れないだけではなく少し息ぐるしい。

そこで窓をあけて灯を消した。（窓のむこうは先ほども書いたように草の生え茂った空地である）シーツの中に裸の体でくるまって眼をつむった。

何時間たったのかしらぬ。夢うつつの中でぼくは先ほどよりももっと強い息苦しさを感じた。息苦しさというよりは何か太い手で胸をしめつけられていく感じである。（この感覚はよく怪談などに出てくるが、ぼくのこの時の経験からみると巷間《こうかん》の怪談や体験談に出てくる幽霊出現時の息苦しさはあながちツクリものではないように思う）

突然、ぼくは得体のしれぬ恐怖感におそわれてベッドからとび起きた。背すじを悪寒が走ったといった方がいいかもしれない。なにかわからないのだが部屋の中に人間か獣か生きたものがいるという恐怖感である。そいつは先程、開け放しにしておいた窓のかげにジッとたっているらしい。電気のスイッチを急いで探った。灯をつけた。

ダイダイ色の光に照らされた部屋の中には勿論《もちろん》、ぼく以外だれもいない。よごれた洋服ダンスとハゲちょろの水壺と、それからこのベッドがあるだけだ。窓の向うは真暗な闇である。

一匹の蛾が灯を慕って飛んできた。そいつは電球のまわりをグルグル周っていたが、急にぼくの眼の前をかすめると一直線に闇の中に消えていった。

ベッドから起きて窓にソッとよってみた。その瞬間ふたたびあの悪寒を感じたのである。窓の外の闇からとっても不愉快な生あたたかい空気が流れてくるのだ。（前は空地だし）と急いで窓をしめながら考えた。（昼間の熱気が夜の冷たい風に流されてこの窓にぶつかるのだな）勿論、この時、ぼくには幽霊のことなど少しも念頭になかった。そんなものを信じていないぼくはこういう現象を怪談風に考えたくはなかったのである。

翌朝までぼくは少しウトウトすると、教会の鐘で眼がさめ、そしてまた、浅い眠りに落ちた。やがて気がつくと烈しい日の光が窓から流れこんでくる夏の朝だった。

その昼、旅館をでた時、酒場にいた亭主は勿論、何も言わなかった。トランプで遊んでいた人夫たちも働きに出たのか、姿を消している。空地には白い埃をかむった夏草がおい茂り、その向うには灰色の塀が長く続いていた。

巴里に戻ってから一ヵ月の後、ぼくは現在名古屋《なごや》の南山大学の教授をしていられる片《かた》岡美智《おかみち》さんの下宿で偶然ルーアン出身の文科学生に紹介された。

「ルーアンは見物しましたか」と彼がきくので、

「泊りましたよ。イヤな目に会った」

ぼくはその夜の思い出を彼に語った。その時、彼はハッとした表情になったが、

「その宿屋《オテル》は？」

波止場の近くで、これこれ、と地図をかいて教えると、しばらく黙っている。

「前が空地で空地の向うは工場でした」

「そうですか。実は……」

実は、と彼が話してくれたのは、その小さな宿屋はルーアンの新聞にも載ったほど評判のホテルだったのである。空地には昔、工場が続いていた。第二次大戦の終り、ルーアンは米軍と独逸《ドイツ》軍の空襲でひどく爆撃された町だが、その時、十数人の労働者がこの空地で死んだという。空地に隣接した家では夜になると、ふしぎな事件や人間の呻《うめ》き声をきくことが屢々《しばしば》あったのだそうだ。

「イヤあね」片岡美智さんは眉《まゆ》をひそめた。「ほんとかしら」

「怪談なんて、いつもそういう尾ひれがつくものですよ」

ぼくはそう答えたが、心の中に何か不愉快なあの夜の気持が甦《よみがえ》ってきた。

これがぼくの第一の体験である。この時はまだ、あの夜の真相が死んだ労働者たちの亡霊のせいとは心底、信じる気にはなれなかった。成程、そういう事件のあったことも事実であろう。だがあの生ぬるい空気や部屋の息苦しさは空地から流れる気流のせいで、この二つが偶然重なったため、ルーアンの人々を驚かせたにちがいない——そう考えたのだった。


第二の体験はそれから一年半後の冬の夜リヨンという街でぶつかった。

その時、ぼくはリヨン市の学校に通っていた。この話が事実である証拠に住所もハッキリお教えしておきたいが、リヨン市の中心とリヨン駅との間に皿町（リュウ・ド・プラ）とよぶ通りがある。どうして皿町とよぶのかは知らない。おそらく昔この通りは、皿や茶碗《ちゃわん》をあきなう問屋が多かったためかもしれぬ。

皿町二十七番地にコウリッジ館という学生の寮がある。昔はきたない淫売《いんばい》ホテルだったのだが、リヨンの大学が買って小さな寄宿舎に改造したのだそうだ。住んでいる学生の数は二十人ほど。リヨンに着いたばかりのぼくは学校の学生課の世話で早速、この寮に部屋をもらった。

寮は四階の建物である。一階には下僕をかねた門番の老夫婦が住んでいる。二階と三階には学生の部屋がならび、四階は物置になっていた。

由来、兵営や寄宿舎には根も葉もない怪談がつきものだが、この寮はおもにカトリック信者の学生だけを入れるためか、そういう迷信じみた話は一つもなかった。

ぼくが入寮したのは秋も半ばの十月だった。それがまたたく間に暗い冬になった。リヨンの冬は暗く重くるしい。日本とちがってこの街では十一月から翌年の三月まで、一日とて晴れた日をみないのである。くる日もくる日も古綿色の雲がひくく町の屋根の上を覆っている。午後四時ごろになると、付近の湿地帯から流れてくる黄濁した霧が、街全体をつつんでしまうのである。その霧の中でリヨンは朝がくるまで静まりかえっている。

Xマスがちかづいた頃、学校では定期試験があり、その試験がすむと学生たちはそれぞれ冬休みを送りに故郷に帰省する。このコウリッジ館の舎監も学生もぼくを除くと皆、仏蘭西人だから、十二月も半ばをすぎると一人去り、二人去り、やがてぼくだけが寂しく寮に残ることとなった。

寂しいと書いたが四階建てのガランとした建物の中に独りぼっちで住む気分は寂しいどころではない。日本の家とちがって声をかければ隣家というわけにもいかぬ。廊下も部屋も急に空虚に冷たく静まりかえり、夜がふけて外出から帰った時など三階までのぼる自分の靴音がコンクリートの壁にうつろに反響するのである。勿論、一階には門番の老夫婦がいるが彼等も冬休みとなれば仕事もなくなり、扉をとじてひっそりと住んでいるからぼくと交渉はないのだ。

建物の出入口の鍵《かぎ》は門番夫婦とぼくとが一つずつ持っていた。舎監もXマスをグルノーブルの故郷で送るため、合鍵はぼくに渡して去ったのである。だから夜、床につく前ぼくはいつも三階から一階までおりて玄関の戸をしめることにしていた。

当時の日記を読みかえしてみると、最初の事件が起きたのは十二月の二十二日になっている。その朝、ぼくは門番の老夫婦から叱られたのである。

「ムッシュ、あんた、昨夜玄関の鍵をしめなかっただろ」

「冗談じゃない。しめたよ。たしかにしめましたよ」

ぼくは懸命に首をふった。

事実、その前夜（つまり二十一日の夜）ぼくは夕暮から映画を見にでかけて、戻ったのは七時すぎだった。部屋でキャマンベールのチーズと葡萄酒《ぶどうしゅ》の小瓶とで遅目の晩飯を食い、それから鍵をしめに下へおりたのである。しめたあと、神経質なぼくは二、三度ノブをまわし、扉を押して確かめることにしていた。その夜も万が一、鍵がはずれていなかったか、しっかりと調べたつもりである。

「イヤ、イヤ、扉はあいていたね」老人は頑固に言い張って肥《ふと》った女房をかえりみた。

「真夜中にだれかが階段をのぼる足音をわしらはきいたんだ」

「足音？　ふしぎだな」ぼくは首をひねって「何時頃ですか」

「午前一時だよ。わしは眼をさまして婆さんに時間をきいたんだから」

そんな筈《はず》はない。玄関をしめたあと、ぼくは部屋に戻って寝床で少し本をよんだのだが灯を消したのは十時頃である。

「あんたたちは昨夜、何時に寝ましたね」

ぼくがそう訊《たず》ねたのは、ひょっとして彼等が、鍵をしめに一階におりたぼくの足音を聞いて誤解したのではないかと考えたからである。

「昨夜？　昨夜は十一時に寝たよ」

どうもふしぎである。門番の老夫婦は頑固者だが決してウソをつく人間ではない。それに今朝、出入口の鍵をあけたのはぼくだが、この時もたしかに固くしまっていた。

二十二日の夜、ぼくはこの事件があったから、念には念を入れて鍵を回した。厚い扉を幾度も押してたしかめてもみた。それから三階の部屋に戻り、本を読みだした。

その夜はいつもより霧のひどい夜だった。窓に近づいてみると、路《みち》一つ隔てた向い側の家々が灰色にぼんやりと浮び上っている。街灯の青い灯だけがにじんで、ポツン、ポツンとたっている道路には、人影もみえなかった。

しばらくの間、ぼくは本を読みノートをつけた。部屋のスチームはもう冷えきっていたから、毛布を足にまいて寒さを防いだ。遠くで教会の鐘が十二時をならした時、やっと本を閉じて寝支度をした。

足が氷のように冷えきったためか、なかなか眠れない。こんな時、ぼくはよく眼をとじて二年前に離れた東京のこと、東京の場末の町のことを思いだすのである。あの駅からこんな路が走っていた。そして路にはこんな家、こんな店屋が並んでいた——外国で日を送った者なら誰でもこういう寂しい回想は味わうものである。

その時、静まりかえった建物の中でぼくはかすかな音をきいた。足音である。コンクリートの階段をゆっくりとのぼってくる足音である。一階から二階——二階から三階、固い靴音が次第に大きくなり、コンクリート壁につめたく反響している。

ベッドから体をあげてぼくは耳をすました。靴音は三階までくると踊場のあたりで、しばらく消えてしまったが今度は物置のある四階にむかってゆっくりとのぼっていくのである。

「誰?」とぼくは大声で叫んだ。「誰ですか?」

返事はなかった。物置部屋の戸がしまる鈍い軋《きし》んだ音だけがきこえた。

「誰?　誰ですか」

夢をみているのではないかと思ったが、夢ではなかった。手さぐりで部屋の灯をつけ、廊下にこわごわ出た。その時はリヨンの街によくいる乞食《こじき》か浮浪者が夜の塒《ねぐら》を求めて忍びこんできたぐらいに考えていたのである。

廊下には勿論《もちろん》、だれもいない。突きあたりの便所からこわれた水槽タンクの水洩《みずも》れがかすかにきこえるだけだ。

踊場には非常用のベルがあるから、ぼくは急いでボタンを押した。鋭い鈴の音が建物中に響きわたり、やがて一階の電気がパッとつく。門番が起きてくれたのである。

「四階に誰かがいる。早くきてください」

階段の手すりから顔をだしてぼくは大声で叫んだ。パジャマに外套《がいとう》をひっかけた門番は息をきらせて駆けあがってきた。

「懐中電灯は？」

「ぼくの部屋にある筈です」

二人は階段の電気という電気をすべてつけてまわった。流石に建物は真昼よりも明るくなる。その灯に勇気づけられてぼくたちは四階に駆けのぼった。

四階には二つ部屋がある。昔、ここが淫売ホテルだった時は女中部屋になっていたらしいが、今はそのいずれも物置に使っている。カビ臭い匂いがコンクリートの湿気にまじって廊下に漂っていた。

物置の戸はしまっていた。ぼくたちはその戸を蹴《け》るようにして中に飛びこんだのだが、暗い裸電球に照らされてこわれた寝台や破れたマットや手洗所の白い便器などが積みかさなっているほか、猫一匹いなかった。いや、窓が少しは開いていたが、四階のここから下の地面までとても人間は飛びおりることはできない。窓の隙間から黄色く霧が煙のように流れこんできたが……

門番とぼくとは建物のすべてを調べまわったが勿論、玄関の扉はかたく閉じられていたのである。ほかの出入口も窓も鍵はしっかりとかかっていた。あの靴音は何処から始まり、何処から去っていったのか、我々には合点がいかなかったのだ。

その夜門番夫婦は三階のぼくの部屋の隣に寝た。ぼくは兎《と》も角《かく》、老夫婦たちは非常に怯《おび》えたのである。

しかし足音はもう二度と聞えなくなった。

Xマスが終って舎監や学生が戻って来た時、ぼくらは色々とその原因を討議しあったものだが、だれ一人として見当がつかないのである。

「昔、ここの女中に惚《ほ》れた男がいてね、その死霊が霧の夜にたずねてきたのだぜ」

そんな空想談を出たらめにしゃべる者もいたが、勿論、作りばなしである。怪談というものはすべて、このように後になってだれかが創作を加えるものだから、現在、あのリヨンのコウリッジ館では学生たちが実《まこと》しやかに語り伝えているかもしれない。だが、靴音をきいたのはぼくと門番と二人であり、一人ならば空耳とか幻覚とか考えられるが、今もってあの不気味な冬の夜の事件の真相はわからないのだ。

この二つの話は外国で起ったことだから、読者の中には疑わしい気持で読まれた人もいられるかもしれない。そこで、ぼくは一昨年《おととし》の十二月にぶつかった第三番目の怖ろしい体験をどうしてもお伝えしないではいられない。

この体験は幸いなことにぼくだけではなく作家の三浦朱門《みうらしゅもん》も味わっている。ぼくの話に信用のおけぬ人は是非とも昨年、正月号、文芸春秋漫画読本に書いた三浦の一文を読んでいただきたいと思う。三浦だけではない。初めは我々の話を信じなかった曽野綾子《そのあやこ》さんの言によると彼女の友人も後日、同じ場所で全く同じような怖ろしい経験に出くわしたのだそうだ。

一昨年の十二月の終りである。ぼくは三浦朱門と伊豆《いず》に小さな旅行を試みた。ちょうど二人とも仕事が一段落ついたので、暖い海べりをブラブラ歩いてみたくなったのである。夕暮まで小田原《おだわら》で遊んだが、あの砂ぼこりのたつ殺風景な町はどうも面白くない。

「ひとまず伊東《いとう》に行こうじゃないか」小田原の珈琲店《コーヒー》でぼくは時間表をみながら、「伊東から熱川《あたがわ》にくだるのも一興だぜ」

「そうするか」

三浦もこの町には飽きたらしく素直に肯《うなず》いてくれた。

だが伊東に向かう汽車が熱海《あたみ》に停った時、急に彼は駄々をこねはじめて、

「降りようや。降りようや」

「熱海で泊ったってツマらんじゃないか」

「そりゃそうだが、俺は腹が先程から空《す》いてなあ」

三浦という男は酒も飲めず、菓子もキラいなくせに人一倍の大食漢で、熱海駅の駅弁の声をきくと腹の虫がおさまらなくなったと言うのである。

「もう、ひもじゅうて、ひもじゅうて」

そう哀願されればぼくも仕方がない。三浦のあとをついて、夕暮の熱海駅におりてし

まった。

駅前の広場には寒そうに肩をすぼめた客引きが五、六人かたまっていたが、ぼくたちは鞄《かばん》を手にしたまま、駅から北側の、山にそった山道を登りはじめた。なんだか、海岸よりの騒がしい旅館やホテルが嫌だったからである。

坂からは灯のキラめく熱海の町と黒い海とが見おろせた。むこうの灯台にも灯が明滅している。

人影のない道をのぼりつめた所に竹藪《たけやぶ》にかこまれた待合風の旅館が目についた。夕暮の風が竹をならし門から玄関までは曲りくねった暗い石段になっているが、その玄関も戸を閉じている。

「ここに泊ろうか」

少し陰気臭いが、ひっそりとした感じが悪くないので三浦にたずねると、

「うん。風呂《ふろ》と食事さえあれば、それでええわ」

玄関に指をついたのは色の白い丸顔の女中が一人。宿というよりは、友人の別荘でもたずねたような形である。

「ほかに客はいますか」

「いいえ、全部、あいております」

全部と女中は答えたが、通されてみると部屋数も四、五間しかない。玄関につづいて洋間があり、その隣がぼくたちの部屋である。

丹前に着かえて茶をすすりながら、

「宿にしてはふしぎな家だな」

「風呂も小さいのが一つしかないね」

三浦としきりに首をひねったものである。その風呂にはいり、飯をくい、飯をくったあと、二人は下手な五目ナラベをして遊んだ。それから、少し風邪気味だったぼくは、

「薬を買いにいくぜ」

三浦をさそって熱海の町におりた。町で射的をやったり、麦酒《ビール》をのんだりしたあと、宿に戻った時は十一時半も過ぎていた。

「お寝床は離れにのべてございます」

玄関をあけてくれた先ほどの女中は竹藪にかこまれた暗い建物を指さした。そう言えばさっき、この宿屋の門をくぐった時、右側にひどく陰気な離れのあったことをぼくは思いだした。

下駄《げた》をつっかけて、その離れに行くと、既に水差しや電気スタンドをはさんで寝床が二つ敷いてある。

「これは茶屋やな」三浦は丹前の襟にあごを埋《うず》めてジロジロと天井や壁を見まわしながら、

「変やなあ、入口も便所も、みな、鬼門やで」

「鬼門？　鬼門とは何だ」

「お前、鬼門を知らんのか」

彼は関西弁でくどくどと鬼門の意味を説明してくれたが、ぼくは別に聞いてもいなかった。ただ、この離れは長い間、しめきっていたとみえて、障子や畳はあたらしいが、湿った青くさい匂いが、部屋中にこもっていて不愉快だった。

寝床の中で男二人が話す話題はどうせ、ケシカらぬものである。ぼくと三浦は布団に顔をうずめてクックックッと笑った揚句、

「おい、もう寝るとするか」

スタンドの灯を消したのが十二時過ぎだったろう。闇の中で遠く熱海駅からひびくもの悲しい拡声器の声がきこえてくる。やがてぼくは旅の疲れも手伝って、眠りに落ちていった。

しばらくすると、ひどく息苦しくなってきた。胸を両手でしめつけられるような気がするのだ。(この感じは第一回目の体験、つまり、ルーアンのホテルでの感覚と非常によく似ていた)

だれかが——それも男か女かはわからないが——ぼくの耳に口を押しつけて、ひくい嗄《しわが》れた声で何かを囁《ささや》いている。「ここで、ここで俺は首をつったのだ」

今ではあの言葉を正確に思いだすことはできない。「ここで俺は自殺したのだ」だったのかもしれない。とも角、その声は自分がこの場所で死んだことをしきりに訴えていたようだ。

眼がさめた。寝汗で背中がグッショリと濡《ぬ》れている。しかし今の息ぐるしさや嗄れた声の調子はハッキリと憶《おぼ》えていた。船酔いに似た不愉快な眩暈《めまい》が頭に残っている。

(イヤな夢をみた)

とぼくは思った。恐怖感は全然なく、それよりも汗にぬれた寝巻を着かえねば風邪をひくという心配の方が大きかった。おそらく胸に手をあてて寝たため、悪い夢を見たのだろうと、ぼくはぼんやりと考えていた。

(このまま、寝たら、風邪がこじれるだろうな。こじれるだろうな)

しかし起きあがるには体がだるく、ふたたび眠りに落ちたのだが――

また、あの圧《おさ》えつけてくるような胸の重さと耳もとに口をよせて囁く声が聞えだしたのである。「ここで、ここで俺は首をつったのだ」

今度はゾッとした気持で目をあけた。先ほどよりも一層烈しく寝汗が背中を流れている。三浦の寝床からは寝息さえ聞えぬ。よほど彼を起そうかと思ったが、話したところで嘲笑《ちょうしょう》されるのが落ちである。ぼくは黙って眼をつむった。

三度目の眠りにはいった。また、同じ感じと同じ声とがはじまった。今度はぼくの胸をしめながら、しきりにその男は体をゆさぶっているようだった。男といっても勿論《もちろん》、顔、形がみえるわけではない。ルーアンでの体験と同様、そいつがそこにいることだけがハッキリと感ぜられるのである。

「三浦」遂にぼくは声をあげた。「起きてくれ、この部屋には何かあったらしい。だれかが自殺したらしい」

突然、三浦がパッと飛び起きる影が闇の中でみえた。彼はしきりに電気スタンドの鎖をさがしている。

「ほんまか、それ」

「夢ばかり見て、俺」ぼくは枕を鷲《わし》づかみにしながら「胸を押えつけやがって、自殺したと男が言うんだ」

三浦はしばらく黙っていた。それから、

「おい」と震え声で答えた。「俺も見たのや」

「見た？　何を見た？」

熱海の駅を貨物列車が通りすぎる音がかすかに聞えて来た。庭で竹藪が風にざわめいている。スタンドの暗い光にうつった三浦の顔はひどく灰色でみにくく歪《ゆが》んでいた。

「さっきから二回ほど、眠れずに眼があくたびに」彼は枕に顔を伏せながら話しはじめた。

「その部屋の隅にセルを着た若い男が後向きに坐《すわ》っているのや、俺、もうたまりかねて起そうとした時、お前が声をあげたんや」

ぼくは三浦の指す部屋の隅をみたが、勿論、そんなセルを着た男の姿はなく、スタンドの光が暗い影を壁につくっているだけだった。

突然、長い間、忘れていたルーアンの夜の思い出がぼくの心に甦《よみがえ》ってきた。ぼくが真実、幽霊の存在を信じたのはこの瞬間である。

「逃げよう」ぼくは大声で叫んだ。

寝床から敷居までは一米もないのだが、半ば腰がぬけたようで、なかなか走れない。三浦はぼくを押しのけて先に出よう、出ようとする。友情もヘッタクレもあったものではない。

「待て、これ、待たんか」

母屋の玄関までやっとたどりついた時、恐怖のためであったろう、烈しい嘔気《はきけ》に襲われた。木にもたれて、ぼくは幾度も白い水を吐いた。

このあたりで、ぼくは三浦朱門自身の口からこの経験がウソでも想像でもないことを証明してもらいたいと思う。幸い、三浦がこの事件の直後に書いた一文が手もとにあるから、その一部をここに引用しておこう。

私と遠藤周作《えんどうしゅうさく》とは雑談に疲れて熱海の町を一回りしてきた所だった。ドテラを服の上に着ていたから、海の風で顔や鼻は冷たかったけれど、身体は温かかった。私達は軽い練習を終った運動選手のような意気ごみで私達の部屋——離れだったが——に乗りこんだ。私が離れの板戸を開けて町へ行く時とは違う部屋の様子にちょっと不快な気持になったといっても、それはグローブを持って飛びだした子供がちらりと宿題のことを思いだすといった程度にすぎない。

「君はイビキをかくとか、寝相が悪いとかいう悪習があるかい」

と遠藤が聞く。もっともな質問である。

「眠りながら歌、歌ったり大声で笑ったりするらしいんや」

「俺もぶつぶつ言うらしいな。もっとも俺はそんなことはないと思うがね」

結局、寝そびれた方が損ということで一、二の三で布団にはいった。

私は寝そびれてしまったらしい。火事の時はこう逃げて地震の時は下駄を忘れまい、そんなことをぼんやり考えているうちに、遠藤がブツブツ言いはじめた。彼がブツブツ言っている限りは寝つけないような気がして腹がたつ。彼の布団をひっぺがしてやろうと思った。しかし私は半分眠っていたとみえて、身体は動かなかった……

その時、私は彼の夜具の足許に人がいるのに気がついた。うしろ向きにうなだれている人影だった。腰から下は遠藤の布団にかくれて見えない。肩の線、背中の線だけが割合はっきり見える。

後でその時のことを聞かれて、私はその人影を説明するのに困惑した。私は半分、眠っていたから、それが男か女か、という判断を下さなかったのだ。しかし、どちらだと聞かれれば男のようだった。また洋服か着物か、と言われると着物。色はと聞かれるならネズミ色。しかし私がその時、ネズミ色の着物を着た男の後ろ姿を見た、と言えば嘘になる。その時の私が意識したのはうつむいた後ろ姿、肩と背中の線といった程度である。

私ははっきりと目をあけた。夢だったのだと思った。掻巻《かいまき》で肩をつつんでいるから背広の上衣を後ろ前に着る時のように首を掻巻の襟が圧迫する。そのため変な夢を見たのだと思った。私は便所にたった。この際、少しでも負担を軽くする方が安眠できると考えたのだ。遠藤はいつの間にかブツブツ言わなくなっている。時計を見ると十二時半だった。

眠っていると、遠藤がまたうるさくなった。とんでもない奴と旅行に来たものだと私は不満だった。半分、眠った心で何度も遠藤をゆすぶろうとした。しかし私の現実の行動としては、ただ寝がえりを打ったにすぎない。

その時、今度も彼の足許に後ろ向きのうなだれた人物がいた。

私は目をさました。今度は恐ろしかった。同じ状況が二度、続いたから同じ夢を見たのだ、と自分に言い聞かせたけれど、眠気は全く去ってしまった。遠藤はまたおとなしくなった。突然、

「おい、三浦」

と彼が呼ぶ。私の返事を待たずに、

「ここで何かあったぞ。さっきから三度も出てくるんだ。『ここで、ここで死んだ』と俺をおさえつけるんだ」

彼はそれきり、また眠るらしく静かな呼吸が聞えるだけだった。私は眼を開けて闇を見つめた。歯痛のように激烈な感情が私を襲って一人では心細かった。

「俺も見たんや。君の足許に後ろ向きの人影をな」

私達は電気をつけてお互いの体験を話し合った。遠藤はねたと思うとすぐ『ここで自殺した』という声にうなされて、胸に圧迫感をおぼえたという。

「掻巻で首を締めてたからやないか」

私自身あまり信用していない説明を持ちだした。

「そんなものとは違う。僕は何度も掻巻をして寝たことがありますよ。だけどこんな目に会ったことはなかった」

彼の口もとから白い息がかすかに立っていた。明け方で冷えてきたのだ。人影が見えたあたりは電気スタンドの光が届きかねるらしく襖《ふすま》が鈍く照らし出されている。

「その辺だったよ」

私が指さすと彼は腹立たしそうに、

「よせよ、そんな話」

と煙草の袋をガサガサとさせた。

私は電気スタンドを消すのが厭《いや》だった。眠るのも厭だった。早く夜が明けるといいと思った。たかが夢だと自分を説得しようと努力した。しかし私の体中でその説得に反対するのだ。私が普段は信じてもいないことがしきりに実感を持って思い出される。海の方角が南とすると便所が鬼門で、門がこの離れの裏鬼門に当る。つまり私の心が弱ってどんな暗示にでもたやすく溺《おぼ》れてしまうような状態になっていたのだ。私はふと遠藤がカトリックの信者だったのを思いだした。

「十字を切るといいんじゃないか。この際」

「あほう、そんなもんきくかい」

三浦の文章はまだ続くが長くなるからこの辺でやめよう。読者はぼくの三回目の体験も根も葉もない作り話でないことがおわかりになったろう。

ぼくが今日も理解できないのはこの経験がぼく一人のものではないことだ。かりにぼく一人があの夜、あの胸苦しさを感じ、耳もとに男の声を聞いただけならば、それは幻聴であったと言えるかもしれぬ。しかし、同じ時刻、ほぼ同じ回数、三浦の方はセルを着た幽霊を認めたのである。三浦とぼくとの幻聴と幻覚とが偶然、重なりあったとはとても考えられないのだ。

この事件の直後、色々と奇怪な出来事があった。旅から帰ったその日からぼくは突然、原因不明の熱を八度以上もだし一週間ほど寝こんでしまったのである。三浦の方もおかしな目にあった。東京に戻った彼は早速愛妻の、曽野綾子夫人に一部始終を物語ったが、夫人は笑って信じてくれぬ。

「あなたたち、悪いことをしてきたのでそんな作り話をなさるんでしょう」

ところがその日から曽野夫人が愛用の自動車フォルクス・ヴァーゲンを運転しようとすると、いつの間にかタイヤの空気が抜けてしまっているのである。タイヤはパンクしていないし、前日、一杯に膨らましておくのだが、急にペシャンコになるのである。

(思うにこれはあの熱海の幽霊が彼の存在を信じようとしない夫人に加えた陰気な悪戯《いたずら》だったのであろう。したがってぼくの文章を読んでも、尚《なお》かつ、疑いの心を持つ読者の身には今夜から怖ろしい怪事が次々と起らぬとも限らない。用心された方がいいであろう)

だが半月たち一ヵ月たつうちに三浦もぼくも「咽喉《のど》もと過ぎれば」のたとえ通り、あの夜の怖ろしさも気味悪さも次第に忘れていった。

あれは二月も終りの夜であった。その夜、午前一時ちかい頃、ぼくは机にむかっていたのだが、突然、机上の電話が鳴りはじめた。

「もし、もし」相手は若い男の声だった。「こんな深夜、お電話をおかけして、大変、申訳ないのですが……」

ぼくは始め、うるさいなと思いながら相手の話をきいていた。けれどもその青年の声はなぜか興奮して震えていた。

「先週、私は仲間と熱海に参りましたのです。そして大変、怖ろしいものに会いました」

彼はその怖ろしいものの話を東京に戻ると友人たちに打ちあけた。すると、友人たちの一人が同じような体験を三浦という作家が雑誌に書いていたと教えてくれたそうである。

「三浦さんの電話番号がわかりませんので、電話帳でお宅の番号を調べたわけです」と彼は言った。

ぼくは青年にその熱海の宿の場所をたずねてみた。すると彼はぼくたちの泊ったあの小さな陰気な旅館の名をハッキリと言ったのである。ぼくも三浦もその旅館の迷惑を考えて、屋号だけは絶対に人にも洩《も》らさず、どこにも書かなかったから電話の青年があらかじめ知っている筈《はず》はない。この点だけでも彼がウソをついてぼくをおどかしたのではないことが明らかだった。

「どういう幽霊でした」

「それが詳しくは言えないんです。離れの中にセルを着た若い男がたっていたんです」

その言葉を聞いた時、恥しい話だがぼくの歯はカチ、カチとなりはじめたのである。

「いいですよもう、結構です。サヨナラ」

急いでぼくは受話器をおろし、耳に手をあててそっと後ろをふりかえった。まさか、とは思うが、窓にあのセルの男がじっとこちらを窺《うかが》っているような恐怖感に捉《とら》えられたのだ。

半月ほどたったある日、今度は曽野さんが「遠藤さん。あの話、やっぱり本当でしたのね」

「勿論《もちろん》ですよ」

「私、はじめは信じませんでしたの。でも、ふしぎな事があったのよ」

曽野さんの知人が、二、三日前やはり熱海で同じような経験をしたのである。ただ、今度は宿の場所がちがっていた。調べてみるとぼく等の泊った家の隣家に宿泊したらしい。するとあの幽霊は一軒の家だけではなく付近にも現われるのであろうか。

(これはどうしても調べてみねばならぬ) ぼくは決心した。(いつまでも幽霊に押されていてはかなわない)

月の仕事が終って暇になったら、もう一度、熱海のあの場所をたずねてみよう。そしてセルを着た男の前身を突きとめてみようと考えたのである。

しかし、月の仕事が終ると、別の雑用が起る。結局、ぼくが熱海にでかけたのは四月も終り、そろそろ春も終りになった頃だった。

あの日、三浦と足を曳《ひ》きずって登った坂路《さかみち》にはあたたかい午後の陽がふり注いでいる。遠くにみえる海の色もあかるく、熱海の町もキラキラと赫《かがや》いている。子供が二人、三人、声をあげながら坂の上から走りおりてくる。すると、ぼくにはこうやって熱海まで来たことが馬鹿馬鹿しい時間つぶしだったように思われてくる。(幽霊などはいなかったんだ。あれはあれでやっぱり俺たちの幻覚だったのかもしれないな)

だが折角きたのだから、せめてもう一度だけ、あの宿屋を見ておきたかった。ぼくは額ににじむ汗をふきながら、ゆっくりと坂の上まで登った。やがて見おぼえのある門と、そして竹藪《たけやぶ》とが曲り角にあらわれた。

家屋のたたずまいも石段も庭の模様も少し何処かがちがっている。あの時はもう少し陰気でガランとした家のような気がしたが、今日はなぜか空間が狭くなったように思われる。ぼくは眼をしばたたきながら考えこんだが、それは庭が青草に覆われているせいだと気がついた。そう言えばあの竹藪まであかるい葉を茂らせている。ぼくは足音をしのばせて石段をのぼったが家はひっそりと静まりかえっている。客はいないらしい。ぼくたちの寝た離れの雨戸もしまっている。

その離れの裏にそっと回ると、そこは赤土の露出した崖《がけ》だった。崖の上に先程の坂路が一回りして続いているのである。切りとった土の色から見るとこの離れはそう昔に作られたものではないような気がする。便所の窓が少し開いていたので中を覗《のぞ》いたが内側は暗くてよくわからない。

ふたたび旅館を出て、ぼくは崖の上に回った。ここからは竹藪の葉を通して宿の庭と硝子戸《ガラスど》が見おろせる。エプロンをつけた中年の女が小さな男の子をつれて庭を歩いていた。三浦と泊った時にはついぞ、出会わなかった人である。

夕暮になってからぼくはこの宿から二十米ほど離れた別の旅館に部屋をとった。ここならば幽霊など決して出てくる筈もないと思われるあかるい建物だった。娯楽室には一組の男女が流行歌をかけながらピンポンをしているし、テレビの前には客や女中たちが

集まっている。ぼくは帳場でしばらく番頭と世間話をした揚句、

「あそこに待合風の宿屋があるだろう」

何気なくきりだしてみた。

「ああ、あれですか、あれは昔、別荘だったですよ。役者が住んでいましてねえ」

縁なしの眼鏡をかけた若い番頭は万年筆にインキを入れながら教えてくれた。

「役者？　どこの役者？」

「さあ、ぼく等、最近、ここに来たですからよく存じませんがねえ」

「どうして別荘を売ったんだろう」

「斜陽族でしょう」番頭は気のなさそうに答えた。ぼくは煙草を喫《す》いながら、ぼんやりと、あの離れの裏手で見た崖の色を思いだしていた。赤い土の上に午後の光がふり注いでいる。なぜか知らないが、その土の色とそこにあたっていた春の光の記憶がぼくにあの「隅田川《すみだがわ》」の一節を思いださせたのである。おそらく役者といった番頭の今の言葉がそんな連想作用をよび起したのかもしれない。

　物に狂うは、吾のみかは
　鐘に桜の　ものぐるい
　嵐に波の　ものぐるい……

翌朝、早く、ぼくは宿を出て汽車に乗った。熱海にはそれから一度も行ってはいない。

蜘《く》蛛《も》

二年前の六月の話である。

朝から霧のような雨が、音もなく、隠微にふりつづけている日曜日の夕暮れだった。日曜日だというのに私にはやりあげねばならぬ仕事があった。午前中から机にむかって、時々、眼をあげると、庭に面した硝子窓にゆっくり雨の滴がながれていくのが見えた。

六時ごろ、やっと仕事が終った。手帳をひらくと、その日は八時から四谷《よつや》の白磁庵に行くことになっている。

白磁庵では、今夜、私の叔父《おじ》が世話役をやっている小さな会合がある。別にたいした会ではない。叔父のように暇のできた重役とか医者とかが集まって、月一回、飯でも一緒にくったあと、めずらしいものを見学したり、よからぬフィルムをひそかに映したりしては悦《よろこ》んでいる物好きな会なのだ。

別にその仲間ではなかったが、私は今日、叔父に特によばれていた。今夜はいわゆる「怪談会」というもので、実際に幽霊をみたり妖怪《ようかい》に会ったりした人をゲストによんで、会員が話をきこうという趣向なのである。

わるいことにその前年の十二月……私は熱海《あたみ》に、同じ作家のMと遊びに行き、背すじに水を浴びせられるような経験をした。その友人も私も幽霊など毛頭、信じぬ男だったが、やはり二人が二人とも同じ場所でふしぎな目にあうと、さすがに奇怪な気がしたのである。奇怪とは思ったが、今もって幽霊がいるとは信じてはいない。あれはなにかの物理的な原因があって、私たちがそう錯覚したのだと考えている。

叔父はその話を今日、この白磁庵の会でしゃべってくれと電話で言ってきた。けれどもこの話は私自身、既に雑誌で書きつくしてしまったから——今更、繰りかえしてしゃべるのも億劫《おっくう》だった。面倒くさかった。


八時半ごろ、雨のなかをタクシーで四谷にむかった。霧雨は相変らず音もなく、隠微にふりつづけていた。地下鉄の工事のために、見附《みつけ》のあたりは車がこんでいて、私のタクシーもなかなか進まない。普通ならば見附から五分でいける白磁庵まで随分、手まどったのを今でも憶《おぼ》えている。

白磁庵は高橋帚庵という茶人がつくった料亭である。人にはあまり知られていないが庭もいい。精進料理もいい。

女中に案内されて連中の集まっている座敷にはいった時、怪談会は既に開かれていた。普通、こういう話は丑満刻《うしみつどき》からやるものらしいが、会員たちの中には忙しい連中もいるのであろう、夜になるとすぐ、招待したゲストの体験談をはじめたらしいのである。それでも座敷の中を真っ暗にして卓子の真ん中に毒々しいほど真っ赤なシェードをかけた洋灯をともしている。話をする人の眼や鼻がぶきみな隈《くま》どりをつくるように叔父が考えたのであろう、私にはそれが非常に馬鹿馬鹿しくみえた。

「きたね」廊下にちかい世話役の席から叔父は私に小声で言った。「そこにすわんなさい。あとで皆さんに紹介するから……」

会員たちはほとんどが中年以上の年配者だった。大きな卓子をかこんで、膝《ひざ》をついたり、煙草をすいながら神妙にゲストの話に耳を傾けている。

(暇な人たちだ……)

私はそう考えながら自らも煙草を一本、口にくわえて火をつけた。社会的にも一応地位もできた人たちが、こんな詰らぬことで時間をつぶしているのを見ると、馬鹿馬鹿しかった。

洋灯の真っ赤なシェードを前にして懸命に自分の体験談をしゃべっている男はある会社の係長だった。

五年前、この人が山形市の駅前にある旅館で出あったという話である。彼が泊まったのは二階の八畳で、隣室とは襖《ふすま》でしきってあったそうだが――

夜中にふと眼をさますと、青白い月の光のさしこむ窓のちかくに一人の老婆が彼をじっと見ていた。見ているうちにその老婆は襖まで這《は》うように歩いて姿を消してしまった。

「わたしは悪夢をみたんだろうと、考えましてな」その背のひくい男は今、思いだしても怖ろしい、というように声をひそめた。「またウトウトとしたです。眼をあける。すると、さきほどの老婆が月の光の中でまた畳に坐《すわ》っとります……」

当人は一生懸命なのであろうが、聞いている私には少しも実感が伴ってこない。恐怖感がこみあげてこないのである。聴き手の大半も私と同じように退屈しているのであろう。しきりに膝を動かしたり、話し手をただぼんやりと眺めている。

(よくある話じゃないか、田舎の宿屋で真夜中、昔その部屋で首をくくった老婆の亡霊をみる……少しも面白くない)

本当に少しも面白くなかった。私は煙草を灰皿にもみ消しながら、集まっている人の表情を観察するより仕方なかったのである。

ふと気がつくと庭にちかい隅の壁に一人の顔色のひどく青い、しかし端整な顔だちをした青年が、膝に両手をおいてこちらをじっと見つめていた。相手もあきらかに私を意識しているらしい。なぜかわからぬが私は思わず視線をそらして、

「あの人、どなたです」

小声でそっと叔父にたずねると、

「さあ、会員の誰かが連れてきたらしいな。初めての客だよ」

叔父も少しふしぎそうな顔をして首をふった。

山形の宿屋の話が終ると、今度は目黒《めぐろ》の伝研病院に勤めている阿部という小肥《こぶと》りの医

師が卓子の前に坐った。

「私は医者ですが、精神分析医ではないので、夢というものを調べたことはないんですが……」

阿部医師はそんな前おきをして、四年ほど前、身に起った事件をうちあけはじめた。

最近のあたらしい心理学の一つによると、夢というものは自分の未来に起ることを予見させてくれるのだそうである。そこで阿部医師はこの説をかいた本をよんでから、毎日、夜中に眼をさますと自分の見た夢を用意したノートに書く遊びをやってみた。

ある日、彼は――

自分の患者ではない結核の女性の臨終にたちあっている夢をみた。病院は目黒の伝研病院だったが、病室には見おぼえがない。彼は一人だけでその瘦《や》せ衰えた女性患者の手を握りながら、彼女が息を引きとっていくのを見まもっていた。夢はそこで切れて目がさめた。

「わたし、別にその時はなんにも思いませんで……いつものように、ノートにこの夢の内容と日付を書きこんどったのですが」

阿部医師もどうも話下手らしい。抑揚のない声でポツリポツリ語りつづける。

それから三ヵ月後――

彼は宿直だった。真夜中、看護婦から起された。二階の個室に長い前から入院している咽喉結核の娘の息づかいが、突然おかしくなったというのである。

急だったので担任の同僚をよぶ暇はなかった。阿部医師が病室にはいった時、娘は眼をとじて真白な腕をベッドからだらんとさげている。看護婦からカンフル注射の道具をうけとると、彼はもうこの病人は駄目だと即座に感じた。

「家族に連絡しなさい。家族に」

看護婦を電話室に走らせると、阿部医師は娘の手を握った。だがもう脈はきれていた。病室のなかには彼とこの病人以外には、だれもいなかった。

「私は突然、いつか見た夢のことを思い出しまして、なんだかゾッとしました」

思わず彼は娘の手を放した。もっとも彼はこれ以上、患者の腕を握る必要はなかったろう。病人は既に死んでいたからである。

だが、この時――

一度、力なくダランと布団に落ちた白い娘の手が、ゆっくりと動きはじめた。死後硬直で動いているのではない。まるで生きているように、ゆっくりと虫の這うように阿部医師の掌をさがしているのである。

思わず病室から廊下に走り出た彼は看護婦にぶつかった。だが、二人がふたたび部屋を覗《のぞ》いた時、暗い電灯の下で娘の死体は両手を胸にあわせて、ベッドにきちんと横たわっていたのだった。

「まあ、私は医者であります以上、科学万能主義だったのですが……、今もってあの夜のふしぎな出来事がさっぱりわかりません」

阿部医師は赤いシェードの洋灯から顔をあげると、しばらく黙って卓子の一点をみつめていた。

これは前の話より、面白かったが、医師の話術の下手なせいもあろう。それほど怖ろしいとも思えない。私の心にはそんな怪談をどうしても疑ってしまう気持が働くので、頭から信ずることがとてもできないらしい。

二本目の煙草に火をつけた。顔をあげると、さきほどの青白い顔をした青年がやはり

――じっとこちらを見つめているのである。今度は不愉快な気がして、私は横をむいた。

「この次の次が、お前にしゃべってもらう番だ。よろしく頼むよ。その時、皆さんに紹介するからな」

叔父《おじ》がそっと私に耳うちをした。

例の熱海での体験談をできるだけ簡単に話すと私は頭をさげて座敷を出た。叔父からたのまれた用事を果した以上、いつまでもこんな暇な連中と同席している気はとてもなかったからである。私には明日わたさねばならぬ、もう一つの原稿が残っていた。

「もうかえるのか」

不満そうな表情で叔父が廊下まで送ってきた。

「はあ」

女中のかけてくれたレインコートに手を入れて、私も不機嫌に肯《うなず》いた。白磁庵の玄関を出ると、外は相変らず霧雨である。雨は音もなく隠微に降りつづいていた。四谷見附の大通りを自動車が泥水をはねあげながら、幾台も通りすぎていく。考えてみると、今夜、こんな愚劣な会に顔をだしたため、時間を随分損したと思う。早く家に戻って机に向かわねばならない。

来るタクシーのどれもが客を乗せていた。雨の日はいつものことながら車をつかまえるに苦労する。私は幾度もむなしく手をあげ、レインコートの襟をたてたまま、霧雨にぬれていた。

その時、一台のダットサンが私の前にとまった。曇った窓硝子《まどガラス》に客の影が動いている。今度も駄目だ。私は諦《あきら》めて国電の駅にむかって車道を渡ろうとした。

ダットサンの扉がひらいて——

客が顔をだした。さきほど白磁庵の座敷で私をじっと凝視していたあの青白い顔の青年だった。

「どこまで」彼の声は女のように高かった。「お戻りになりますか」

私が小田急《おだきゆう》沿線の成城《せいじよう》だというと、

「ぼくは、喜多見《きたみ》ですから、およろしかったら、このタクシーに御同乗ください」

私は先刻、いささかこの青年の不作法に気を悪くしたことも忘れて、頭を何度もさげた。

タクシーは雨のなかを権田原《ごんだわら》をぬけて、外苑《がいえん》にはいる。車にはいった時から気がついていたのだが、車内にイヤアな臭気がただよっているのである。錆《さ》びた銅をかいだ時のような生臭い臭気だ。人間の血もこんな臭いがする。私はガソリンと機械の油が雨の湿気でこういう臭気を漂わせるのかと思った。

「大変な会でしたな」

私は青年に何を話してよいのかわからなかったので、アイマイな言葉で会の連中を皮肉った。だが相手は、

「いや、面白い話を伺わせて頂きまして……」

私がしゃべった話のことだろうが、少し頭を下げて礼をのべられると、こちらもイヤになる。

「とんでもない、途中で、ぼく自身、馬鹿馬鹿しくなりましてね」

雨足が少し強くなったのであろう、小石をはじくような音が右側の窓からひびいた。

運転手はだまってハンドルを握っている。車は神宮外苑《じんぐうがいえん》のなかを走っているのである。

あの生臭い臭いがまたプウンと鼻についた。青年が少し体を動かすたびにこの臭いがこもっているのである。けれども相手が顔色こそ青白いが、あまり端整な顔だちと身なりをした青年である以上、彼の体臭だとは私にはとても思えなかった。

「あの会はお初めてですか」

「ええ」青年はまた体を動かした。「知りあいの者が会員でしたから」

「ともかく退屈な集まりでしたね。怪談会というものは、みんなああいうもんでしょうね」私は自分自身のためにも弁解する必要があった。「御当人だけがコワい、コワいと思ってるのかもしれないが、きかされる方はそれほど現実感を伴いませんからね」

「はあ」

また、あの錆びた銅のようなイヤな臭いがする。

「山形の宿屋の話なんて……あんまり馬鹿馬鹿しくって、あくびが出ましたよ」

「でも伝研病院の……あのお医者さんの体験談は興味がありました」

青年は青白い顔を前にむけて、ひくい声で答えた。抑揚のない、感情のこもらぬ言いかたである。なにを考えているのか、運転台の一点をじっと見つめている。

私は話のつぎ穂を失って――

仕方なく煙草をくわえた。火をつけようとすると、

「アッ」青年はこちらをむいて叫んだ。「すみませんが火は……ぼくあ煙草の匂いが嫌いなものですから」

二人はそれから白けた気持で長い間、だまっていた。この時、私は突然、妙なことに気がついたのである。妙なことではないかもしれぬが。

とも角――膝《ひざ》の上にきちんとおいた青年の白い両手の指がひどく長いのである。指はまるで高足蜘蛛《たかあしぐも》の足のように長く細かった。その上、私を驚かしたのは、この青年が毛ぶかいということだった。白い指の関節と関節の間にこれも細長い毛が黒くかたまって

生えている。もっとも、よく考えてみればこれは珍しいことではない。神経質な都会人にはよく、こういう手の持主がいるものである。

ながい間沈黙が続いた。運転手だけが一人ハンドルを切って次々と他の車を追いぬいていく。この雨ふりにこんな速度をだしては危険だな——そう私はぼんやり思った。とも角、この青年は奇妙だった。自分で私を車にのせておきながら話をしない。煙草をすうとイヤがる。それに抑揚のないうつろな声と、体を動かすたびに漂うあの生臭い臭いである。

(なにを見てるのだろうか)

両手を膝の上において青白い顔を前にむけながら、彼がじっと見つめているものに、私はふと興味をそそられた。

それは自動車のバックミラーだった。青年はさっきから二十分あまりもバックミラーを凝視しているのである。

「もうあんな集まりに出るのはコリゴリですな」

私はもう一度、話題をつくるため、さきほどと同じ言葉を情けなさそうに繰りかえした。

「ここでした」

「え?」私は青年の口にだした言葉がよく聞きとれなかったので体を横にむけた。

「ここでしたよ」と青年は例のひくい、トーンのない声で言った。「二ヵ月前だったんです。……今夜と同じような雨のふる晩でしてね」

タクシーは上通りから成城にむかう細い道路を走っていた。このあたりから少しずつ武蔵野《むさしの》の昔の名残りである林や畠《はたけ》や農家が散在する。雨にぬれた田舎路《みち》には人影はほとんどなかった。

「ぼくは渋谷《しぶや》から車でここを通りかかったのですが。……ここまできた時、路の真中に女の人が両手をふりながらたっていましてね。運転手が思わず車をとめたんです」

青年の話によると女は窓をたたきながら成城まで行くなら車に乗せてくれないかと丁寧に頼んだそうだ。さきほどから、いくら待っても空いた車が一台も通りすぎなかったからである。レインコートの下にラップのスーツを着て、黒いハンドバッグを持った三十ちかい女だった。どこかの酒場の女かとも思えた。

「乗せたんですか」

私は少し好奇心にかられてたずねた。

「ええ」

「そりゃ、うまいこと、されましたな。きれいな女でしたか」

「ええ、でも……」青年は相変らずバックミラーをじっと見ながら無感動な声で「片面だけで」

「片面?」

車にのると女はぬれた傘をドアにたてかけてレインコートをぬいだ。雨のしずくが青年の洋服につかないように注意したのだろう。

その日のタクシーはルノーだった。バッテリーがあがるのを防ぐため、車内の灯は暗かった。二人は雨のふる日は車がつかまらぬことをおたがいに話しあった。

「そんなわけで、この路を成城の方に走っていたのです。時間も今ごろでした。ところが、ここからもう少し先きの曲り角で車がスリップしました」

突然、車輪がぬれた路を横すべりにすべると、車は一瞬、安定を失った。鋭い軋《きし》んだ音をたててタクシーは右側の畑に落ちこもうとした。

女がその時、手で青年の膝をつかむと、思わず顔をこちらにむけた。

女の顔の片半面に赤黒いブツブツの腫物《はれもの》がいっぱいできていたのである。腫物は小さい点のように額から眼《ま》ぶた、眼ぶたから頬にひろがっていた。

「ゾッとしました。車の灯は暗かったし、乗った時は腫物のない横顔しか気がつかなかったので――真赤にただれたもう一つの顔を眼にしたんですから」

青年はやはり抑揚のない声で、物語るのである。私はこれもよくある怪談の一種だと思った。私がさきほどあまり白磁庵の会を痛罵《つうば》したので、青年はとっておきの体験談をしゃべる気になったのであろう。私は小声で笑った。

「火傷《やけど》ですか。その顔のただれは」

「そうじゃあないんです」

「ほう……。皮膚病ですか」

「蜘蛛です」

「蜘蛛……」

「あなたは……」

この時、青年の顔にはじめてうすら嗤《わら》いがゆっくりとうかんだ。人を馬鹿にしたようなイヤアな嗤いだった。

「あなたはくすね蜘蛛を御存じじゃないですか」

「いいえ」

「灰色の足のながい蜘蛛です。南支那《しな》や台湾にいるのですが、九州でも山村で時々、みつかるんです。でも東京の世田谷《せたがや》にいるなんて思いもしませんでした」

「その蜘蛛が、どうかしたんですか」

「人間の皮膚に」相変らずバックミラーをみつめながら彼はひくい声で答えた。「人間の皮膚にその蜘蛛は卵を生みつけることがあるんです」

台湾や南支那で人間が眠っている夜、くすね蜘蛛は天井から黒い水のようにポタリと落ちてくる。ゆっくりと顔や手足を這《は》いまわり、適当な場所をみつけるとそこに毒のはいった歯をあてる。血を吸った痕《あと》に尻《しり》から針を出して小さな卵をうみつける。痒《かゆ》さはノミのように烈しくなく、シラミの軽口ほどの軽さだからほとんど寝ている者は眼をさまさない。卵からかえった幼虫は人間の皮膚のなかで血を養分としながら成長していくというのである。

「その女の人は、はじめは普通の皮膚病かと思っていたのだそうです。どこの病院にいっても治らない。やっと東大の皮膚科で珍しいくすね蜘蛛の嚙《か》みあとだとわかったんですね」

私は唾《つば》をのみこんで――

なにか生理的な嫌悪感にかられながら黙っていた。自分の皮膚の下に蜘蛛の無数の卵が植えつけられて、黒い幼虫がうごめきながら私の血を吸い、うごめきながら成長していく。考えただけでゾッとする話だった。

「本当ですか。その話は」

「ええ……」青年はまた、うすい嗤いを唇にうかべた。「その女の人がみせてくれたんです」

暗い車の灯の下で女は自分の醜さをわびると、ブツブツとちらばった顔の腫物の一つを指でつぶした。その小さな血のシミのついた爪に、足の五、六本はえた蜘蛛の幼虫が体を動かしていた。

「ぼくは、はっきり見ましたよ、この眼で……。女の人の血まみれの爪の上で足のはえた幼虫が動きまわるのを」

闇のなかを自動車はつき進んでいた。私は顔を右側の窓にむけて、この不愉快な話を忘れようとした。

生臭いあの臭いが、プンと鼻をかすめた。ふりかえると青年がほとんど私の首のあたりに顔を近づけていたのである。

「失礼しました。車がスリップしたものですから」

車はスリップなどしなかった。なぜ青年がこんなみえすいたウソを言うのか、私にはわからなかった。ただ彼が顔を近づけた時、あのいやな臭いとともに、背筋に水をあびせられたようなぶきみなものを感じたのである。青年はうつろな眼で私をじっと見つめている。

「ここでおります」

「ここで……喜多見にいらっしゃるんじゃなかったのですか」

「いや、急にこのすぐ近くの親類に用事を思いだしましたから……」

私はなにも言う暇などはなかった。車をとめると彼は礼儀ただしく頭をさげて、雨のけむる闇のなかに消えていった。

私はふかい溜息《ためいき》をついた。額の汗を手でぬぐって――なぜ彼がウソをついたのかをぼんやり考えたのである。

「だんな」運転手がハンドルをまわしながら声をかけた。「気持のわるい男ですな。俺あ、今、バックミラーをみてたんだが、あの男は……お客さんの」

「…………」

「お客さんの首に口をつけようとしてましたぜ。まるで血でも吸うみたいだった」

「灯をあかるくしてくれないか」

私は嘔気《はきけ》を催しながら首すじに手をあてた。せめて車内のライトをあかるくしてもらって気分を晴らそうとしたのである。

車の灯が少し強くなった。その時、私は発見したのである。たった今、青年の腰かけていた場所に……

一匹の灰色の足のながい蜘蛛《くも》が光におどろいて、走っていたのを……

黒《くろ》痣《あざ》

私は「蜘蛛」のなかで東京、目黒《めぐろ》の伝研病院に勤めていられる阿部医師のことに少し触れた。

四谷《よつや》、白磁庵の怪談会で、この医師は、自分がみた奇怪な夢が、そのまま現実の世界にあらわれた話をしてくれたのだが——

話そのものの怖ろしさは別として、最近、夢を研究している心理学者の中にはこの体験を至極もっともだという人がいるらしい。私はあの怪談会とは別の場所で、再びこの阿部医師にあったのだが、

「それは真面目な学説ですか」

とたずねてみた。

阿部医師はその風采《ふうさい》や容貌《ようぼう》をみても地味な、もの静かな人である。決してウソをついたり、話を誇張する方ではない。

「真面目な学説ですよ。今までは夢といえばフロイト流に無意識の願望や性的欲望のあらわれだと考える派が多かったのですが——夢にはそればかりではなく、人間の第七感

といいますか……自分の未来を予見するひそかな感覚が働く場所だと唱える学者もでてきたんです。私が読んだのはその一人の論文です……」

三、四日して、医師はよほどぼくを説得したかったのであろう、一冊の書物が書留小包で送られてきた。J・W・ダンヌという人の『時間と夢』という本である。

この本は決して世間によくあるハッタリとウソでかためられた空想家の文章ではなかった。まじめな学問的な心理学者の研究論文である。

このダンヌの本は私もまだ半分ほどしか読んでいないが、眼を通した限り……

我々の夜みる夢は未来の自分の経験を予見するというのである。

ダンヌはその実験のため、読者に毎晩、ねむる時、ノートと鉛筆とを枕もとにおいて床につけと奨《すす》めている。

夢はたいてい朝方にみる。長いように思える夢も実はごく数秒間に終っているのだそうだ。のみならず、人間は自分のみた夢の大半を忘れているという。

だから夢をみたら、忘れぬうちにそれを枕元のノートに書きこむようダンヌは言うのである。はじめはなかなか眼がさめぬが、この訓練を二週間もつづければ、夢が終ると同時に眠りからさめるようになる。

やがて――このノートの中に書きこまれた事が、たとえ現実にはありえぬような意外な事件でも――あなたの未来に起るだろう……そう、この本の著者は断言しているわけだ。既にこの経験を沢山の人が味わっているそうである。

私はまだこの実験を自分にやってはいない。読者の中でもし好奇心の強い方がいられたならば、私に代ってためして頂けないだろうか……

だが、今日、私が報告する実話は夢の話ではない。夢の話ではないが、今のべたことに随分、関係のあるような気が私にはするのだ……

橋本三吉は東京、大手町《おおてまち》の富士銀行六階にある大和工業の社員だった。大和工業はむかし安田工業といって、旧安田財閥の製釘《せいてい》会社だったから、読者のなかには御存じの方もいられるだろう。

橋本三吉は世田谷《せたがや》松原《まつばら》の下宿から毎日東京駅まですし詰めのバスで通う。東京駅から大手町まで歩く。八時間のあいだ、机にすわって書類を作ったり、電話をかけたり、ソロバンをはじいたあと、五時になるとふたたび東京駅まで歩く。バスに乗って松原の下宿に戻る。要するに平凡な、しかし安心のいくサラリーマンの独身青年だったのである。

生来あまり、器用で社交家とはいえぬ性格の彼は同じ社の同僚のように、マージャンや碁もやらねば、会社の帰り、飲み屋によることもなかった。

下宿に戻り、晩飯がすむと――彼はうす暗い部屋のなかでじっと坐《すわ》っている。そして貸本屋から借りてきた本を読む。時々、ラジオをつけて、できるだけ音のしないようにクイズの番組をきく。

「真面目だねえ、橋本さんは……若いんだから、時には夜あそびくらいしたらどうだね」

むかし区役所に勤めていたという下宿の親爺《おやじ》が軽蔑《けいべつ》とも皮肉ともつかぬ調子で呟《つぶや》くた

びに、橋本は厚い眼鏡の奥で眼をしばたたきながら、かなしそうな微笑をうかべるのだった。会社でも彼の評判は善くもなければ悪くもなかった。要するに同じ年ごろの若い社員の中でも、あまりパッとしない存在だったのである。土曜日の早引けに彼を野球にさそう友達もいなければ、一緒につれだって歩こうとする女子社員もいなかった。

「いい人なんでしょうけれど……恋人やおムコさんにする気にはとてもなれないわね」

年一回の慰安会が箱根《はこね》でひらかれた時会社の女の子の一人が友だちに言ったこの言葉は三吉にたいする評としては適切だった。他の仲間がかくし芸にうち興じている時も、彼は浴衣《ゆかた》の膝《ひざ》に手をおいて、酒ものまずじっと部屋の隅に坐っているだけだったからである。慰安会は彼にとってむしろ苦痛な場所のようにみえた。

その彼が――あの年の秋の日曜日にカメラを買ったのは、せめて無趣味な自分が友だちと話題の一つでも作りたかったからかもしれぬ。

その日、彼としては珍しく下宿を出て三軒茶屋《さんげんぢゃや》に散歩にいった。別に映画をみるわけでもない。お茶をのむわけでもない。

少し猫背のこの青年は厚い近視眼鏡の奥から商店のショーウインドーをじっと覗《のぞ》きこんだり古本屋の前にたちどまったりして一時間ほど三軒茶屋を歩いていた。

玉川《たまがわ》電車が下高井戸《しもたかいど》と真中《まなか》にわかれる十字路に古道具や質ながれのラジオや時計を売っている店があった。ケースの硝子《ガラス》に三吉は顔をおしあてて、幾つかのカメラをしばらくの間眺めたのである。

写真機はその頃、会社でも流行《はや》っていた。キヤノンとかマミヤという名を三吉も同僚の口からきくとはなしに憶《おぼ》えている。だが埃《ほこり》のたまった台に並べられた銀色や黒のカメラは中古にもかかわらず、一万五千円の給料の三吉には手がでなかった。

(どうせ、俺にはうつせないんだから)

例によってわびしく諦《あきら》めながら彼はたち去ろうとしたが、その時、下の段の片端に二千五百円と正札のついたカメラが無造作におかれているのに気がついた。

エグロン。横文字でそう書いてある。型はフレックスというのであろう。箱型の黒い写真機だった。

「これかね。あまり良い品じゃないよ。型も随分ふるいし……それにレンズが悪いだろうからね」

古道具屋の主人は破れたセーターに手を入れながら自信なさそうに言った。

「エグロンってどこの会社でしょうか」

「知らないねえ。第一誰から買ったのかな」主人は奥にいる女房に大声で、「俺もいつの間にか棚に並んでいるんで……お前が入れたのかと思った」

店に出てきた女房も首をふってこのカメラには記憶がないという。

結局——二千五百円のその品物を橋本は二千円の値段で買うことができた。気の弱い彼がまけさせたのではない。主人が値引きしてくれたのである。

二千円はさすがに痛かったが、手に入れてみると心のなかで損はしなかったような気がした。

その夜、下宿のうす暗い電気の下で彼は写真機を机の上において何時までも眺めていた。エグロンという会社の名はきいたことがない。その横文字も大分すり減って、レンズの周りにも小さな埃がたまっている。三吉はそれを眼鏡をふく布で丹念にぬぐった。

翌日、彼は大事なその品物を風呂敷《ふろしき》につつむと、そっと会社にもっていった。

「一世紀前のカメラだな。これは」隣の机にいる小林が皮肉な顔をしていった。「エグロンなんて独逸にもスイスにもないよ。勿論《もちろん》日本のものじゃないさ」

カメラ通であるこの同僚は更に、こんな型の古い、構造の安っぽいカメラは今の子供だって持っていないだろうと笑った。

「まあ、昼休み、うつしてみるんだね」

仲間になんと言われようと橋本は自分が写真機を手に入れた悦《よろこ》びをそっと嚙《か》みしめることができた。昼休みになると宮城前の濠《ほり》ばたに出て、小林からフィルムの巻き方、しぼりの合わせ方を習った。

「こんなカメラでうつるかな。橋本さん」

芝生にねころんでいる同じ社の女子社員は憐憫《れんびん》とも軽蔑ともつかぬ眼でこの光景を眺めている。小林はためすように松の木のそばに三吉をたたせ、すぐそばでシャッターをきった。

三日たった。初めは話題になった橋本のカメラも翌日にはもう誰も忘れてしまっている。だが三吉だけは三日目の木曜日をひそかに待っていたのである。あのカメラのフィルムの焼付が社にちかい写真屋でできあがるのはこの木曜日だったからである。

写真屋の店員は引出しの箱の中から白い袋にはいったネガと焼付とをとりだして机の上においた。

「失敗したのが大分ありますよ。初めてでしょう。それに……カメラが」

店員にそう言われても三吉は黙って肯《うなず》くと袋を手にしてそっと歩道を歩きだした。街路樹の陰で袋をひらいてみる。四、五枚の印画紙を急いでぬきだしてみる。

写っていた。写ってはいたがその写真は奇妙な写真だった。松の木を背景にしているのはたしかに自分なのだが——自分の顔ではないようだった。唇のよこに黒いアザがあるのである。樹の影がこのように頬にうつったのかと思ったが。

もう二枚……今度は濠ばたと、広場の芝生に腰をおろした写真にも唇の横に黒いアザがあるのだ。アザのために三吉の顔はひきつったように笑ってみえた。その笑いは思わず彼が顔をあからめるほど、淫猥《いんわい》でみだらなものにみえた。

彼はそっと袋をポケットに入れると東京駅にむかって歩きだした。これはきっとレンズに眼にみえぬ小さなひびがはいっているのだろう。そのために光線がネガの一点を黒く焼いたのだろう……そう彼は考えたのだった。

けれども——これが彼の思いちがいであることはすぐわかった。

次の日曜日、三吉が近所の子供を写してみたからである。

「ほう……橋本さんが……カメラをね」

下宿の親爺は例によって皮肉な態度でその光景をながめていた。

「ぼくもうつしてくれますか」

「わしが……どうするんだね」

シャッターの切り方を教えると親爺は子供と並んだ三吉にこのカメラをむけた。

この時の写真にも奇怪な結果があらわれたのである。子供たちの少し照れている顔はオボロゲだったが兎《と》も角《かく》もとれていた。だが彼等の真中に立った三吉の頬には黒いアザがまるでインキを投げつけたように浮びでていた。それはまたも淫《みだ》らなひきつったような笑顔となっている。一枚だけではない。その日、うつしたすべての写真のうち彼を被写体にしたものはみな同じ結果になっていた。

暗い電気の下で三吉はエグロンのカメラを机の上におくと、怖ろしいもののようにしばらくの間、眺めていた。黒い皮のはげた、浮き文字のすり切れたカメラにはどことって変ったものはなかった。臭いをかぐと皮くさかった。電気の光にむけると、レンズのむこうに自分の小さな顔がこちらを向いている。

エグロンというふしぎな名を彼は考えた。どこの会社で作ったのか誰も知らないという。そういえばあの三軒茶屋の古道具屋の主人も、何時、どこから手に入れたのか知らないようだった。

気味がわるかった。写真にうつった自分の顔がいつまでも眼さきにちらつくのである。唇のよこの黒いアザ。そして淫らなひきつったような笑いは外観こそ自分の顔をなしてはいるが、あれは三吉ではない、別の彼なのである。別の彼が写真のなかに割りこんできたような気がする。

三吉はその夜、三軒茶屋の古道具屋をたずねてみた。

「さあねえ……この間も言ったように記憶がないね」主人はあの日のように穴のあいたセーターに手を入れながら不機嫌に答えた。

「あの品物を戻そうと言うのかい。一度、売ったものを引きとるのはあんた……困るよ」

「そうじゃないんです。ただ、あのカメラの出所さえわかれば……」

小さな声で橋本は弁解した。

「エグロンなんて聞いたことがないもんですから……」

主人は女房を呼んで仕入れのノートを開《ひろ》げてくれた。指につばをつけながら端の折まがった頁をめくっているそばで、橋本は背をまげながら黙ってたっていた。

「これだね……今年の冬の二月だよ。二月の十八日。売り主は、世田谷　経堂《きょうどう》町八〇八に住むメルランという外人がこの売り主だという。

「外人なんか店にこなかったよ」女房にそう言われて、

「えっ、外人じゃないか」

「ふしぎだな……」主人はしきりに首をかたむけた。ノートの文字は自分の字だが、彼自身にも外人がカメラを売りにきた記憶がないというのである。

経堂の駅をおりて駅前の煙草屋できくと、八百番地台の家はここから十五分ほど歩いた農大のちかくだという。

既に日が暮れかかっていた。細いバス道路の両側にならんだ商店に灯がついて、夕食前の買物に来た主婦たちが、魚屋や八百屋の前にむらがっている。その間を渋谷にむかうバスが通る。

通りをぬけると、ひっそりとした住宅街になった。人影もあまりない。このあたりにはまだ畑や林がところどころ残っていた。

農大とはむかしの兵営のあとだった。家畜小屋のような黒い兵舎がまだ残っているのである。

「八〇八番地ならすぐそこですけど」

自転車にのった若い青年が、もうすっかり暗くなった路《みち》のむこうを指さした。

「メルランなんて外人はいませんよ」

相手は首をふったが、三吉は礼をいってその八〇八番地の家まで行ってみた。

大きくも、小さくもない日本家屋だった。門が半びらきになって、そこから見える硝子戸《ガラスど》にもカーテンがしまっている。もう夜なのに電気もともっていなかった。表札をみると――

橋田たえ

女の名が書いてあった。かすかな物音もしなかった。けれどもさして広くもない庭に犬小屋があって、犬小屋の中から獣のうごく音がきこえてくる。

三吉はこの時、非常な気味のわるさをおぼえた。夕闇のなかにあのもう一人の自分――顔にアザがあり、いやな笑いをうかべた自分がたっているような気がしたからである。思いきって門をくぐった。玄関のこわれかかったベルをおしたが、家の中からは相変らずかすかな物音もしなかった。

だが、もう一度、ベルを長く押すと、遠くから足音がきこえ、中年の疲れたような表情をした女が顔をだしたのである。

「メルランさんはもういませんよ」

「どこに行かれたのですか」

「メルランさんとどういう関係ですか」女は少し怯《おび》えたような顔つきで言った。

「知りあいじゃないんです。ただぼくあ、あの人の売られたものを買ったものですから……」

「警察の方じゃないんでしょうね」

三吉は首をふった。女はしばらくの間、だまって三吉の顔をみつめていた。庭で犬の動く音がかすかにきこえてきた。

「あの人は三月に出ていきましたよ。牧師さんになる人だというので家でも安心して部屋を貸していたんです。それが……」

それが半年も住まぬうちに神経衰弱になったのだと女は言った。外にもあまり出ず、家のなかで本を読んだり、上通りの日本語学校に通っていたのだが……

「真夜中になると変な呻《うめ》き声をだすようになって……国をはなれて日本まで来たんで神経が疲れたんでしょうねえ。昼は普通なんですが、夜になると気味のわるいことばかりなさるんで……娘も私も出てもらうことにしたんですよ」

「気味のわるいことと言いますと……」

夜になると、メルランは外出するようになった。それも真夜中ちかく家を出るのである。そして朝がたに戻ってくるというのだ。深夜に外に出て何をしているのか、女にも女学生になる娘にもさっぱりわからない。夜中に戸をあける音がする、彼が外に出ていく靴音がかすかにひびく。そして朝がたその靴音はまた外にひびくのである。

「一度ねえ、娘が戻ってきたメルランさんに会ったんです」

それは二月の上旬だった。便所にたったこの家の娘が手洗いの窓から帰宅した彼をみたことがある。門灯の暗い光が彼の顔を照らしていた。

「娘はメルランさんの顔があまり変っているんでこわかったというんです。あたしはそんな馬鹿なことはないと叱ったんだけど……」

「…………」三吉はなぜか不吉な予感がして唾《つば》をのみこんだが、思わず、

「アザですか」

と叫んだ。

女は驚いたように彼の顔を眺めた。

「知ってるんですか、あんた……メルランさんを」

「アザでしょう。黒いアザ」

「そう娘は言っていましたけれど……なぜ、あんた……」

三十分後、橋本三吉は経堂の駅まで夢遊病者のように歩いていた。実際の話、彼はどこを通っているのかもわからないほどだった。その上、松原の下宿に戻るのが怖ろしかったのである。

これほど馬鹿げた信じられぬ事実が起るとはどうしても考えられなかった。自分は白昼夢をみているのだろうと思った。だが、これは夢ではなかった。

電車を待ちながらホームのベンチに坐《すわ》っている時、彼はメルランが真夜中、どこに行ったのだろうと考えた。あの家の女はもちろん、それを知らない。だが唇のよこに黒いアザをつけ、淫猥《いんわい》なみだらな笑いをうかべながらこの男が戻るとすると――

三吉は漠然とはしているが、なにか悪魔的な行為を想いうかべたのである。相手が牧師だけに尚更《なおさら》、その感はつよかった。けれども、もっとふしぎなのはあのエグロンというカメラの存在だった。そのカメラにうつった自分の顔に同じように黒いアザができていることだった。

下宿に戻る気がしなかった。あの黒いフレックスのカメラは、机の上においたままになっている。足は自然と新宿《しんじゅく》にむかった。

ひとりで酒を飲むということは橋本三吉の生活の中にはなかったのだが、今夜ばかりは酒をのんでこのできごとを忘れたかった。

武蔵野館《むさしのかん》のちかくの飲屋に三吉ははじめて一人ではいった。飲みなれぬ酒をいくら口に入れても酔いはなかなかまわらない。けれどもやがて、彼は頭の芯《しん》が、痺《しび》れるのを感じ、たった今の記憶がうすらいでいくような気がしてきた。

外に出ると十二時ちかかった。女が彼をよびとめた。いつもならば、なにか不潔なもののように避けていた女が、彼の眼にはひどく妖《あや》しくうつった。

女につれられて歌舞伎町《かぶきちょう》の小さな部屋に行った。これも生まれて初めての経験である。彼はこの夜、童貞を失ったが、酔いのためか良心の後悔もわびしさもおぼえなかったのである。女が体を布団からあげながら、

「このアザ、どうしたのよ」

とたずねたのをかすかに憶《おぼ》えている。半分ねむりながら彼は「えっ」とききかえした。夢をみているのだと思った。朝がた、彼は女に起されて家をそっとぬけ出た。新宿駅の便所で顔を洗おうとして鏡をみたが、アザはもちろん、顔にはなかったのである。

下宿に戻ると机の上にはあのカメラが昨夜と同じようにおかれていた。彼はおそるおそる引出しをあけた。あの写真は引出しの中にそっとかくしておいたのだが、とり出してみるとやはり黒いシミが唇の横についているのである。

彼はカメラを風呂敷《ふろしき》につつんで会社に出かけた。三軒茶屋でバスをおりてあの古道具屋に寄ったのである。主人は彼の顔をみると、また不快な表情をみせた。

「金はいらないんです。戻しますから」

無理矢理にカメラを硝子ケースの上において三吉は外に出た。

この橋本三吉は私の学生時代からの友人である。今、彼は、九州八幡《やはた》の大和工業の工場で働いている。彼がこの話をしてくれたのは去年の冬の同窓会のあとだったが、……厚い眼鏡の奥から彼はエグロンというカメラ会社を知っているかと、私に気の弱そうな声でそっとたずねたのである。私はこの信じられないような話をききながら、なぜかジキル博士とハイド氏の物語を思いだした。勿論《もちろん》、橋本はウソをつくような男ではなかった。

エグロンというカメラ会社について、私はあるフランス人から耳にしたのだが……ナチスがフランスを占領している頃、ルーアンのはずれにあるこの写真機の工場はひどい爆撃をうけて工員の半分が死んだそうである。その粗悪なカメラを持っているのはフランス人にもほとんどなく、その上、このカメラ会社の製品には死んだ工員の恨みがあるのか、いろいろな話がまつわりついているそうだ。

私は見た

読者の中には――

怪談や恐怖物語を夏の夜話としてきかれても、実際に幽霊というものの存在を疑われる向きも多いと思う。

あるいはそういう幽霊は実在するかもしれぬが、話だけでは信用できぬ。自分の眼でたしかめぬ限りは頭から肯定するわけにはいかぬ。そう考えられる方も沢山いられると思う。

二十世紀の科学の進歩した時代に幽霊は本当に出現するのか、どうか。――しかし夏になるたびに怪談は縁台でも雑誌でも花をひらかせている。

そこで――

私はこの「周作恐怖譚」の中で、実際に幽霊が出ると噂されている場所や家を探訪し、一夜をそこであかし、その結果をありのままにルポする試みも時々やってみるつもりである。たとえば現在、名古屋《なごや》の某所には奇怪な風評のたっている家がある。そういう家を実際に私とカメラマンとは探検し、現場写真や地図などと共に結果を御報告したいと思っている。

その手はじめとして私はさきに書いた熱海《あたみ》の幽霊屋敷をふたたび探訪したルポをのべるつもりであるが、勿論これは実際の報告記事であるから月日、時刻、現場写真を掲載するつもりでいる。私はその後一度、ふたたび熱海に行ったがあの家がむかし役者をしていた人の別荘という以外、なんの手がかりもえられなかった。

そこで今度は、若いカメラマンのN氏、並びに証人として私の教え子である女子学生A嬢に同行を求めて、この七月九日の夜、もう一度、熱海のあの家に一泊したのだった。

二年ぶりで私は熱海駅の北側の坂路《さかみち》を登った。二年前と同じように、夕闇が路をつつみ、遠く、黒い海のむこうに灯台の灯が明滅しているのがみえた。ただちがうのは、あの時は裸だった桜並木に葉が茂っていることだった。

「ここだよ」私はカメラマンのN氏とA嬢をふりかえった。竹の葉ずれの音や、あの陰気な暗い建物も見おぼえがあった。母屋の玄関にのぼる石段もあのままである。

私たちはなに気ないふりをして宿にはいった。三浦《みうら》と訪れた時のことはオクビにも出さなかった。三浦と飯をくった部屋で我々三人は食事をしたが、女中の眼からみると我々は若夫婦（私と女学生）が弟（カメラマンのN氏）をつれて熱海にあそびに来たとみえたであろう。この女中は新しく来た人らしかった。

「今夜はあの離れに寝かして頂けないかね」

私はさりげなく頼んだが、返事は意外だった。

「あの離れは今、使っておりませんので」

「どうして」

「………」

彼女は口をつぐんだ。

「ぼくは神経質だからね、離れでないと眠れない」

自分でも変な論理と思ったが、仕方がなかった。

「だからこの宿をえらんだんだ」

「そんなら相談してまいります」

女中はそう言ってたちあがった。飯を食い終るころ、彼女は少し怯《おび》えたような顔をしてあらわれると、

「じゃ、ようございます。ただ……」ただ……と言ってなぜか口を噤《つぐ》んだが、私には言外の意味がわかるような気がした。

食事のあと、私はN氏とA嬢とをつれて街におりた。「ナギサ」は熱海で有名なバー兼喫茶店である。私はN氏に酒を飲まないように注意した。

「今夜は大事だから……酒がはいって神経がたかぶると視力の正確さを失うからね。幻影などみられては困るからなあ」

読者は笑われるだろうが、私はそれほど真剣だったのである。

「こわいですか」

A嬢は微笑して、アイスクリームをなめながら首をふった。N氏は半泣きのような顔をしている。赤鉛筆で紙に私は今夜泊まる離れの見とり図を書いて説明した。

「ここが六畳、ここにはNさんとぼくが寝るからね。A子さんはとなりの四畳半で一人ねてください。一人では心細いでしょうが、嫁入り前のお嬢さんを男たちと一緒に寝かせるわけにはいかないから」

断わっておくが若い女性をこういう幽霊屋敷につれて来たのは、好奇心強い二十代娘A嬢の申し出にもよるが、一つはぼくとN氏の恐怖感を女性の存在によって中和せしめんためであった。もっとも心の底のどこかでは、万一、あの幽霊が出てきた場合、このお嬢さんがキャアーッと叫んで私にだきつくかもしれぬ、というひそかな期待もなくはなかったことは確かである。

宿に戻ると寝床は離れに敷いてあると言う。思いなしか女中は疑わしげな眼で我々を見つめている。

寝床は一つの部屋に三つ敷いてあったのを、予定通り二つに分けた。嫁入り前のA嬢に迷惑をかけてはいけぬという私の配慮である。蚊帳《かや》がつってある。窓をあけているので海の匂いのする風がその蚊帳にぶつかる。竹の葉ずれの音がひときわ烈しくきこえる。

「万一、便所に行くのが怖ろしかったら、この中に用をなさい」

私は熱海でひそかに買いもとめたウドンのどんぶりを、N氏とA嬢に厳粛な顔をして与えた。

時計を見ると十二時二十分だった。

隣室で襖《ふすま》ごしにA嬢が洋服をぬいでいる裸の姿がチラッと見えた。

「電気を消しますよ」私は咳《せき》ばらいした。

「はい」

真暗である。N氏は煙草を灰皿にもみけして夏布団にもぐりこんだ。風の音がすさまじい。竹の葉が月光にうつって壁にさまざまな陰影をつくる。

「あの……」隣室でA嬢が小さな声をだした。

「なんですか」

「やっぱり……気味がわるくなりましたから……そちらで寝させて頂いてもよろしいでしょうか」

私は考えた。私は彼女が別室で寝る方がいいと思ったのであるが、やはり若い娘で怖ろしくなったのであろう。ムリもない、場合が場合だから、A嬢の御両親もこの例外的事態を許してくださるであろう。

「では、では、許します」

私は許可し、A嬢は自分の布団を引っぱって、我々の蚊帳の隅にそっとはいって来た。

私たち三人はしばらくの間だまって闇の音をきいていた。遠くで海の音がする。熱海駅の拡声器が二年前と同じように夜行列車の通過を知らせている。

横眼でひそかに左のN氏と右のA嬢をうかがうと——N氏は、洗濯ノリをつけた浴衣《ゆかた》のように、カチカチになって天井を見あげていた。A嬢は恐怖をこらえているのであろう、枕にうつ伏せになって顔を両手でかくしている。

私の夜光時計は一時をさしていた。二年前の経験から言うと、すでに出ていてもよい時刻だった。

足もとが寒い。気がつくと私の足のむこうに小さな障子窓があって、その戸があいている。起きあがってその窓をしめた。

「眠れますか」

「N君、眠れますか」

「ネムレマセン」とA嬢は答えた。

「ねむろうと頑張ってるんです」N君も蚊のなくような声で言った。この青年は二ヵ月前に結婚したばかりだそうだ。気の毒に、無理もないことだった。

「よろしい」と私は言った。「眠れねば、二人とも自分の足のウラのことを考えて下さい。そうすれば眠れます……」

眼をあいていれば幽霊は出てこない。これは三浦にも私にも、ここで奇怪な目にあった連中が共通して体験していることである。私も眼をつぶり、自分の足の裏のことを努めて考えようとしたのである。

やがて――

私はあさいねむりに落ちたらしい。私はこの時、かすかな水の音を耳にしたような気がしたのである。

それは雨の音に似ていた。だが今夜は風こそあったが星の出た夜だった筈《はず》である。雨といってもそれは軒から流れる水の雫《しずく》の音らしかった。ブド、ブド、ブド、――それから砂を掌からながすような乾いた響きがそれに伴うのである。

深い水底から、うかびあがるように、私はゆっくりと眠りからさめた。真暗な闇である。蚊帳と壁とに庭の竹の影がゆれている。両側の二人は音もたてず眠っているらしい。だがあの音はきこえるのである。かすかに、そして途切れ途切れに、さきほどA嬢がねていた四畳半の方から……

私は耳をすませて、じっと動かなかった。耳だけが体の全部のように思われた。だがこのままでは折角、熱海まで来た甲斐《かい》がなかった。徹底的にこの家を調べること、これが今度の目的だったからである。勇気を出さねばならぬ。

(行け、見よ)

私はハネ起き、蚊帳を素早くめくり、四畳半の半開きになった襖の間に体を入れた。そして、私は目撃した。

私は見た。すなわちN氏が(先ほど私の与えた)うどんのドンブリにまたがって小便をしている姿を……。どんぶりに小便はブド、ブドと音をたてていたのである。

「スミません」彼は尻《しり》をかくしてわびた。「あんまり……こわくて、こわくて便所まで行けなかったものですから」

「いいです」私は悲しくなって眼を伏せた。「いいよ……いいんだよ」

この時、時計は二時半をすぎていた。

ふたたび体を布団によこたえたが、この時、はじめてふしぎなことに気がついた。足もとがまた寒いのである。さきほど確かにしめた障子窓が開いているのである。

「Nさん。あんた、ここの窓をあけた？」

寝床に戻ってきた彼に訊《たず》ねると、

「シリマセン……」

「ふしぎだナ。さっき、たしかにしめたんだが……」

「…………」

彼は返事もする勇気がないらしい。私はA嬢が私の寝ている間にやったのではないかと思ったが、A嬢はもうふかい眠りに落ちていた。声をかけたが答えはないのである。

私はもう一度、起きあがって窓をしっかりとしめた。

もう朝ちかかった。さすがに一日の疲れが私を襲った。初めはうとうととして——それから熟睡してしまったらしい。眼がさめると白い朝の光が部屋にながれこんでいた。一夜、あれほどひどかった風もすっかりないで、少し曇り空だったが静かな日がやってきた。

（幽霊は、出なかったじゃないか）

こう思うと、ほッと救われたような気持と半ば裏切られたような幻滅感を感じる。結局、三浦や私が昭和三十二年、十二月二十四日に体験したこともやはり幻影、幻覚の類であり、その他の人々が味わったことも、一種の錯覚だったにちがいない。

「こわかったですか」

私は両側に起きあがったN君とA嬢とに笑いながら言った。

「出なくてよかったね。ああ言う気分を君たちに味わわせたくはなかった」

「あたし……やっぱりウエットな女だったんだわ」

A嬢は口惜しそうに、額におちた髪をかきあげた。

「こわいものなんか、この世にないと思ってたんだけど……」

私は肯《うなず》いて人生をナメてはいけないと忠告した。それから庭に出てこの離れ屋の周りを三人で徹底的に調べることにした。数人の人間が幻影をみるにはやはり気流や地形のせいがあって、そのため胸ぐるしくなったりするのだ、と思ったからである。

離れの裏は崖《がけ》になっていた。崖は酸化した赤土でこれといった異状はない。崖の上は路《みち》になっている。路の両側には別荘や会社の寮があるのである。

「海の風がここにぶつかるので、気圧がこの部分だけ異常になるのかもしれないね」私は二人をふりかえって説明した。「それでここにくる連中は変な夢をみたのかもしれないよ」

「じゃ、結局、幽霊なんていないんですね」

N氏は昨夜の弱気もどこへやら、急に元気な声をだした。だが私はその声に返事もせず、茫然《ぼうぜん》と眼の前の一点を見つめていた。

私は見た。私の眼の前には離れの小窓があった。朝方たしかにしっかりと鍵《かぎ》を閉めた窓である。それがまた、すっかり開いているのである。

「A子さん。あれ、君があけたの」

「いいえ……」

私たちはガクゼンとした。我々三人以外、昨夜からこの離れには誰も入らなかった。内側から鍵をかけた小窓が外から開く筈はなかった。だれが開けたのか……。人間か、それとも……。幽霊は昨夜やっぱりこの離れにいたのだった。

月光の男

まだ六月下旬の夜だというのにひどい蒸し暑さだった。応接間といっても長い机に七、八脚の椅子が転がっていて、それにうちの週刊誌の特集部の各々が思い思いの姿勢で坐《すわ》っている。上衣《うわぎ》をぬいでＹシャツの袖《そで》を捲《まく》りあげ指先きで鉛筆をもてあそんでいる奴もいれば、机の上においた薬罐《やかん》から幾度も出涸《でがら》しの茶を欠けた茶碗《ちゃわん》についで唇にあてる男もいる。

毎週の編集会議はいつもこんな光景である。

特集部デスクの木下さんだけが長椅子にひっくりかえって眼をつむっている。眼をつむったまま、部下の一人、一人が考えてきたプランを、だまったまま聞いている。

「これから夏場になるでしょう。ぼくは避暑地に集まるティーン・エージャーの生態を調べてみたいんですが」

若い小林がまずプランを出したが、木下さんは天井を見あげたまま返事をしない。返事をしないのはデスクが不満な証拠である。

今度は日影が少し自信なさそうな声で、

「都内の占師を解剖するのは一案じゃないでしょうか。最近、そろばん占いや透視術まで、随分、流行しているようですから……」

　これも駄目。木下さんは相変らず黙然として眼をつむっている。赤井、佐野、中川嬢、次から次へとあたためてきたプランを提出したのだが、どれも彼の気に入らぬようだった。

「もうないのか」

「種切れです」だれかがふかい溜息《ためいき》をついたが、笑う者はいなかった。

　週刊誌ブームになってから毎週、各デスクと編集員の間でこんな重くるしい会議が連続的に開かれる。どの週刊誌も狙うことは同じだから、競争が烈しいだけに、ユニークなプランを見つけることは実にむつかしい。乾いたタオルを無理にねじって、一滴の水をしぼり出すような苦しい気持だった。

「来々号は何日にでる」突然、デスクが長椅子から体をあげてみなをジロッと見回した。

「七月六日です」

「七月六日……じゃ、この日はどんな日だ。この日に何があった」

　誰もが困ったような顔をみあわせていた。

「馬鹿」木下さんは大声で怒鳴った。「そんなことでは、困るじゃないか、霜山《しもやま》国鉄総裁の死体が常磐線《じょうばんせん》の線路で発見されたのはいつの日だ」

　私は失敗《しま》ったと思った。どうしてこの事件が記憶のなかから浮んでこなかったのだろう。本当にうっかりしていた。みんなの顔をみると彼等も私と同様、無念そうな表情をしている。

「トップはこれ。もう一度、十年前のあの事件の真相を、いろんな角度からとりあげる」木下さんは私と日影にあごで合図した。「ベーちゃんと影さんとの二人でこれを担当しないか」

やれやれ、御苦労なことです。デスクには申訳ないがベーちゃんこと私と、影さんこと日影とはそっと顔を見あわせた。

編集会議が終ったのは九時だった。こんなに早く社を出るのは珍しい。世間の人は知らないが校了のまぎわには毎週、我々は半徹夜なのである。

社を出ると空には星がなく、墨でも流したように真黒い。

「どうする」日影が原稿を入れた袋をかかえて、そばによってきた。「ベーちゃん、一杯やりにいかない」

「まあ、今夜はよしましょう、よしましょう」

「いかねえのか」日影は溜息をついて「霜山事件だってさ。どうして七月六日を俺あ、考えなかったんだろ。占師のプランも悪くなかったんだがな」

霜山事件を思い出さなかった自分の鈍さについては私も日影と同感である。その日影はまだ自分の提出した占師探訪を固執している。

「そろばん占いや透視術なんて何処でやってるんだい」私は彼を慰めるように言った。

「はやってるのかね。そんなに……」

「スゴイですよ。やはり世の中が不安定なせいだろうな。株屋や芸能人には随分、人気があるんだよ」

「当るのかねえ……ああいうもんは……」

「一番、当ると東京で評判なのは麴町《こうじまち》にあるトランプ占いだってさ。K音楽大学のフリュートの先生がやっているんだがね」

日影の話によるとトランプ占いは東京にも三、四人やる人がいるらしいが、この麴町のは少し事情がちがう。K音楽大学でフリュートを教えている五十過ぎの婦人が、そのむかし独逸に留学した時、ジプシーの女からひそかに伝授されたものだという。使うトランプもただのトランプではなく、さまざまと奇怪な絵を描いたジプシーのカードだそうだ。

「正田美智子《しょうだみちこ》さんの結婚も、池田《いけだ》通産大臣の任命もピタリと当てたそうだぜ」

日影はどこからそんな話を聞いてきたのかは知れないが、私にはあまり信じられぬ気持だった。自動車が幾台もヘッドライトを光らせながら、私たちの横を走っていく。角の果物屋の店先に苺《いちご》の箱が幾つも並べてある。私が家に戻るバスの停留所もすぐそこだ。

「帰るのか……よせよ。少しべーちゃん、つきあいなさいよ」

日影は一人者だから寂しがって私の袖を引張った。私は私で苺の箱をみると、まだ起きているであろう子供のことを思いだした。

「胃をこわしてね」私は少し渋った。「飲まない方がいいと思うんだ」

「そうじゃないよ、……俺、今からそのトランプ占いの女性の所に相談にでも行ってみようかと思ってるんだ」と日影は首をふった。

「へえ——結婚相手の相談でもするの？」

「冗談じゃないよ。ついでだろ。霜山国鉄総裁の真相を占ってもらうのさ。この占いのタネはいつか記事になると思うからな」

二十分後、日影と私とをのせたタクシーは、半蔵門《はんぞうもん》をぬけて麴町四丁目の住宅街の中にはいっていた。交番できくと、この女性のことは有名らしい。右に折れたアパートだとすぐ教えてくれた。

アパートは小さかったから、私たちには彼女の部屋がすぐわかった。壁に「御用の方はこの部屋でお待ちください」と書いた紙がはりつけてある。小さな机と三脚の椅子とをおいた一室が、控室らしかった。

先客があるらしく、しばらく待たされた。やがてドアのあく音がして、

「心配なさる必要はございませんのよ」

上品な老婦人の声がきこえる。これがトランプで占う女性らしい。客は若い女だったが、何度も礼を言って帰っていった。

丸顔の、眼のやさしい、そして言葉使いも品のいい老婦人だった。私たちが少し恐縮しながら尋ねてきた用件を切りだすと、

「ようございます」案外、素直に引きうけてくれた。細い長い指で器用にトランプの箱を持つと、ゆっくりと椅子に腰をかけた。卓子の上には青いビロードの布が敷いてある。電気スタンドの灯をひねって老女は一枚、一枚、ジプシーのカードを並べはじめた。見たこともないカードである。日影がさっき説明していたようにその一枚、一枚には彩色をほどこした異様な奇怪な絵がかかれていた。あるものは桃色の心臓であり、あるものは蛙の絵であり、あるものは悪魔のような顔である。スタンドの灯が老女の顔にあたって黒い隈《くま》どりを目や鼻につける。ならべたカードをふしぎな形に組みあわせて、彼女はしばらく眼をつむると、

「霜山さんは……」そしてふかい溜息をついた。「生きておられますね」

「生きている？」

日影は愕然《がくぜん》として私の顔をみつめた。日影が私を伴ってここに来たのは、十年前の昭和二十四年七月六日に常磐線と東武線《とうぶせん》とが交錯する北千住《きたせんじゅ》・綾瀬《あやせ》間の線路で、轢断《れきだん》死体となって発見された国鉄総裁が自殺か、他殺かを占ってもらうためだった。そして他殺であるならば、それは何者の仕業かも予想してもらうためだった。

それを……意外にも「生きている」こう言われれば日影はとも角、こんなトランプ占いなど全く信じない私もいささか驚かざるをえなかったのである。

（そんな馬鹿な……）私は今更のようにおかしさのこみあげるのを禁じえぬ。（冗談にもほどがある……）

「でも新聞や警視庁じゃあ……」さすがに日影も眼をパチクリさせて「兎《と》に角《かく》、死んだということは事実なんですから……」

「私はそんなことぐらいは存じています」老婦人はしずかな声で言った。「存じていますけど、今このカードは霜山さんが……生きている。死んではいらっしゃらないと出ているのです。私はカードに出たままを正確にお伝えするだけです」

K音楽大学でフリュートを教えているという彼女が、カードの結果について虚言を吐くとは思われなかった。かすれた音をたててカードをしまう彼女の顔には動かすことのできぬ自信が漂っていた。

日影と私とはアパートの外に出た。空には星がなく真暗だった。人影のない麹町の住宅街の路《みち》にコツコツと警官の足音がきこえる。

「生きてるって……霜山総裁がねえ……本当かなあ」日影は溜息《ためいき》とも吐息ともつかぬ声をだした。

「いい加減にしろよ」私は少し驚いて、「あんなカードの占いを影さんまでが信じるのかい。泣くぜ。デスクが」

「そりゃそうだが……しかし万一ということもあるし」

ミイラ取りがミイラになると言う言葉があるが、この時の日影は諺《ことわざ》通りだと私は思った。

私たちは新聞の縮刷版や当時の雑誌を読みなおして、もう一度、あの事件の内容を頭に叩《たた》きこんだ。事件は六日午前零時二十六分に、綾瀬駅のホームにすべりこんだ上野《うえの》発、松戸《まつど》行きの終電車によってはじまる。この終電車の運転手が最初の死体の発見者だったのである。

カンテラをさげた駅員が現場にとんでいくと、手脚をもがれた死体は線路に散乱していた。霧のような雨のふる夜である。ただちに警察に電話がかけられた。

やがて警官が線路のわきに、霜山総裁の名を書いたパスを発見する。こうなると事は重大だった。なぜならその前日から東京都民は、総裁が日本橋三越《にほんばしみつこし》から突然、姿を消したことを知っていたからである。他殺であるか、自殺であるか、警視庁の間でも意見が二分した。東大と慶応との法医学教室でも解剖所見について結論が大きく食いちがった。

国鉄整理を前にして突然、起ったこの事件は、私たちのなまなましい記憶からまだ消えていない。他殺とすれば誰がやったのか――それについても巷間《こうかん》では、ひそかな意見が伝えられているのも知っている。

「兎に角、一度、現場をみようじゃないか。十年後の現場写真も撮っておく必要があるしな」

と私は日影に言った。勿論《もちろん》、彼に異論がある筈《はず》はない。

編集会議のあった翌々日の夜、――

「とんできます」

編集室の黒板に行先きを書きこんで、私と日影とカメラマンの角田君とは車をつかまえた。勿論行先きは北千住である。

今夜は星の出た晴れた夜だった。あの事件のあった日は土砂ぶりの雨で、そのために轢断された死体の血が洗いながされていたと聞いている。

ポケットから日影は一枚の写真をだして私とカメラマンに渡した。まるい眼鏡をかけた温厚そうな紳士がこちらを向いてうつっている。

「総裁だよ。生きていた時の総裁だよ」

日影にそう言われて、私はこの「生きていた時の」という言葉が妙に頭にひっかかった。十年前、生きていたこの写真の主が手脚を切断されて、線路によこたわっていたのだ。彼が死んだということは明確な現実である。それなのに前夜の老婦人は確信ありげに断言した。

「霜山さんは生きてますよ。カードは本当のことしか告げません」

千住までは思いのほか時間をくった。時計をみると十一時半である。総裁の死体が発見されたのは午前零時二十六分であり、自殺と推定した慶大中館教授の所見によると、死亡時刻は午前零時二十分であるから、あとほぼ一時間であの事件と同じ時刻になるわけだ。

やがて我々は常磐線と東武線とが交錯するガードまでやってきた。

「なんです、あの声は」怯《おび》えたようにカメラマンの角田君が言う。

本当だった。ゲゲゲ、グワ、グワ、グワ、嗄《しわが》れたひきしぼるような声があたり一面のあいだからきこえる。声は非常に不気味である。

「食用蛙だろ」

私はそう答えて、子供の頃、近所の池で飼っていた牛のように鳴く、大きい蛙のみにくい姿を思いだした。

グワ、グワ、グワ。

「ひどい葦《あし》だなあ……。十年前からこう茂ってやがったんだろうか」

「霜山さんの血を吸ってな……手を傷つけなさんなよ」

右手に仄白《ほのじろ》い高さ二米ほどの壁が浮んでいる。懐中電灯で持ってきた地図を調べると、これは小菅《こすげ》刑務所のコンクリート塀だった。ガードの上を軋《きし》んだ音をたてて、伊勢崎《いせさき》にむかう東武電車が走っていく。我々は線路の上にのぼった。

あの頃発表された現場報告図のコピーを私はポケットにしまっていた。もう一度、その紙をとりだして調べると――

この線路の上にガードから綾瀬駅にむかって右足首、Yシャツ、脳味噌《のうみそ》、頭蓋骨《ずがいこつ》、右手右靴、うつ伏せになった顔面、右足と胴体という順に総裁の死体は文字通り切りきざまれ、その付近に時計や上衣《うわぎ》もちらばっていたという。

懐中電灯で足もとを照らすと、光った線路が重油にぬれている。もちろん十年もたった今日では、血痕《けっこん》も肉眼で見える筈はない。

十年前、兎に角ここで、霜山総裁は死んだのだ。殺されたのか、自殺したのかは今もって謎だ。ある人は三国人の仕業といい、ある人はC機関のやったことだと言っている。我々はそのいずれが本当なのかも知らない。知っているのはこの殺された総裁だけなのである。

蛙の声は、またひとしきり騒がしくなった。頬に痛みを感じたので思わず手で叩くと、大きな藪蚊《やぶか》だった。

角田君は線路わきにしゃがんで、さかんにシャッターをきっている。フラッシュの光が明滅する。

「総裁がここをうろついていた、という目撃者がいたそうだね」

私は手帳をとりだして懐中電灯をあてた。あの七月五日の午後六時四十分ごろ、私たちの今いるガードちかくで、総裁らしい姿を見たという目撃者のことは一時、新聞で評判だったのである。目撃者は近所の清掃人夫だったが、その口供書を見ると、彼が見た男はいかにも霜山さんらしい年齢と姿である。

もしこの人間が万一、総裁ならば、霜山さんは死場所をさがして、この辺を歩いていたということになる。これはかなり重大な鍵《かぎ》となるのだった。

「角田君、仕事すんだかい」

いつまでも夜の現場をうろついていても仕方がない。カメラマンの仕事がすむと私たちは引きあげることにした。

今でも私ははっきり憶《おぼ》えているが、この時、先頭にはカメラをもった角田君が歩いた。五米ほどの間隔をおいて私が懐中電灯をぶらぶらしながら続いた。日影はそのうしろからやはり五米ほど遅れていたと思う。その彼が、

「おい、べーちゃん」

急に小さい声で私をよびかけた。「べーちゃん。うしろをみなさいよ」

私はなんの気なしにうしろをふりかえった。月の光を浴びてぼんやりと浮びあがったガードの下から誰かが歩いてくる。私は保線区の工夫か、綾瀬駅の駅員が線路を歩いているのだと思った。

「巡回だろ。ビクビクすることないじゃないか……こちらは別に悪いことしているんじゃなし……」

「巡回じゃないぜ。よくみろよ……あの男」

なるほど立ちどまってもう一度、見つめると男はカンテラも懐中電灯も手にしていない。のみならず月の光でこの男が背広を着ていることがわかった。背広のポケットに両手を入れて少しうなだれている姿もおかしいのである。

「なにしてるんでしょう、あの男……」

角田君も不安そうな声で言った。今ごろこんな時刻、こんな線路の上をうろつく人間をみれば角田君ならずとも、自殺をするんじゃないかと思うのは当然の連想だった。

「総裁じゃないか」突然、日影が声をあげた。「霜山さんだぜ。霜山さんの姿そっくり

だ」

瞬間であったが私は背すじに水をあびせられたような気になった。それからなぜか妙な腹だたしさを同僚に感じた。

（いい加減にしないか。くだらぬカード占いなんか信じやがって……）

日影にはすまぬがこれが私の本当の気持だった。と、角田君が急に手をあげるとシャッターをきった。フラッシュの光が線路や葦の葉や、私たちを一瞬、あかるく浮びあがらせた。

男はポケットに手を入れたまま、こちらをじっと見つめている。なるほど似ている。いや、似ているのではない。そっくりだった。年ごろは五十をすぎたばかりの男で、少し猫背だが丈の高さも五尺六、七寸ほどにみえた。

やがて——

彼の姿はゆっくりとガードの暗やみに消えてしまった。

そんな馬鹿なことはない。死んだ筈の霜山さんがふたたびこの現場にあらわれる筈はない。私は白昼夢でもみているような気持だった。私だけではなく日影も角田カメラマンも三人が三人とも茫然《ぼうぜん》とそこにたちつくしていた。

社に戻る。デスクや仲間に報告したが勿論一笑に付されてしまった。

「おい、おい、怪談の特集をやっているんじゃないんだぜ」木下さんは苦々しげに言った。「頭をひやして出なおしてこい」

けれどもこの時、真青な顔をした角田カメラマンがたった今、現像したばかりの印画紙を指さきにつまんで走ってきた。

「見てください」彼は震え声で叫んだ。「思いきって撮ったんです。この男なんです」

とりかこんだ一同は思わずふかい溜息《ためいき》をついた。デスクまでが紙のように白い顔になった。しばらくの間、ぶきみな沈黙が続いた。

「これは大変なことだ……もし本当とすると大トップ記事だぞ」やっと、しぼりだすような声で木下さんは呟《つぶや》いた。「明日、もう一度現場にとんでいけ。もし、もう一度、彼が出てきたら今度はどうしても会ってみるんだ」

言われるまでもなくこのプランは私の頭にひらめいたものだった。なぜさきほど、あの男を追いかけなかったか、今さらのように悔まれたのである。

翌日の夜は少し霧雨のふる晩である。昨夜と同じように私と日影と角田カメラマンは線路のそばにしゃがんで万一、あの奇怪な、霜山総裁いきうつしの男が出現するのを待っていた。

グワッ、グワッ、グワッ

食用蛙が嗄れた声でないている。怖ろしいほど静かな真黒な夜だった。霧雨がレインコートをきた首すじをぬらす。時計をみると十二時ちかいが男はあらわれない。

「来ないんじゃないか、昨夜《くや》、俺たちはつかまえておくんだったよ」

日影は今さらのように口惜しがったがあとの祭りだった。

「シッ」急に私は遠くで靴音をきいたように思った。靴音は線路の砂利をふんでゆっくりと近づいてくるようである。これはカンテラをさげた工夫だった。工夫は私たちに気がつかず、ガードをくぐり闇の中に消えていった。

十二時二十分、列車が一台、烈しい音をたてて通りすぎた。つまり、霜山総裁が死んだといわれている時刻である。十二時半まで待ってもあの男があらわれなければ引きあげようと思った。私はトランプ占いのことを考え、なぜああいうものが人間の未来や事の真相を見ぬくことができるのかぼんやり考えていた。

「きこえる……」日影が囁《ささや》いた。「きこえる」

本当だった。かたい靴のひびきが線路に反響して少しずつ近づいてくる。三人は顔をみあわせて口を噤《つぐ》んだ。ゴクリ、角田カメラマンが唾《つば》を飲んでいる。

男は昨夜と同じようにガードから姿をあらわした。猫背で、少しうなだれて、灰色の洋服のポケットに手を入れて何か考えこんでいる様子である。そして――

そして眼鏡をかけた顔も七、三にわけた髪も額のはげ具合も……何もかもが、あの轢《れき》断《だん》された霜山総裁その人なのだった。

恥かしい話だが、この時、私たち三人は飛び出すという才覚が全くなかった。この事があった後、いつもよく三人で話したものだが、恐怖というのは人間の運動神経を麻痺《まひ》させるらしい。いわゆる「立ちすくむ」というのであろう。私たちは立ちすくんだのである。

男は……いや生きた霜山さんは足をとめるとあたりを見まわして、ふたたびガードの中に戻ろうとした。この時、私と日影とは思わず線路の砂利をかけあがったのである。

「霜山さん」

男はふりむいた。霧雨の中で彼が唇をゆがめて皮肉な嗤《わら》いをうかべるのが夜目にもみえた。

「霜山さんじゃ、ないですか」

「そう思いますか」

男はポケットから手をだして私になにか合図をした。

「警視庁、捜査二課の二宮です」彼はひくい声で呟いた。「驚かしてすまんことです。しかし……」

しかし彼は実験していたのだというのである。十年後あの事件の捜査は打切られたが、二宮捜査課次長には釈然としないものがあった。彼は暇をみてはこの現場を訪れ、当時の情況を再調査してみたい気になったのである。

目撃者のいうことはどこまで本当か。彼は幸い自分の年齢と背丈や恰好《かっこう》が総裁に似ているのを考え、同じ場所で、ほぼ同じ時刻にためしてみる気になった。霜山氏のような服装をして歩く時、目撃者はどの程度まで、要点をおぼえているかも調べたかった。

「この事件の鍵の一つは五日夜から、六日の夜にかけての数人の目撃者の証言にかかっているのです。たとえば、この近くの寿旅館で彼らしい人間が休憩したと証言してますし……」

刑事というものはいつまでたっても自分の担当した事件を捨てることはできぬので……とこの老刑事は苦笑し、私たちを驚かしたことをわびた。

私たちはなにか狐につままれたような気持で帰りの車にのった。

「みなに笑われるだろうなあ」角田カメラマンは恥かしそうにうつむいた。「だが、あんまり似ていたんだもの」

「そっくりだったよ」私も自分を慰めた。「本当に霜山さんにそっくりな変装だからね。ああいう事件の鬼のような刑事はもう警視庁でも数が少ないだろう……」

私たちはその翌日、デスクから叱られた。あわて者だというのである。

私は受話器をとりあげて警視庁に電話をかけた。せめて失敗の償いに、あの二宮次長にあの事件の未発表のネタをうちあけてもらうためだった。ところが――

「え、二宮?」

受話器のむこうで警官の怒ったような声がきこえた。

「そんな人は、捜査二課にはおりませんよ。……他の課に……他の課にもいない。いないといったら、いないんだ」

あなたの妻も

あなたが、もしそれほど幸福でも不幸でもない男としても——よく晴れた日曜日の午後、縁側にしゃがんで、ピースをくゆらして、庭で遊んでいる我が子をぼんやり見ながら、奥さんと世間話をされたことぐらいはあるだろう。あなたはむかしのように奥さんに烈しい執着をもっていない。結婚生活も四、五年たてば、妻というものはまるで空気のような存在になるものである。なくては困る。第一に身のまわりが不便になる、だからといって、それほど感謝の気持も起してはいられない。

これは妻の側から言っても同じことだろう。いくらあなたが長良川《ながらがわ》のウのようにですよ、エサを毎日のみこんで、家に戻ってくる利用価値のある存在だとしても、女房としては、毎日、有難うございますと礼を言うわけにはいくまい。

それでいいのでしょう。それがまあ、ベタベタしない我々やあなたたち夫婦の愛情ともいえるのでしょう。

「うちのカミさんに限って」と心の中であなたは奥さんを信用している。「俺以外に男をつくる筈《はず》はない」

「ほんとですか……大丈夫かな……そんなに信じちゃって」

「大丈夫ですよ。うちのカミさんなぞそんな冒険なんかする勇気ないですよ、第一、コブつきなんだから」

男というものはふしぎなもので一度、自分の子供を産んでくれた妻はもう女ではない、女というよりは子供の母親なのだ、と信じこんでしまうのである。

あなたもそうじゃないですか、だからよく晴れた日曜日の午後、縁側にしゃがんでピースの一本でも口にくわえ、庭で遊んでいる我が子をぼんやり見ながら、奥さんと世間話をたのしむこともできるのです。

だがそういうあなたに今日は二つの実話を書こう。あなたの奥さんだって一人の女性である以上、この実話の女主人公と同じにならないとも限らないのだ。


第一の話は残念だが日本ではない。私が八年前、留学していたフランスのリヨンでの話である。

リヨンは中仏のローヌ河のほとりの都市である。永井荷風《ながいかふう》の愛読者ならばあの「ふらんす物語」の背景が、このリヨンであったことを思いだされるだろう。

アルプスに近いこの町には青いつめたいローヌ河とソーヌ河とが流れている。日本の京都や奈良に似て、この古い町には由緒ある寺院や建物が多い。五月になると、町には色とりどりの薔薇《ばら》の花が匂う。けれどもマロニエの葉が砂のような音をたてて散る秋がくると、リヨンは陰気なひっそりとした街に変るのである。夕暮れからソーヌ、ローヌの二つの河から這《は》いのぼる黄色い霧が町全体をつつみ、夕方からその霧にわびしく家々の灯がにじむのだ。

そんな晩秋、私は幾度も下宿を変えたのち、やっとジャコブ町という裏町に小さな部屋をみつけた。家主はむかし裁判所で書記をしていた男の老未亡人で、ひどく吝嗇《りんしょく》な老婆だった。彼女はたった一人ぼっちで、三、四匹の猫を相手に暮していたのである。

下宿の横に中庭をへだてて小さな町工場がある。窓をあけると、ひっきりなしに油のきれた機械のまわる音がする。

今でもはっきり憶《おぼ》えているが――

あれは引越した日の夕暮れだった。私は夕食を小料理屋にとりにいくのが面倒くさくて、自分の部屋で一瓶の葡萄酒《ぶどうしゅ》とチーズとパンとですまそうと思った。下宿の老婆にパン屋の場所をたずねると、

「この裏だよ。出かけるなら灯を消してっておくれ」イヤあな顔をしていう。

教えられた通り建物の裏にまわるとふかい霧に、なるほどパン屋の灯がにじんでいた。小さなまずしそうなパン屋だった。汚れたショーウインドーにもう古くなった飴玉《あめだま》やキャラメルを並べている。

鈴のついた戸を押して中にはいると、ブロンドの髪をおさげにした女の子がこわれた

人形をかかえて店番をしていた。みなれぬ東洋人の私がはいってきたので、とび色の眼を大きく開き少し怯《おび》えた声で、

「ママ、ママ」と叫んだ。

中から顔をだしたのは年頃、三十をすぎたばかりの女だった。顔だちもそう悪くないが、どこか生活の苦労がにじんでいる。額におちたほつれ毛をかきあげて、

「ムッシュ」

その人差指によごれた包帯がまきついていた。たった今まで台所で晩の支度でもしていたのであろう。私はパンを包ませながら自分が近所に引越してきた日本人留学生だと言った。女も少し寂しそうな顔をしてリヨンも生活費が高くなったこと、楽ではないと小さな声でこぼす。

「御主人は」とたずねると、

「戦争でなくなりました。八年前……」

私は彼女が寡婦であることをこの言葉で知った。人形をだいて、こわそうに、とび色の大きな眼でジッと私を見あげている女の子は、ジャニーヌとよぶ七歳の一人娘であることもきかされた。

パンをこわきにかかえて外に出ると相変らずふかい霧である。下宿に戻って部屋でチーズとそのパンをたべていると家主の老婆がドアから顔をだした。

「あれほど言ったのに灯をつけっぱなしにしてあんたは出ていったね」

を話した。

「すみません」私は話題をかえるため、さきほどのパン屋で可愛い少女に出会ったこと

「ジャニーヌだろ。あれはいい子だよ」

この老婆がほめるくらいなのだから、あの人形をかかえた少女ジャニーヌはよほど隣近所でも評判がよいらしかった。こうして私はパン屋の寡婦イボンヌとその娘ジャニーヌを知ったのである。

冬がきた。大学から下宿に戻る時、時々パン屋によって菓子パンを買う。干葡萄をいれたまるい菓子である。それがまずしい日本の留学生のお三時になるのだった。私は店で寡婦イボンヌとも時々、世間話をする。彼女は相変らず所帯やつれのした表情で商売のくるしさ、娘を育てるむつかしさを私にうちあけた。

娘のジャニーヌとも私は仲良しになった。日本の色々な童話を勝手に脚色してきかせてやる。そんな時、友だちも余りに少ないのであろう、この女の子はうれしそうに私の膝《ひざ》に手をおいて聞き耳をたてている。

この女の子は非常に親孝行だった。私はよく雪のつもった日、彼女が母親に命ぜられて大きな籠《かご》や牛乳瓶をぶらさげながらお使いにいく姿を見かけたものである。

「ジャニーヌ」遠くから声をかけると、白い息を吐きながら彼女は嬉《うれ》しそうに笑う。だがその手袋のない小さな手が寒さに真赤になっているのを見るのは痛々しかった。

フランスの日曜日は退屈である。日本とちがってどの店も鎧戸《よろいど》をおろして休業する。

私は日曜日になると街の真中にある公園によく出かけたものである。公園には噴水があって、その噴水のまわりに家族づれの連中が私と同じようにながい日曜日をもてあましている。

私はこの公園でよくジャニーヌの母娘にあった。母親のイボンヌはベンチに坐《すわ》ってせっせと編物の手をうごかし、少女は少し羨《うらや》ましそうに他の子供たちが駆けまわるのをジッとみつめていた。

あれは私が引越しをして四ヵ月たった翌年の二月の中ごろだった。四、五日ほど私はパン屋の戸がかたくしまり、戸を叩《たた》いても誰も返事をしないのをふしぎに思っていた。その上、私はこのところ、あのブロンドの髪をおさげにして頬を寒さで真赤にしたジャニーヌの姿が見えぬことにも気がついていた。

(きっと、遠くの親類の家にでもとまりがけで行ったのだろう)

いつかイボンヌが自分の身寄りはリヨンには一人もいないと言っていた言葉をふと思いだしたのである。よごれた硝子窓《ガラスまど》からその店の中をのぞくとパン棚にはパンはなく、硝子の容器にふるくなった飴玉やキャラメルがはいっていた。家の中からは、かすかな物音もしなかった。

だが実はこの時――私は知らなかったのである――家の中にあの少女ジャニーヌはかくれていたのだった。蒼白《あおじろ》い死体になって、台所の椅子に仰《あお》むけになって死んでいたのである。

なぜなら私はそれから二日後、学校の帰りに店の前に人だかりのしているのを見たからである。肥《ふと》った警官が二人、物見だかい野次馬を中に入れまいと手をひろげていた。ジャニーヌは殺されていた。母のイボンヌに一週間前の朝がた、ガスで殺されていたのである。

半年ほど前から母のイボンヌには男ができていた。無理もない、戦争で夫をなくしたこの三十歳の寡婦は、一人で娘を育てながら生きるのが心細かったのである。彼女が自分の寂しさを少しでも慰めてくれる男に心ひかれたとしても、それは当然のことであろう。男はトラックの運転手だった。イボンヌはこの男のことを口さがない隣近所に目につかぬよう、逢引《あいびき》にも随分、気をつかっていたそうだ。

初めはやさしかった男はやがて酒のみで乱暴な人間だとわかった。わかったところで女の心は一度ひきずられた男からそう容易《たやす》く離れはせぬ。

「俺あイヤだよ」男はしばしば言った。「コブつきの女と結婚するのはイヤだね」

イボンヌは初めは彼と別れようとした。だが別れようとすればするほど執着はつのるのである。

「俺あイヤだよ」男は繰りかえして言うのだった。「子供づれの女を養うことはできねえ」

少しずつイボンヌの心には（もしジャニーヌがいなかったら……もしジャニーヌがいなかったら）という怖ろしい考えがかすめることがあった。その度毎に彼女はその考えから眼をそらそうとした。耳を塞《ふさ》ごうとした。

だがジャニーヌさえいなかったならば男はいつまでも愛してくれると言う。結婚してもよいという。イボンヌの心に母性と女とが戦いはじめたのはこの頃からである。

（もしジャニーヌがいなかったならば……もしジャニーヌが死んでくれたら）

遂にある夜のこと、イボンヌはこの怖ろしい誘惑にまけた。

その夜は男がひそかに彼女の家を訪れた晩だったのである。なにも知らぬジャニーヌはいつものように（他の寝室がなかったから）台所においたベッドの上でしずかに眠っていた。その隣の部屋でイボンヌは運転手のたくましい腕にだかれていた。

「コブつきの女とは結婚できねえ」酒臭い息を吐きながら男は何度も呟《つぶや》いた。「すまねえが、俺はやっぱりお前と別れるぜ」

「もしジャニーヌがいなくなったら」とイボンヌは恨めしそうに言った。

「そりゃ結婚するさ。だがそんなことは、ありッこねえからな」

あさがた――、彼女はねむっている男の腕からぬけでると台所の扉をそっとあけた。娘はこわれた人形を枕もとにおいて無邪気に眠っている。イボンヌは強張《こわば》った顔でそのジャニーヌの寝顔をじっと見おろしていた。

そして母よりも女となることを選んだのである。

台所のガス栓をすべて開くと、彼女はもう一度、娘の寝顔をふりかえり、戸をかたくしめた。そして隣のベッドにもどると、男のそばに体を横たえた。男は口をあいてかるい鼾《いびき》をかいている。その胸に顔を押しあてて彼女はジャニーヌが死んでいくのを待っていたのである。

これは一九五一年、リヨンで起った話である。私は今でもおぼえている。なぜなら私はその年の終り、ソーヌ河のほとりの裁判所に彼女の裁判を見に出かけたからである。被告台にたった彼女の顔を群衆のうしろから覗《のぞ》いた時、ひどく痩《や》せこけたイボンヌが被告台に両手をつき、その額が汗で光っているのを見たのだった。

この話は我々から遠い仏蘭西の事件である。しかしもう一つの出来ごとは兵庫県武庫《むこ》郡のA町で起った話なのだ。

その女――小林トキは二十八歳の娘だった。父親に早く死にわかれ、残された母親の面倒をみねばならなかった彼女はA町の郵便局で働いていた。

二十八歳まで婚期が遅れたというのはこうした家庭の事情にもよったが、それと同時にトキは内気な性格の上に、平凡な目だたぬ顔だちをしていたからである。

平凡で目だたぬというよりは彼女の顔には若い男をひきつける魅力に欠けていた。そう――たとえば梨の花のように誰もがこのトキには娘として注意をはらわなかったのである。その上彼女はきつい近眼だった。

郵便局にくると彼女は風呂敷包《ふろしきづつ》みから恥かしそうに眼鏡のサックをだす。銀色の縁のついた眼鏡をかけて机にむかう。二十八歳のオールド・ミスが眼鏡をかけねばならぬのは時として女性にとって悲しいことである。だから彼女はひどい近視なのにもかかわらず自分の家と勤め先との往復にはこの眼鏡をいつもはずしたのだった。

トキは郵便局ではみなの受けは悪くなかった。時々、未婚の年をとった女に特有なヒステリーを起して、はいったばかりの女の子を苛《いじ》めることはあったが、その執務は真面目だったからである。

「小林君も、そう黙ってるけんどいい人があるんやろ」

三時になると彼女は薬罐《やかん》の茶を皆についでまわる。そんな時郵便局に勤続三十年という角田老人が皮肉ともひやかしともつかぬ言葉を投げかけるのだった。だが局員の一人として彼女に恋人がいるとは考えたことはなかった。

だがこのトキにも男がいたのである。

トキの楽しみは月に一度ほど、町の映画館に出かけて二本だての日本映画を半日つぶして見てかえることである。Sという男優のファンだった彼女はさすがに十七、八の娘のように手紙などを送ったりはしなかったが、彼が出ている映画があると欠かさず見にいった。スクリーンを眺めていると自分が近眼であること、二十八歳の未婚の女であることもいつか忘れてしまう。

それはある日曜日だった。トキは映画の画面に懸命に見いっている時、自分の右手に隣の男が少しずつ指を触れてくるのを感じたのである。

彼女は少し驚いて手を引っこめようとしたが、一種のこわさと恥かしさのためジッとしていたのである。相手の指は尺取虫のように掌をゆっくりと這《は》いまわっていた。トキはもう画面よりもこの汗ばんだ自分と彼との指に気をとられ息をこらして真正面を向いていた。

映画が一つ終り便所から尿の臭いの漂ってくる館内に灯がついた時、トキは隣の男が素知らぬ顔をして新聞を眺めているのに気がついた。男はジャンパーに下駄《げた》をはいた青年だった。トキは体をずらして席から通路に出た。映画館の出口を通りすぎる時、彼女は今の青年がうしろから従《つ》いてくるのに気がついた。

「すみませんでした」思いがけなく青年は気の弱そうな声をだしてあやまった。ジャンパーに下駄という格好からトキは相手が町の不良ではないかと思って避けたのだが、オドオドとしたその物の言い方をみると、彼がそれほど不真面目でもないような気がする。ただ小さな町で男と二人で歩いているのを知りあいに見つけられることが心配だったのである。

だが自分のように年をとった娘にもこの青年がついてきてくれたことは嬉《うれ》しかった。

「交際をしてくれ」と喫茶店につれこまれた時は夢ではないかと思った。

青年は町の木材工場で働いていた。A町には植林した周囲の山から木を切って加工する木材工場が多かった。加納というこの職工は、トキと同じように気の弱い、顔だちもどちらかと言えば醜い青年だった。

「ぼくも父親に死にわかれましてん」

トキが家庭の事情を説明すると加納は驚いたように声をあげた。

二人が同じような運命や環境をもっていると知ると、トキは彼に必要以上の好意をおぼえた。

この日から一と月に二度はトキと加納とはつれだって映画をみたり郊外を散歩するようになった。初めの二、三度はこの青年が電車賃も映画代も払ったが、そのうち、トキが自分のまずしい財布から支払うようになった。加納はやがてそれを当然と思うような態度になった。

二ヵ月ほど交際したある日曜の夜、加納は映画館の帰りにトキの体を求めた。トキがそれを拒むと、恨めしげな眼をして、

「俺のこと好きやないんやろ」と呟いた。「そんなら考えがあるからな」

加納から捨てられる怖ろしさにトキは彼の言うことを承知した。加納は彼女をつれて隣の町の小さな温泉マークにつれていった。真茶色に陽にやけた畳の上に、うすい布団が二つ敷いてあった。トキは眼鏡をその布団の枕もとにおいた。

「結婚してくれるん」

「するで」

二つ年下の加納は一瞬ためらいをみせたが、トキがジッと近眼の眼をちかづけて自分の顔を凝視するので小さな声で承諾した。

二十八の女の知恵で彼女は早く手をうっておいた方がいいと考えた。母に好きな男の

できたことを話し、母から伯父《おじ》にうちあけてもらって、加納が勤めている木材工場の労務課長にわたりをつけた。

課長にまで知られると、加納も逃げるわけにはいかなかった。二人はその年の冬、結婚した。

赤ん坊ができた頃から加納が家に戻らぬ日が多くなった。トキが口出しをすると、すぐ打《ぶ》ったり蹴《け》ったりする。赤ん坊はみにくく、加納の顔にそっくりの女の子だった。郵便局をやめて、母親を引きとったが、加納はこれも癪《しゃく》にさわったらしかった。加納に怒鳴られるたびにトキは母親にあたる。

「母ちゃん、出ていってよ。母ちゃんがうちに厄介になっとるさかい、うちまで苦労せにゃならん」

だが母親は家を出る必要はなかった。次の年の冬、トキが買物からもどると母親は熱を出して苦しんでいた。井戸端で赤ん坊のおムツを洗わされたため感冒にかかったのである。感冒は肺炎を起して母親は二週間後に死んだ。もともと心臓のわるい老婆だったからペニシリンでもたすこともできなかったのだった。

母が死んでから、加納の素行がおさまるかと思ったが、益々あれる一方だった。前よりもひどく打ち、前よりも家をあけることが多くなった。冬の終るころ、トキは加納に別の女ができたことに気がついた。

それは三月の中旬の夕方だった。夫は三日間、家に戻ってこない。トキは赤ん坊のおムツを井戸端で洗いながら、ひびの切れた手をさすった。おムツをかえてもかえても、女の子はすぐ汚す。少し眼を放している間にも大声で泣きつづける。心も体もひからびたようにトキは疲れていた。

家の戸があく音がして、加納が戻ってきた。自分の着がえをだして風呂敷《ふろしき》に包んでいる。トキが台所から声をかけたが彼はただ黙っていた。

「どこにいぬねん」

「俺の勝手や。ほっとけい」

トキが声をあげて女の所に行くんだろうと叫ぶと、加納は拳《こぶし》をふりあげて彼女の顔を打った。眼鏡がとび落ちて、粉々に割れるほどの強さだった。それから彼は包みを手にとると足音をたてて玄関から出ていった。トキはたおれたまま、じっと畳の一点をみつめていた。井戸ばたから鶏のわびしい羽音がきこえてきた。赤ん坊は火のついたように泣いている。トキはその赤ん坊が今更のように加納の顔に似ていると、ぼんやり考えた。

彼女は足をひきずりながら台所まで歩いた。台所の釜《かま》の中にはひえた一握りの飯が残っていた。

その飯を釜ごと赤ん坊のそばまで運ぶと、トキは大きな口をひろげて泣いているその顔に米粒をなすりつけた。眼にも額にも頬にも口の上にもねっとりした米粒をつけたのである。赤ん坊の顔がひきつったように白く変ると、彼女はその体をだいて井戸ばたに出た。

井戸ばたのそばには、金網をはって四、五羽の鶏がかってある。せめて卵代だけでも浮かそうとしてトキが、結婚後育ててきた鶏である。

鶏はトキをみて金網の戸口まで群がってきた。餌をくれると思ったのである。

コッ、コッ、コ、コ

コッ、コッ、コ、コ

トキは赤ん坊の体を鶏舎の糞《ふん》や泥水のながれる地面におき、金網をにぎりながら、ジッと見つめていた。

コッ、コッ、コ、コ

二、三羽の鶏は泣きわめく赤ん坊に、はじめは驚いて羽ばたきをした。だが、やがて――その声に狎《な》れたのであろう。一羽の雄鶏《おんどり》がトサカのついた頭をあげながら赤ん坊にちかよってきた。そして首をまげて飯粒のついたその顔を突ついた。赤ん坊が声をあげると一度はとびのいたが再び近よってくる。

コッ、コッ、コ、コ

雄鶏のあとに続いて他の二羽の鶏もこの小さな体をとりかこんだ。彼等のくちばしは真白な飯粒がなすりつけられたこの赤ん坊の顔の上に機械的に動きはじめた。眼にも鼻にも容赦はなかった。

トキは台所に戻ると戸をしめて、あがり縁に腰をおろした。夕暮れだった。しずかだった。そして鶏の声をいつまでも聞いていたのである。

コッ、コッ、コ、コ

翌日、赤ん坊は血まみれになって鶏舎の中から発見された。その顔には蜂の巣のように無数の鶏のくちばしの穴があいていたのである。

時計は十二時にとまる

読者も御存じのように私たちはこの雑誌の掲示板を通し、ひろく知り合いに頼み、奇怪な出来ごとの起った場所や、幽霊がでたという噂のある家を草の根かきわけて探したのである。だが意外にも信頼のおけるものは非常に少ないことがわかった。

たとえば最近、某誌にのった東京下町の幽霊屋敷なども、実際に調べてみると、近所の人もそんな話は聞いたことがないと言う。

あるいは又、こういう家が昔から妖怪《ようかい》の出るので評判だと通知をうけ、早速、詳報を問いあわせてみると、話は少しずつウヤムヤになり、結局、小さなことを針小棒大に誇張した噂にすぎぬという結果が多かった。

まず第一にこうである。私たちはその家でいつごろ、幽霊が出たかを知らねばならぬ。ところが話をすすめてみると、必ず次のような結果になるのだ。

「幽霊が出たという話ですか……ぼくは自分の眼でみたんじゃないんですが」ここで相手は困ったように頭をかく。「なんでもぼくの婆さまが娘のころ……」

冗談じゃない。こちらは彼のシワクチャ婆さまが、娘の頃の幽霊屋敷を探しているのではないのである。現代も現代、まだイキのよい幽霊におめにかかりたいと願っているのだ。

時たまは、あたらしい化物屋敷の話もなくはなかったが、これも大てい次のようなオチになってしまう。

「惜しかったですなあ。もう一年、早ければ……」相手は本当に惜しそうな顔をするのである。

「一年前にあの家はとりこわされて、残念だが今じゃお寺の材木になってますよ」

結局、掌にすくった水が指の間からこぼれるように、我々が手に入れた情報も次から次へと消えてしまった。そして数少なく残った話の中から我々は今日、報告する名古屋《なごや》の幽霊屋敷をまず、選んで探検してみたのである。

名古屋の幽霊屋敷の話については、この街に古くから住んでいられる人には御存じのむきも多いと思う。話はそれほど有名である。

大正十二年のころ、今の中村町《なかむら》に残っている名古屋の中村遊廓《ゆうかく》は、市外大須《おおす》にあった。話はこの大須時代に遡《さかのぼ》るわけだが、まあ辛抱して聞いて頂きたい。

この大須の遊廓のなかに、松風楼とよぶ家があり、内藤という老人が楼主だった。内藤は蓄財の才にたけた男らしく妓楼《ぎろう》を経営するかたわら、高利貸の商売にも手をだした。当時の税務署の報告によると彼は二百万円以上の金をためている。

今でこそ二百万円といえば、株に手をだすB・G嬢もこの位のお金を溜《た》めるくらいヘイチャラらしいが、当時はサラリーマンの月給が五、六十円の時代だから大変な額である。一妓楼の楼主がこれだけの蓄財をするには、それ相当の奮励努力があったにちがいないのである。

高利貸として内藤老人は、情容赦なく利子をとりたてた。自分がかかえている女たちも苛酷《かこく》なまでに働かせた。ある人の話によるとこの松風楼きっての花魁《おいらん》といわれた玉川が労咳《ろうがい》(今の肺結核)を患った時も、寝かせもせず働かせたということだ。働きがわるいと食事の量をへらす。握り飯に塩しか与えない。

ストレプトマイシンやヒドラジッドのような特効薬のある近ごろではないから、そのころは肺をやられて握り飯しかたべさせられなければ、死ねと言うのも同然である。玉川はその後、一、二ヵ月たらずに、主人を恨みながら息を引きとったという。

まあこんな話は御存じの講談にもチョクチョク出てくる型だから珍しくはないが、こういう話が内藤老人にまつわりついているのを見ても、彼の評判が世間ではあまり良くなかったことを我々に想像させるのである。

さて大正十二年十二月三十日のことである。ちょうど大晦日《おおみそか》の前日でこの日は雪がふっていた。晦日だから松風楼の裏口には料理屋、酒屋、衣装屋などの手代が次から次へと出入しては、一年間の勘定を支払ってもらっていた。

ところがこの日、その後、松風楼の時計事件として有名になった一つの出来ごとが持ちあがったのである。

名古屋でも、一、二を争う大きな時計屋「後藤時計店」の店員、星野文男（当時十九歳）も勘定書を手にして松風楼に金をとりに出かけた。松風楼では一ヵ月ほど前に玄関においた大時計を五十円で買いあげてくれたからである。

つめかけた他の店の手代や店員にまじって星野も勘定書をわたし、判を押してもらった。この判をもらったというのが間違いのもとだったが、まだ奉公をしてから日の浅いこの若者は判のあとで現金をもらえると愚かにも錯覚したらしい。

ところがその現金はいつまでも手渡してもらえぬのである。あとから来た他の手代たちは、マゴマゴする星野を尻目《しりめ》にかけて次から次へと用をすませて帰っていく。

「お金の方は……いつ頂けるんで……」

おそるおそる机に坐《すわ》った内藤老人に伺うと、

「お前さん馬鹿を言うんじゃありませんよ。もう払ったじゃないかね」

「御冗談を……」

「冗談とは何です。勘定書に判が押してある。うちじゃ金を支払った店にだけ判を押すんだから」

星野は必死になって、自分は金をうけとった憶《おぼ》えはないと言い張ったが、老人は冷やかにそっぽ向いて、

「次……」

次の手代が持参した勘定書に眼を通し、金庫から金をだして支払うと判をペタリと押す。

「ごらん。後藤屋さん。この通りだ。判があるのに金を受けとらんとは、あんた言いがかりも甚だしいやないか。警察に電話かけましょうか」

いくら頼んでもこちらの言い分には耳も傾けてくれぬ。他の店の店員や手代たちが、うすら笑いをうかべながら星野を眺めている。その視線に耐えきれなくなって、気の弱い彼は霏々《ひひ》とふる雪の外に出てしまった。

右にも左にも新年の飾りをつけた妓楼がたち並び、女たちの高い笑声が窓からきこえる。雪のつもった路《みち》をトボトボ歩きながら、星野は自分がどうして良いのかわからなかった。五十円という大金は大正十二年には一店員が急に都合のつけられる金ではない。手ぶらで帰れば主人と番頭にどれほど責められることか。

至って気の弱い星野は遂に四崎橋に出て堀川《ほりかわ》に身を投げた。彼のふくらんだ死体の上がったのはその翌日である。

あたらしい年が来た。

大須にあった遊廓は名古屋中村に移ることになり松風楼もまた、他の店と共に新開地に移転をすることになる。

ところが中村に移ってからである。奇怪な出来事が、毎夜この家に起りはじめた。後藤時計店から手に入れた大時計は、妓楼の玄関横に置かれてあったのだが、これが午前零時になるとピタリととまる。

始めは故障でも起したのかと機械を調べてもらったが、機械に悪いところはない。その時計が十二時になると軋《きし》んだ音をたてて時を告げたのち、もう動かなくなる。

大時計だけではない。松風楼にある時計という時計が、みなこの時刻になると狂ってしまうのだ。遊客もあまりの不気味さに次第にこの家に近よらなくなったという。

松風楼の奇怪な事件はその後も長く続いたと言われる。戦後でもこの話は、名古屋に長く住んでいる人々には語り伝えられたそうである。私たちに連絡をしてくれたM氏も「赤線廃止以後、空屋同然になったこの家では今なお時計もおかぬということです」と教えてくれた。

この話を聞いて、私は興味をおぼえた。早速、探検に出かけてみたいと思った。なによりもよいことには、ここの奇怪な出来事は時計が十二時に止まるという点である。「幽霊をみた」とか「幽霊の声をきいた」とかはどうしても当事者の主観や幻覚だと疑われても仕方がない。

だが時計が十二時にとまるか、否か――これは子供にだって明確に調べられるのである。目覚し時計の大きな奴を買って松風楼に出かけてみよう。そしてその時刻に時計の針とニラメッコをする。これほど簡単な調査方法はない。

かくて今度も編集部のE君、カメラマンのS君と三人で、我々は名古屋に向かったのだった。

私が名古屋に行くときいて一番反対をしたのは私の妻だった。

「なにもそんな気味わるい家ばかり、泊まらなくたって……タタリでもあったらどうなさるの」と妻は言った。「幽霊のタタリは怖ろしいのよ。イヤだわ。そんなにまでならなくっても、親子三人、つましく暮せるじゃありませんの」

「わかっとるヨ」と私は肯《うなず》いた。「ぼくだってそんな家には行きたくないんだ。行きたくないんだが仕方ないのデス。もしぼくが幽霊にとり憑《つ》かれて死んだとしたら、君もぼくのことなど忘れて、どうぞ再婚して幸福になってください。そして息子だけはくれぐれも健康に育てて下さいよ」

私は幽霊のタタリなどあまり信じない性格だが、妻にそう言われてみると急に心の怯《おび》えを感じた。

東京を出た日はひどく暑かった。名古屋はその東京よりも暑さの烈しい都市ときいている。陽のながれこむ列車で私たちは今晩にそなえ、睡眠をとることにした。編集部のE君は私の大学時代の後輩だが、拳闘《けんとう》部にいただけあってたのもしい。

「幽霊なんか出てきたら、左フックに右ストレート浴びせてやるから」E君はさかんに腕をヒュッ、ヒュッと動かす。「大丈夫ですよ、遠藤さん」

「おねがいしましょう」

私は微笑して肯き、窓に頭を靠《もた》せてふかい瞑想《めいそう》にふけったのである。

六時間後、私たちは大きな名古屋駅についた。名古屋は戦災後、もっとも都市計画を大胆に進めた都市ときいている。私はこの街がどう変ったか見たかった。

改札口に向かうと、E君が既に手配しておいてくれたらしい、この名古屋の某新聞社のO記者が迎えにきてくれていた。宿や中村遊廓《ゆうかく》への行き方を親切に教えてくれたのち、

「ところで御紹介したい人があるのですが」

そばにいた一人の魚のような顔をして、白髯《しろひげ》をはやした老人を私たちに引きあわせた。

「この方は日露《にちろ》戦争二百三高地《にひゃくさんこうち》、生き残りの勇士、田島さんといわれる方ですが……」

と記者は言った。「今度のあなたたちの壮挙に非常に感激されまして……今時の若い者に似合わずそういう試胆会を試みるとは立派な青年たちだとおっしゃられとります」

「はあ……」

「田島さんは今夜、是非みなさんを御招きして夕飯を差しあげたいと言われとるのですが……」

私は半ばの感謝と半ばの当惑を感じながら頭をさげた。こちらは別に試胆会を試み、自分の勇気をためすために名古屋に来たのではないのである。私は自分がいかに臆病《おくびょう》な人間であるか、自分で一番よく知っていた。

わるいことにこの魚のような顔をした田島老人は耳が遠かった。片手を耳にあてて大声をだすのである。

「イエンドウさんか。わたしはネ……イエンドウさんがえかなる人物かは知らんが」

周りの人々はクスクス笑いながら通りすぎていく。私はこの老人の日本語では私はエンドウではなくてイエンドウであることをこの時はじめて知った。

我々三人は車にのせられてネオンまたたく広小路《ひろこうじ》を通りすぎた。車中田島老人が何かをブツブツ呟《つぶや》くのだがよくわからない。

「田島さんはこう言うとられます」O記者が代って通訳してくれた。「自分たちが若い頃はこういう試胆会はよくやった。また我慢会と称し夏にドテラを着てガマや蛇を食べることも試みた……」

「なるほどねえ……」

自分には関係のないことであるから私は感にたえぬような顔をして肯いたのである。広小路を通りすぎると車は右に折れ、左に曲り、暗い裏路にはいり一軒の家の前に止まった。別に料亭といった家ではない。普通の日本家屋である。

我々をおろすと、記者のO氏は急にソワソワとして自分はここで失礼すると叫んだ。私はO氏が遠慮しているのではないかと思ったのだが、これは遠慮ではなかったのである。(この理由はあとになってわかった)

田島老人はこの家では顔らしい。まもなく我々は鼻の頭に汗をうかべた小女に案内され二階のムウッとする六畳に通された。なにか脂くさいイヤな臭いのする部屋である。白髯をしごきながら田島老人は私たちに何か叫んでいるのだが、耳の遠い人の言葉は大声をだされれば出されるほどわかりにくくなるものだ。

「当世の若い者はエキジナシでな」

「はあっ？」

私たちがこのエキジナシという言葉を意気地なしの意味であると理解するには三十秒を要した。老人は当世の若者が意気地なしだと悲憤しているのである。

機嫌を損じてはならぬので私たちは黙っていた。やがて先ほどの小女が幾皿かの料理を運んできた。

見たことのない料理である。黒いひものようなもののカラアゲや、白い肉と、それから小さなタイヤのように輪切にして脂の浮いた肉が各々、皿にならべてある。白い肉は箸《はし》をつけてみると実にうまい。鶏肉の柔らかい部分を選んだように思われるのだが、ふしぎなことに骨が魚骨のようにうすい。

「田島さん。これあ何でしょうか」

「ケエル」

E君もS君も私もよくその意味がつかめず箸を動かしていた。ケエルとは名古屋料理の一つだと思ったからである。

「この輪切もうまいな。鳥肉の脂っこいのに似てますが、何でしょうか」

「エビ」

エビにしては大きいし形も変だと思うのだが、相手に失礼だといけないから、我々は黙っていた。田島老人もうまそうに口に放りこんでいる。口を動かしながら自分の若い頃の試胆会やガマをたべた話をしきりにやっているのである。

最後にあたたかいマゼ御飯とおつけ物が出た。マゼ御飯の中にはうどんを切ったようなものが幾つかはいっている。噛《か》みしめるとジュッと甘酸っぱい液体が出る。私はあまりこの御飯はたべなかったが、E君はよほど腹がすいていたとみえお代りを三回もした。我々の健啖《けんたん》ぶりをみて老人は至極機嫌がよかった。御馳走《ごちそう》になって見所のある青年たちとほめられて、私たちも満更、悪い気がしない。そのうち体が妙にホカホカと熱くなってきた。熱くなってきただけではなくまるで酒によったように矢でも鉄砲でも持ってこいと自信がムラムラと起ってくる。幽霊なぞ怖ろしいどころか、摑《つか》まえて東京に持ってかえりたい気持になってきた。

老人は親切にも我々をふたたびタクシーにのせて中村遊廓まで送ってくれる。我々はここで、もと楼主の一人であり現在はトルコ風呂《ぶろ》経営者のN氏によって、めざす松風楼まで案内してもらう手筈《てはず》になっていたのである。

旧中村遊廓大門の前で田島老にわかれると我々はN氏の家をたずねた。E君はさきほど食べすぎたのであろう。しきりにシャックリをしている。拳闘選手のように腕をふりながら、

「遠藤さんヒエッ、ぼくあ、えらく精気と自信が体内に充満してきたような気がしますよ、ヒエッ幽霊がなんだ。化物がなんだヒエッ」

と叫んでいるのである。そういわれれば私も自分の体内にかつてないエネルギーがみ

ちみちてくるのを感じた。カメラマンS君も同じことを告白するのである。

「あの老人のおかげだよ。見も知らぬ俺たちに御馳走してくれるなんて」私はふしぎだった。

「近頃イカす年寄じゃないの……」

N氏はいかにも旧楼主といったような血色のよい、丸々と肥《ふと》った好々爺《こうこうや》である。歓談半時間の後、旧遊廓の真中にある松風楼までつれていってくれた。路々氏の話によると松風楼は戦後、進駐軍将校の慰安所になったが、それ以後は例の時計事件の話のためか、ほとんど廃屋同然になっているとのことである。

「そりゃ一眼みただけでウス気味わるい家ですぜ。電灯もないから懐中電灯を持っていきましょ」

「ぼくら、ヒエッ怖ろしくないですよ」E君はシャックリを交じえながら「たった今田島さんというお爺《じい》さんにホルモン料理を御馳走になりましたからねヒエッ」

「え？」突然N氏は驚いたように足をとめて、「あなたたち、田島さんに案内されたですか」

「ええ、それが、どうかしたのですか」

「いや、ようあんなもん食べられましたなあ、わし等はとても口にあわんが……」

「あんなもんと申しますと？」

「田島はんは有名な悪食家でしてな。蛙や蛇をくう店を自分で経営されとりますが……」

突然、私の脳裏にひらめいたのは、あの時たべた白い柔らかな肉である。老人はあれをケエルと言っていたが、それは蛙と言うつもりだったのではなかろうか。それからエビとよぶ黒い輪切りのものは蛇のあやまちだったのか、思わずムカムカと吐気が胃の底からこみあげてきた。

「なんですって。じゃあのマゼ御飯の中のうどんのように白いものは何でしょう」思わず私は大声をたてた。ケエルやエビのほかに我々が御飯と一緒にたべた白い長いヒモのようなものは、噛みしめた時甘酸っぱい汁が舌の上に流れこんできたのを私は思いだした。

「白い長いもん。そりゃ回虫とちがうかなあ」N氏は私たち三人を軽蔑《けいべつ》したように見あげた。

「カイチュウ?」

「さあ知らん。だが田島はんは回虫は人間の栄養をとって生きとるのだから、あれほど栄養ある食いものはなかろうと、常々、言うとられましたからな。とにかく変った老人ですワ」

私たち三人はむやみに唾《つば》をそのあたりに吐きちらした。「畜生、ヒエッ、畜生、ヒエッ」E君はくるしそうにシャックリと嘔吐《おうと》の音をまじえて呻《うめ》き続けた。

もう松風楼どころの騒ぎではなかった。我々は生まれて初めて蛙や蛇やそれに白いイヤラしいものを食べたのである。

（あとで聞いたのだが東京、浅草《あさくさ》にもこの種の料理を食わせる店があるそうである。物好きにもそれをたべに出かける人もいるらしい）

だから廃屋同然となった松風楼に足をふみ入れた時も我々は恐怖どころか、さきほどの嫌悪感で胸いっぱいだった。ひろいガランとしたこの遊廓《ゆうかく》は荒れた庭、誰ももう使わぬ二、三十の部屋がそのむかし、ここで夜を送った男女の愛欲の臭いをムゥンとこめて捨てられている。電灯のつかぬ場所が多いのでN氏がふりまわす懐中電灯の青白い光がシミのついた天井や赤茶けた畳、崩れ落ちた壁の一点を不気味に照らしだす。N氏の話によると、この中村遊廓の大半の家はほとんどその部屋の半分以上を使い道もないままに放ったらかしているそうだ。

「三千万円もかければこの家だって」とN氏は残念そうに言う。「だがあの幽霊がまつわりついとりますからなあ」

我々は埃《ほこり》だらけの一室に用意してきた目覚し時計をおいた。時刻は十一時五十分を示していた。あと十分もすれば名古屋で有名な時計事件の真相がわかるのである。時計は本当に十二時にとまるか。

チクタク、チクタク、気ぜわしく秒針が時をきざんでいく。私はゴクリ唾をのんだ。

「あと七分、ヒエッ」

E君はまだシャックリがとまらぬらしい。S君はしきりに部屋の中とこの時計を写真にとる。懐中電灯の光だけで写真がとれるのだというから我々は日本のカメラ会社に感謝せねばなるまい。

「あと、ヒュッ、五分」

私はE君の小笛をふくようなシャックリ音を少しうるさく思いながら眼をとじた。眩暈《めまい》のするような気持だった。

「あと三分、ヒェッ、ヒュッ、ヒャッ」

なぜか私は目覚し時計をみたくなかった。恐怖というより一種の不愉快感のためである。この時、突然、バタバタッと音をたてて私の耳もとをかすめ過ぎたものがある。コウモリだった。庭からとびこんできたコウモリは、S君の手にした懐中電灯の光を慕って部屋にとびこんできたらしい。

コウモリが外に逃げ去ると部屋の中は更に闇となり更に静まりかえった。

「あと一分……アッ」

アッと大声をたてたのはE君である。

「とまった」

「とまったのか」私は思わず腰をあげた。腰をあげたというよりは本能的に部屋の出口に飛びだそうとしていた。

「失礼」とE君はしずかにわびた。「とまったのはぼくのシャックリなんで」

懐中電灯に照らされた目覚し時計の針は既に十二時を一、二分、通りすぎていた。

我々の実験は成功したのである。大正末期から三十五年間名古屋の人々に語り伝えられ、中村遊廓に陰惨な暗い影を投げ与えていた松風楼の怪話は我々の決死的な探検によって始めてその真相を解明されたのだった。時に十二時六分である。

「行こう」

私たちはなぜかある寂しささえおぼえながら廃屋となったこの家を出て、外で待っているN氏に経過を話してあげた。我々の寂しさは決して真相をあばくものではない、怪談をやむをえずあばいたという寂しさだった。今日からあの中村遊廓にはもう松風楼を怖れる人はいなくなるだろう。だが夏の夜のよき物語を私たち三人は破壊してしまったのである。

針

東京神田《かんだ》、駿河台《するがだい》にある文化学院《ぶんかがくいん》の女子学生、成瀬幸子は、夏休みのアルバイトを探すため学徒援護協会にでかけた。暑い日だった。

カードをめくりながら係員が教えてくれた仕事口は二つあった。

「一つは夏休みの間小学生の女の子の勉強をみる家庭教師ですがね。場所は大森《おおもり》です。泊まりこみで食事つき、五千円を出すと言っているんだが……」

開襟シャツから出した汗でしめった細腕を手ぬぐいでふきながら若い係員は次のカードをめくった。

「もう一つは、もう一つはと……」それから彼は机の上においたキャラメルの一粒を口に放りこんでニヤッと笑った。

「あんたも食べませんか」

「結構です」幸子は首をふって「それより……もう一つのお仕事を教えてください」

「そうでしたな。もう一つは、これもそんなに悪くありませんよ。さっき電話で申込みがあったばかりの奴だな」

「どんなお仕事ですの」

「九月の上旬まで東京を離れる人の留守番ですよ。青山南町《あおやまみなみ》にいるブルジョアらしいが……ただ留守番をしてくれて、庭の薔薇《ばら》と鳥との面倒さえみてくれれば、七千円出すと言っているんだが」

「食費はどうなんでしょうか」

「食費は向うもちですよ。ええ、この七千円の中には、はいっていませんな」

若い女子学生の成瀬幸子は青山に住むようなブルジョアの留守宅でおめおめと鳥や薔薇の面倒を見る仕事は自分の社会観に矛盾するような気がしたが、食費が向うもちで七千円の給料をくれるという点がやっぱり魅力的だった。それに休みの間、仏文学の教師のE先生が意地のわるいレポートを宿題に出しているので、少し勉強しておかなければならなかった。小学生の家庭教師をやればどうしても自分の暇がなくなる。それに比べればこの青山の留守番の方がはるかに自由時間が持てそうである。

「じゃ、二番目の仕事を選びます」

「そうしますか」

係員は口を動かしながら一枚の紙を幸子に渡した。紙は一種の勤務評定を個条書《かじょうがき》に刷りこんだもので、相手側が紹介されたアルバイト学生を気にいったかどうか書きこむようになっている。

教えられた地図をたよりにその日の夕暮れ青山南町で都電をおりた。夏の黄昏《たそがれ》の陽が煙草屋や氷屋のトタン屋根を暑苦しく照らしている。

「この辺に峠さんというお宅、ありませんかしら」

氷屋の店先で丸首シャツを着た親爺《おやじ》にたずねると、

「峠さん？　峠さんならこの右の道を斜にはいった五番目の洋館だ」

そして親爺はなぜかうすら笑いを唇にうかべて、首のあたりを大きな指でかいた。

「あんたも留守番を頼まれていくのかい」

「ええ」幸子は相手のうすら笑いが気になって「でも、どうしたんですの」

「いや……なあに……」

親爺はそれ以上口をつぐむと店の中にはいっていった。

洋館はすぐわかった。薔薇や鳥の世話をしろという話だったから、幸子はなにかシャレたあかるい建物を想像していたのだが、雑草のおい茂った庭や、壁のところどころが崩れ落ちて、なにか、西洋の物語にでてくる廃屋といった感じである。この感じは窓を覆うほど伸びるにまかせた蔦《つた》や、ベルを押しても長い間、静まりかえっている死んだような家の気配で益々つよくなった。

「だれですか」

やがて厚い扉の鍵穴《かぎあな》から、嗄《しわが》れた男の声がきこえた。幸子が援護協会から来たむねを答えると、やっとその扉をあけた、一人の老人が顔をだした。家の雰囲気や、庭のたたずまいから幸子はなにかある不安な気持さえ感じていたのだが、意外にも老人は白髪の知的な学者らしい風貌《ふうぼう》をした人だった。青年のように色のついたシャツを着て、コールテンのズボンをはいている。

「家内がちょうど、おらんもんだから」老人は乱雑な、埃だらけの家の中をわびるように言った。

だがそれにしても家は必要以上に荒れていた。通された応接間のソファはすっかり痛んで、バネがお尻《しり》にぶつかるような有様だったし、窓にも白い埃が模様をつくっていた。

「私の方は男の学生が都合がよかったんだがな」と峠氏は困ったように、「あなたのような若いお嬢さんを一人でこの家に留守番をさせておくわけにはいかんし……」

「大丈夫ですわ」幸子は懸命になって答えた。その力んだ顔を老人は少し愉快そうに眺めて、

「たった一人で留守番をするのは、こわくないかね」

「こわくなんか、ありませんわ。だって退屈しますもの。幽霊なんかが出てきてくれた方が面白いみたい……」

峠氏は声をたてて笑った。しばらく話をしてみると、峠氏はつい四、五年前まで東南アジア向けの貿易をやっていた老実業家だったことがわかった。今は仕事をやめて晴耕雨読をしているのだそうである。

「困ったことに家内が今年の春から、老人結核にかかりましてね、富士見《ふじみ》の療養所に行かせておるんだが、わたしも九月までそちらに住んでやるつもりです」

その間、留守をしてくれる学生がほしかったというのである。女中さんは既に一足さきに富士見に出かけてしまったので、この三、四日、老人はやもめ暮しだったと笑った。廊下や部屋の埃《ほこり》も白くよごれた窓硝子《まどガラス》も、そういう事情をきいてみれば理由もわかるような気がする。

「お嬢さんはそんなに退屈していられるのかね」

「ええ」幸子は微笑しながら答えた。「アルバイトを申込んだのも一つにはそのためなんです」

「ほう……」峠氏は口にくわえていたパイプを握ると、感心したように幸子の顔を覗《のぞ》きこんだ。

その日は家の中を案内された。思ったより以上に部屋数もある。

「暇があったら掃除をしといてください」

「庭の雑草もぬいておきます」それから彼女は気がかりになっていたことを尋ねた。

「鳥と薔薇のお世話をしなくちゃ、ならないんでしょう。鳥って、何処にいるんですの」

鳥は二階の廊下にいるのだと老人は言った。やがてその二階にのぼると、一羽の鸚鵡《おうむ》が鳥籠《とりかご》の金あみをしきりに齧《かじ》っている。鳥は峠氏をみると、媚《こ》びるような淫《みだ》らな声をたてて羽を動かすのである。

「留守中、おねがいしたいことが二つある」と峠氏は鸚鵡に指をかませながら「一つはこの鳥に毎日水と餌をやって下さい。もう一つは……この二階の洋室のものには、絶対に」

絶対にと言ってしばらく老人は口を噤《つぐ》んだ。

「絶対に手をふれないでほしい。……できれば、はいらないでほしいのだ」

その洋室は二階の廊下の突き当りにあった。小さな覗き窓のついた扉がかたくしまっている。その廊下からは、すでに夕靄《ゆうもや》のつつみはじめた荒れ果てた庭がみおろせた。庭は隣家の裏に通じていて、その裏から井戸ポンプの音がきこえてくる。

「わたしは明日の朝、早く新宿《しんじゅく》から汽車にのるから——あなたは十時ごろ家にきてください」

玄関の鍵は牛乳箱の中に入れておくから、とのことだった。

峠氏の家を出てすっかり暗くなった道を歩きだすと成瀬幸子は急に、心細さと不安にかられはじめた。援護協会からこの仕事をもらった時は、別になんでもなかったのだが、実際、あのガランとした家で一人、住まねばならぬことがわかると、さすがに薄気味がわるいのである。

「もし、もし、前川さんのお宅でしょうか」

青山の電車通りに出ると彼女は同じ文化学院の学生である池田治彦の下宿に電話をかけた。

「そうですか……いらっしゃらないんですか」

治彦は留守だった。昼だけでもあの家に来て一緒に留守番をしてもらいたかったのだが、このボーイ・フレンドもどこかにアルバイト探しに出かけたらしい。幸子はがっかりとして受話器をおろさねばならなかった。

こうして峠家での留守番がはじまった。案ずるより産むが易しで、いざ住みこんでみるとこのガランとした家もなかなか風味があった。庭におい茂っている雑草をみていると、どこか高原の別荘に来ているような気がする。それに初めの二、三日はすっかり埃のたまった家の掃除や心の緊張で、一人暮しの退屈さや心細さを感じる暇もなかった。二、三日住んでしまえば、気も落ちついてくる。

それに、誰にも監視されずにノビノビとこの家で自由に振舞えるのがなにより若い幸子には嬉《うれ》しかった。自分で食事をこしらえ、食事がすむと、ショートパンツにはきかえて庭の雑草をぬき、薔薇《ばら》に水をやった。それから応接間の破れたソファに足をなげだして、フランス語の勉強とレポートの参考書をよんだ。

御用ききたちとも次第に親しくなった。

「一人で住んでいて、こわかないですかい」

御用ききはショートパンツをはいた幸子の白い足をまぶしそうに眺めながら小さな声でたずねた。

「こわかないわよ……一年でも二年でもこのまま住みたいと思っているくらい」

「へえ……変ってるねえ」

ただこの御用ききの中で、中年の洗濯屋だけがヘンなことを言った。

「早く、この家は出た方がいいよ。お嬢さん」

幸子がその理由をきくと、男は肉のおちた頰にうすら笑いをうかべただけだった。幸子は先日、峠家への道すじをたずねた氷屋の親爺もこれと同じような、奇怪な笑いを洩《も》らしたのを思いだして、なにかイヤあな気がした。

ここへ来て五日目の夜だった。

幸子は夜おそくまで応接間で本をひろげ、字引を引いていた。古びたラジオから甘いムード音楽がながれてくる。一人で夜、応接間にいるとやはり寂しいから、できるだけラジオをかけるようにしている。時刻は十一時を少しまわっていた。

突然、彼女はこのガランとした家の中で目をさましているのが自分一人だけでないことに気がついた。二階から何かを落したような音と嗄れた女の声がきこえてきたからである。

その声はすぐやんだ。幸子はラジオのスイッチをとめると耳を澄ませて、氷づめにされたように動けなかった。

「あけないで……あけないで」

ふたたびその女の声が、階段を通って彼女の耳に伝わってくる。

「あけないで……あけないで……その部屋を」

それはたしかに年をとった女の声だった。この時、幸子の心にうかんだのは峠氏の夫人のことだった。富士見の療養所で寝ているというあの老人の細君には勿論《もちろん》、会ったことはないが、この家に住んでいる老婆といえばその老夫人しかいない筈《はず》である。

「奥さまですか……」

幸子は呼んだがその声はガランとした家の中、廊下の壁にむなしく反響しただけだった。

震える足でその廊下に出てみた。手さぐりで電気のスイッチをさぐり、灯をつけた。もう声はきこえなかった。灯をつけてみると、幾らか怖ろしさはなおったが、まだ胸の動悸《どうき》はおさまっていないのである。彼女は廊下と台所との間にある電話にしがみつくと、急いでダイヤルをまわした。

「どうしたんだい、サッちゃん、今頃」

同じ文化学院のボーイ・フレンドである治彦が受話器にでると、やっと彼女は気をとりもどして事情を説明した。

「とに角、来てよ。タクシー代ぐらい、あたし払うわ、とても気味がわるくて……」

「馬鹿だな。身分不相応なアルバイトに手をだすからさ。俺みたいに……」

その治彦がタクシーをとばして峠家まで来てくれる二十分の間、幸子は玄関の前にたって、もう家の中にはいろうとはしなかった。

「本当かい。空耳じゃないんだろうな」

治彦はタクシーをおりると、懐中電灯を照らしながら叫んだ。

「じゃ、二階に上がって頂戴《ちょうだい》よ」

幸子の手前、このボーイ・フレンドは勇気のあるところを見せねばならなかった。率直に言ってあまり堂々ともいえぬ格好で、治彦はそろそろ二階に登っていった。

烈しい物音が急にひびき、治彦が叫ぶ声が家中にひびいた。

「驚かすなよ……鸚鵡じゃないか、オウム……」

鸚鵡が懐中電灯の光におどろいて鳥籠の水鑵をおとしたことが、やっとわかったらしく、治彦は幸子を二階からよんだ。

「鸚鵡じゃないのかい、その老婆の声って言うのは」

おそるおそる階段をのぼった幸子も、そういわれれば、あの老女の声はこの鳥の人まね声だったかもしれぬ、という気がしてきた。

「あっ、その部屋は見ちゃダメ」

「どうして？」

「どうしてだか知らないけど、峠さんから命令されてんの」

二人はしばらくの間、じっと黙っていた。けれども彼等は同じように、さきほど幸子が耳にした言葉を思いだしていたのである――

「あけないで、その部屋……」

鸚鵡がいったにせよ、この言葉は明瞭《めいりょう》に彼女には聞きとれたのである。

「あけたいね、俺」

「いいじゃないか。場合が場合だもの。中に変な奴がいるのかもしれないし」

そういわれれば、幸子もこの禁じられた洋間を覗《のぞ》いてみたい気がした。それに、峠氏は部屋のものに触れるなと言ったが、覗くなとは命じてはいなかった筈である。

「調べてくれる？」

「ああ……」

治彦は懐中電灯を右手にもつと、勢いよくドアのノブをまわし、一歩、さがった。それから壁のスイッチをひねった。

「なんでもないじゃないか」

椅子一つ、机一つおいていない部屋だった。ここだけは幸子も掃除をしていなかったので、床に白い埃《ほこり》がたまっていた。壁には雨だれの大きなシミがついていた。

「何だい、こりゃあ」

暖炉の壁に硝子瓶がある。その硝子瓶の中に、大きな黒い丸いものが浮んでいる。お玉じゃくしの頭のようである。

「あ、これは眼だよっ」

「眼？」

「人間の眼玉だよ。眼玉をアルコールづけにしているんだ」

治彦はいそいで部屋をとびだした。幸子も急に背すじに水をかけられたような怖ろしさを感じて廊下に走り出た。

「へえ……それだけかい。その話は」

と、私は成瀬幸子に少し不満そうな口調で呟《つぶや》いた。

ここで読者にお断りしておくが、私は週一回、文化学院で仏文学を教えている。成瀬幸子は文科二年六十人の女子学生の一人である。夏休みに少し苛酷《かこく》なレポートを命じたEという教師はほかならぬこの私だった。

その先生が、恐怖実話を集めているときいて成瀬幸子は、早速私に電話をくれたのだった。

「とっても、気味わるかった話があるの。先生にお売りするわ」

ちかごろの女子学生は何でもタダではくれない。私は彼女たちの性格には馴《な》れているから、そんなに驚かない。二人は、お茶《ちゃ》の水《みず》の珈琲店《コーヒーてん》ジローで落ちあうことにしたのである。

「それだけか、ひとつも怖ろしくないね。そんな話じゃ買うわけにはいかないよ」

私も商売だから粗造品には金はださぬ。いくら相手が自分の女子学生とはいえ、材料は吟味することにしている。

「それだけじゃないんです。先生」幸子はジュースのストローをじっと眺めながら話をつづけた。

池田治彦が来てくれた夜から一週間たった。二度とあの嗄《しわが》れた声はきこえなくなった。事の真相が二階の鸚鵡《おうむ》だとわかると、さすがにホッとしたが、真夜中、この鳥が突然、人間の言葉をしゃべりはじめ、あの洋間にアルコールづけになった、眼球がおかれているのを考えるとやはり幸子は気味の悪さをおぼえないではいられなかった。

(あれは誰の眼球だろう、それになぜ、眼球なんか瓶づめにしておくんだろう)

考えれば考えるほど、これほど奇怪な悪趣味はなかった。自分が誰のものともしらぬ眼球のある空家に住んでいることも、次第にたまらなくイヤになりはじめた。

(峠氏に手紙を出して、このアルバイトやめさせてもらおうかしら……)

彼女はレター・ペーパーをひろげて、急に事情ができたから留守番をこれ以上できかねます——そんな文面をしたためはじめた。だがここまで頑張ったのに月七千円のアルバイトをむざむざ捨てるのはやはり惜しかった。七千円のアルバイトはそう見つかるものではない。

(もう少しの辛抱だわ、もう少し)

こうして手紙は一日、二日と応接間のニスの剝《は》げた机の上に置きっ放しにされていた。鸚鵡は二度と声をたてなかった。幸子の記憶からも次第にあの瓶づめになった丸い黒い眼球のイメージはうすれていく。

一と月ほどたった八月の上旬、久しぶりに雨が一日中ふりつづけた。九州地方に台風が襲ってくるというニュースがラジオによって伝えられた日である。そのせいか東京は珍しく晩秋のように涼しかった。幸子はその日、十時すぎまで本を読んでいたが、いつもより早く寝床についた。

だれかの話声で眼がさめた。石のように体を強張《こわば》らしながら寝床のなかでじっと耳をすますと、その声は先日の夜の鸚鵡の声ではなかった。

たしかに――

二階のあの洋間から二人の男が話しあっているのである。一人は若い青年、今一人は聞き憶《おぼ》えのある峠老人の声だった。なにを語りあっているのかわからないが、二人のひそかな声は時々伝わってくる。

老人がいつこの家に戻ったのか、眠っていた幸子には全く気がつかなかった。彼女は寝床から起きあがると二階に行こうか、どうかを考えたが、やはり一応は顔をのぞかせて挨拶《あいさつ》をしておくのが礼儀のように思われた。

ネグリジェの上から、スーツの上衣《うわぎ》を着ると幸子はそっと階段をのぼった。鳥籠《とりかご》の中の鸚鵡は久しぶりに主人が帰ったので安心したのであろう、大きな眼をジッと光らせたまま止り木に直立して彼女を見つめている。洋間からは光が廊下に洩《も》れて、話声はハッキリときこえてきた。

「だれ？」

幸子の足音をききつけて峠老人は部屋のなかから叫んだ。

「わたしです」

「ああ、お嬢さんか。さっき戻ってきたところです。おはいんなさい」

扉をあけると座布団を二つしいて、その上に背の高い痩《や》せた青年が白い顔に微笑を浮べながら老人の前に坐《すわ》っていた。

「ちょうどいい、お嬢さんにも立ち会ってもらおうか」峠老人は愉快そうに言った。

「この人は富士見の帰り、汽車の中で知りあいになった青年でね。な、そうだろう」

「ええ、そうです」と青年は笑いながら肯《うなず》いた。

「わたしと汽車の中で議論したんだが彼は賭事《かけごと》なら三度の飯より好きでね、その上どんな賭でも負けたことのないという自信家だ」

青年の唇は紅をぬったように赤かった。その上、微笑こそたたえているが、その顔にはどこか能面のような不気味さがあった。

「だから私は彼と賭をする約束をしたんだよ。今夜、家に戻っても退屈だと思ったからね。あんたを夜、起して老人の話相手にするのは気の毒だし……」

「どんな賭ですの」幸子も少し興味をひかれて訊《たず》ねた。「あたしも退屈していましたもの」

「まあ、見ていなさい。あなたがジャッジだよ」

峠老人と青年とは、たがいに肯くと煙草をとりだして、

「このフィリップ・モリスを最後まで喫《す》って灰を一つも落さなかった方が勝ちだ」

「なにをお賭けになるのですの」

「眼だよ」老人は嗄れた声で言った。「お互いの片一方の眼だ」

彼女がその言葉の意味のつかめぬうちに、二人は長いフィリップ・モリスに火をつけた。そしてゆっくりと息をのみこみはじめた。この時はじめて幸子は彼等がなにを賭けているのかに気がついた。暖炉の上には黒い眼球がドンヨリとした液体の中に浸されていたからである。一分たった。二人の煙草はそれぞれ白い長い灰の棒になりながら半分ほど残っていた。二分、青年の指にはさまれたこの灰の棒は少しずつ歪《ゆが》みはじめた。だがその刹那《せつな》、老人は軽い叫びを洩らした。かすかな声だったがその微妙な震動で峠氏の膝《ひざ》の上には煙草の灰が粉々に崩れおちた。

「わたしの負けだ」

老人は深い溜息《ためいき》をついた。青年は微笑しながら座布団の横においた紙の上から一本の縫針を指につまんだ。

「まさか、君は本気で……」と峠氏は叫んだ。「まさか君は本気でわたしの眼を……」

「本気ですよ」相手はしずかに答えた。「約束通り、眼の中に針を通させて頂きますよ」

ふしぎなことに老人は抵抗をしなかった。少しくるしそうに真青になった幸子の顔をチラッと見ると、彼は電気の下でじっと眼を開いた。針をつまんだ青年はゆっくりその鋭い先端を峠氏の左の眼に近づけていった。幸子は思わず声をあげると、部屋をとび出し、鸚鵡の籠をつきとばしながら階下にかけおりていった。

「それで？」

私は成瀬幸子の次の言葉を待った。なぜなら彼女はそこで言葉を切ってストローに唇をあてたからである。

「それで、どうしたの」

「それで……翌日、あたしは眼をさましました。峠さんは応接間でもう新聞を読んでいました。私の顔をみながら彼は笑ってこう言ったんです。

（お嬢さん、退屈が少しは気晴らしになったのかね）

（眼は……左の眼は？）と私が叫ぶと、

（馬鹿だなあ。私の左の眼はもともと義眼だよ。昔、手術してね。痛んだ眼は二階の洋間に記念にとってある。ああ、あの青年か。私の甥《おい》でね。昨日、汽車の中で君を驚かせようと、あんな芝居を二人で計画したんだよ。少し悪趣味だったかね……）」

初年兵

あの男に、こんな三等車のなかで再会するとは、夢にも思ってはいなかった。

その日、新宿駅《しんじゅく》は非常に混雑していた。九時十五分発の急行は、お盆で故郷《くに》にかえる連中や、高原のバンガローに出かける若い青年男女たちが車内の通路にまですし詰めにたっていて、足のふみ場もないほどだった。

半時間前に駅につけば大丈夫だろうとたかをくくっていたこちらもいい気なものだったが、こんな位ならば会社からもらった出張費を正直に使って、二等の指定席切符を買っておけばよかったと今更のように悔まれた。

私はその日、会社の取引先きの工場のある上諏訪市に出張することになっていた。私は東京浅草《あさくさ》の紙問屋に勤めている。勤先きは一応、出張旅費として二等の料金を私にわたしてくれていたが、近頃のサラリーマンはこの二等料金を三等を利用することによって浮かすのは常識になっている。私だって僅《わず》かな差額だろうが、この金で子供たちに土産物の一つも買ってやりたかった。私は戦争から帰ったのち、今の紙問屋にやっともぐりこめた平凡な会社員だ。月給だって、妻と二人の子供を養うのにやっとなのである。

新宿駅についた時は、もう列車の窓という窓には鈴なりのように人の顔がならんで、通路まで目白おしだということがわかった。私はあわてて一つの客車から次の客車へと走りまわったが、デッキから体をはみださぬほどの空間をみつけるのがやっとだった。

それでも一番後部の車に乗って、便所の臭いのする洗面所ちかくの場所にトランクをおろした時は、さすがにホッとした。戦後のあのひどい列車で復員してきた私は、混雑した客車にのる時は便所のちかくに場所をとるのが、一番よいと知っていたからである。もし真中の通路に立往生すれば、いざ尿意を催した時、洗面所までは人ごみに妨げられて、とても行けないものなのだ。

汽車は定刻通り発車した。隣では大きなリュックサックを二、三個床におろして、登山靴をはき、ピケ帽をかぶった青年や娘たちが大声で笑いあったり、罐詰《かんづめ》をまわしあったりして不愉快だった。なぜ不愉快なのかしらないが、それは私のように戦争で青春を過した人間が、平和な時代に倖《しあわ》せそうに山に出かける若い連中をみて何時も感ずる気持の一つにちがいない。

便所にちかいという便利な場所をとったのは良かったが、窓が全くないのでひどくむし暑い。その上スシ詰めの客の汗くさい体臭が、便所の臭気にまじって息ぐるしいほどこのあたりに停滞することがわかった。よごれたハンカチをだし、私はしきりに顔や首をふいた。できることならもう少し風通しのいい場所に移りたかった。

この時、私は客車の一番、後部の席に、眼鏡をかけて髪をひどく長く伸ばした一見インテリ風の痩《や》せた男が、こちらをジッと見つめているのに気がついた。

どこかで見た顔である。どこかというよりは遠い昔に会った顔である。だがどうしても思いだせぬ。井戸の底をかきまわすように私は自分の昔の記憶の集積のなかから、ふるい知人や会社関係の取引先きの人の顔を、あれこれ蘇《よみがえ》らせてみたのだが無駄だった。

だが相手も私を知っていると見えて、両手に雑誌をもったままこちらを時々、見あげる。顔色のわるい、頰肉のおちた、いかにも気の弱そうな男だった。私は視線をそらし床においたボストンバッグから週刊誌をとりだして読むふりをした。

大月《おおつき》という駅についた時だった。ここから富士五湖《ふじごこ》の一つ、河口湖《かわぐちこ》にむかう電車がでているので、五、六人の若いハイカーたちがリュックを棚からおろすために立ち上がった。通路に並んだ客は眼を不気味なほど光らせながら、間もなくあくであろう席を狙っていた。勿論《もちろん》私たちの場所からはそれらの席はとても取れそうにはない。

「大月、大月、大月……」

駅のラウドスピーカーが叫んでいる。売子が弁当や牛乳やサイダーを窓から窓へと売りまわる。

「若林さん」

だれか私の名をよぶ者があった。ぼんやりとカアッとまひるの陽のあたった、いかにも暑そうなプラットホーム風景をながめていた私が思わずふりむくと——あの痩せた眼鏡をかけた青年が座席から立ち上がって私を手まねいている。

「若林さん。席をとりましたから……」

びっくりして、彼の顔を見た。だがたしかにこの人は私のために、たった今、あいたばかりの自分の真向いの席をとっていてくれたのである。

恐縮して、頭を幾度もさげ私はその席におずおずと腰をおろした。礼を言う前に、この親切な人が誰であるかを思いださねばならなかった。にもかかわらず私の鈍い記憶の底から彼の名前は遂にうかんでこなかった。

「お忘れでございましょうか」相手は少し悲しそうな顔をして小さな声で言った。私の当惑したような表情をいち早く敏感に感じたにちがいない。

「高畠です。軍隊におりました時は、色々とお世話になりまして……」

ああ、やっと私は思いだした。この男に十数年ぶりで、こんな三等車の中で会おうとは夢にも考えていなかった。私はハッとしたが同時に逆流のように血が頭にかけのぼるのを感じた。

なぜならこの高畠は姫路《ひめじ》の部隊で私と同じ内務班におり、私は古参兵であり、彼は初年兵だったからである。若い今の人にはこう言ってもわかるまい。だが私のように軍隊の麦飯をくった三十代の人ならば、この古参兵と初年兵という言葉が、どんな意味を持っているか知っている筈《はず》である。

私が高畠を点呼前の自由時間によく撲《なぐ》ったとしてもそれは私一人の罪ではない筈だ。実際、高畠をふくめた学徒兵は出来がわるかったが特にこの不器用で横着な高畠は一番、神経にさわる男だった。

弱虫でズルで、なにかの理由をつけては初年兵としての仕事をサボり、他の同年兵に迷惑をかける。たとえば、厠《かわや》にいく時、初年兵は居場所をあきらかにするために自分の姓名と厠に行くことを告げねばならぬ。高畠は、我々古参兵が見ていなければこの報告を怠るのが常だった。馬の世話でも彼ほどゾンザイにやる男を私たちは見たことがない。銃の手入れも注意せねばサボり、演習中には照星のネジを落してくるのである。

私たちが彼を毎夜撲ったのもそれ相応の理由があったと言わねばならぬ。もちろん、初年兵を撲ることは我々にある快感を与えたことも事実だった。その上、中学しか出ていない私は、このようなズルな弱虫の男が家が裕福なため大学に進学したということに多少の憎しみと嫉妬《しっと》とを感じていた。撲れば、眼鏡をもった手を拝むようにあわせて「お許し下さい。古兵殿、お許し下さい」と女のように哀願した彼のゆがんだ顔が、やっと私の記憶に甦《よみがえ》ってきた。

「若林さん、あの頃は色々お世話になりました」

「いや」私は視線をそらして思わず鞄《かばん》をにぎりしめた。

相手が皮肉で言っているのか、本気で言っているのか勿論、こちらにはわからなかった。

（どうでも、しやがれ）

突然、私は胸のそこから相手を軽蔑《けいべつ》する感情がムラムラと起ってくるのを感じた。どうでも、しゃがれ。初年兵をなぐったり、蟬の鳴声のまねをさせたのは私一人ではない筈だ。稲川上等兵だって田久保軍曹だって、いや日本の軍隊にいた大多数の古参兵は一度や二度は初年兵に鉄拳《てっけん》を加えている筈である。私一人が偶然、むかしの部下に出会ったからといって、なにもビクビクすることはない。

私は床に視線をおとして黙っていた。靴をぬいだ高畠がスリッパをはいているのが眼についた。私は十数年前この男が原上等兵にひどく叱責《しっせき》されて、営内靴《えいないか》（兵営内ではくスリッパ）を口にくわえ不動の姿勢をとらされた夜のことを思いだした。その時、私はこの憐《あわ》れな男にわざと意地わるい嘲笑《ちょうしょう》をあびせた一人だった。

「どこまで行かれます、避暑でございますか」高畠は女のような声で、頰に卑屈な笑いをうかべてたずねた。

「避暑？　とんでもない。出張だよ」

中学しか出ていない私がウイーク・エンドの休暇をとれる高級社員になれる筈はない。この男はそれを知っていて殊更にそんなイヤな質問をしたにちがいないのだ。

「どこにお勤めで？」

「名もない小さな紙問屋ですよ」私は不機嫌に答え、いこいを一本とりだした。マッチを忘れていた。彼に借りるのも癪《しゃく》だったから煙草をふたたびポケットに入れて、

「あんたは何をしとられるかね。学校出だから、もう課長さんだろ」

わざと苦笑しながらきいてみた。

「いえ、とんでもございません」高畠は顔を少しあからめながら「私、大学であまりパッとしない勉強をえらんだものでございますから……今は浦和《うらわ》の中学で教師をしております」

「ほう、パッとせん勉強と言いますと？」

高畠が何を仕事にしているか、こちらには勿論興味がなかったが軍隊時代の思い出に話が触れるのを避けねばならなかった。

「コンチュウガク？」

「はあ……コンチュウガクを……」

「虫でございます。昆虫を研究する勉強で……」

ふたたび私は口を噤《つぐ》んで窓の外に視線をそらした。高畠のいやに丁寧な言葉づかいもなんだか薄気味わるかったが、昆虫学などと得体の知れぬ仕事をやっている人間なぞにはさっぱり興味がない。これが株の話や投機の話ならば膝《ひざ》ものり出そうが、大の男のくせにくだらぬ虫の勉強をする高畠の気持が私なぞには合点がいかない。

窓の外には青々とした稲の田圃《たんぼ》がひろがっていた。青い葡萄《ぶどう》が幾段にもならんだ棚にみのっている。もうすぐ甲府である。

「今夜はどこにお泊まりで」

「上諏訪ですが、あんたは？」

「茅野《ちの》に親友がやっておりますす宿屋がありまして……そこに一泊するつもりでございま

す」

「ほう」私はやっと話題をみつけた気持だった。「あんたの親友がねえ、宿屋を……。勿論、宿泊費はタダなんだろうねえ」

「それはもう……。なんなら如何《いかが》でございましょう、若林さんも今夜、そこにお寄りになっては」

「いやあ、とんでもない」

「なあに、……よろしいんでございますよ」

高畠にそう奨《すす》められると私は頭のなかで素早く計算せざるをえなかった。汽車賃の差額をうかせたように、上諏訪の宿泊費を払わずにすむならば、東京に戻ってから飲屋に寄る金ぐらいできる筈だ。汽車賃の差額は子供の土産代、宿の金は私の飲み代――これは悪くはなかった。

「なにしろ田舎宿ですから、お気に召さないでしょうが……」

「冗談じゃない」私はそっと相手の顔色のわるい痩せこけた顔を窺《うかが》った。「そうですか……そこまで言ってくださるならお邪魔させてもらうかね」

「どうぞ」高畠はフケの溜《たま》った髪に指をつっこみながらうれしそうに笑った。

(なんてお人好《ひとよ》しな奴なんだ)心中、私は彼を軽蔑しながら考えた。(昔、自分を撲った古兵殿には、シャバに出てもサービスしようってわけかね)

ズルで不器用な初年兵高畠だったが、非常に気の弱い性格なのであろう、とても恨みごとの一つも言えないらしい。私はホッとすると共に、相手の気の弱さに乗ってやれと思った。どうせ旅先きである。二度とこの高畠に出会うことはあるまい、利用できるだけ利用せねば損である。

茅野についたのは昼すぎだった。ここからは八ケ岳《やつがたけ》や蓼科《たてしな》にのぼるバスが幾台も出ている。リュックを背負った若い青年や娘たちや、別荘行きの家族づれが陽の白くかがやく広場で汗をふきながらバスの順番をまっている。

「どこだね、あんたの親友のやっとる宿は」

「町のはずれでございます」

なるほど猫の額のような茅野町のはずれにつめたい渓流がながれ、そこにいかにも旅の行商人を泊めるような宿があった。

「やあ」

玄関にはいると高畠は急に狎《な》れ狎《な》れしい口調で女中に呼びかけた。

「大浜くんはおるかい」

「だんなさんは、生憎《あいにく》、長野に出かけられとるでな」女中は少し当惑したように言った。

「先生。今度も虫とりかね」

「いや今度はちがう。明日、松本《まつもと》の方に出かけるんでね。一晩どまりだよ」

二人の会話をきいていると、高畠は幾度もこの宿を利用しているらしかった。

思ったより清潔な宿屋だった。通された二階からは青い川のながれるのが見え、川原では鮎《あゆ》をつる二、三人の人が白い石に腰をかけていた。むかしの部下について来たことは悪くはなかった。宿賃はまずタダ。晩飯には鮎と考えると満更、むかしの部下について来たことは悪くはなかった。

この時、気がついたのだが高畠は宿にくるまでボストン・バッグのほかに、赤いヒモでゆわえた丸い罐《かん》を大事そうに手に持っていた。この部屋で女中がその罐に触れようとすると、彼は突然、大声をあげた。

「さわらないで、くれ」

この痩《や》せた青白い男がこれほどの声をたてられるのかと思われるほど烈しい言い方だった。女中はまるで火薬でもつかんだようにビクッとして、

「すみません」

「絶対に触れんでくれよ、そいつだけには」

高畠は、幾度も幾度も念をおすのである。浴衣《ゆかた》に着かえていた私は、

「なにが入っとるんだね」

「はあ……」と彼は口ごもった。「少し貴重なものでして」

なぜかそれ以上は彼は説明しようとしなかった。私は好奇心にかられてその変哲もない丸い罐をジロジロと眺めた。

夕方まで茅野の町を散歩した。見るもののない町である。蟬の声が至るところからきこえる。高畠がここのソバがうまいと言うので一軒の店に入ったが、それほどウマいと

は思わなかった。二人で八十円の勘定は私が払った。宿賃がただになると思えば四十円のソバぐらい奢《おご》るのはやむをえないだろう。

思った通り宿の夜食には鮎の塩やきがでた。高畠は痩せた白い足を浴衣から出しながら、女中に幾本も麦酒《ビール》をたのんだ。

「いいのかね、幾らタダだと言ったってな、こんなに酒まで飲むのは気が引けるな」

「大丈夫でございますよ。この家の主人の大浜ちゅう男は太っ腹の人間でして……それに親友ですからねえ」

「ふうん」

私はタダなものなら幾本でも飲まねば損だと思い、咽喉《のど》にゴムホースを突っこまれた感じがするまでコップをかたむけた。

「ところで佐藤小隊長殿は現在なにをしておられましょうか」

いよいよ、奴は昔の軍隊の思い出にふれてきた。

「佐藤小隊長殿か……なんでも立教交正会ちゅう宗教の布教員になっとられると聞いたがね」私は眼を伏せて小さな声で答えた。

麦酒の酔いが私を幾分、センチにさせたらしい。

「なあ、高畠よ。昔は俺もあんたを随分撲《なぐ》ったが……まあ水に流してくれなあ。あれも軍隊生活で俺もやむをえん気持だったから」

「そんなこと、若林さん」高畠は、麦酒の残ったコップをジッと見詰めながら、「ぼくは今更、なんとも思っていませんよ」

「しかし考えてみれば、あんたもようやったよ。初年兵として悪い成績じゃなかったからね」

「はあ……」

心にもないこちらのお世辞をききながら流石に彼も照れ臭そうに苦笑して、

「そろそろ寝ますかな」

女中に布団をのべさせると高畠は例の丸い鑵を出来るだけ動かさないように両手で支えて枕もとにおいた。

「一体なにがはいっとるんだね」

「いささか、貴重なものでして……」

さきほどと同じように高畠は曖昧《あいまい》な返事しかしない。私の好奇心と疑惑とは益々たかまった。

(なにを持ってやがるんだろう。口を濁してしゃべらないのを見ると、よほど大事なものらしいな)

それでも灯をけしてしばらく闇の中で眼をつむっていると、高畠のかすかな鼾《いびき》がもう始まりだした。

どのくらい眠ったであろう、ふと、眼をさますと、行灯《あんどん》の灯がついていて隣の寝床には高畠の姿はみえぬ。厠《かわや》にでも出かけたのであろう。

むかし兵営にいた頃、高畠は小便のちかい男だった。深夜でも一、二度は必ず厠にたつのである。だがこの男は我々古参兵が眠っていると思うと、厠に行くという報告をサボるのである。私にはそんな彼のズルさを発見することに一種の快感をおぼえて、機会をうかがっていたものだ。

枕元の煙草をとろうとして寝がえりをうった時、畳の上においてある例の罐に気がついた。私はそっと廊下に耳をすますと、この罐に手を伸ばそうとした。

その時、廊下のむこうでかすかな音がきこえたような気がした。

あわてて手を引っこめたが音はそれっきり聞えなかった。

(今、便所にはいったのだな)

するとまだ二、三分は余裕がある筈《はず》である。あの高畠の奴、罐の中に何を入れているのであろう。別に盗むわけじゃないから、一寸《ちよつと》ぐらい見たってかまやしないぜ……こういう勝手な理屈をつけてみた。断わっておくが私だって人のものを無断で調べてはならぬぐらいの礼儀作法は知っている。だが相手があのウスノロの高畠ならばという、舐《な》めた気持も働いていたのは事実である。

罐を手にとると、ふしぎにその蓋《ふた》には二つの小さな穴があった。その小さな穴に眼を当てると青くさい臭気がして、それ以上は見透せなかった。

(ええ……開いてやれ)

私は赤いひもを罐からはずすと、罐の蓋に手をかけた。

その時、廊下から高畠の足音がはっきりときこえたのである。

あわてた私は鑵もその蓋も畳に放りだしたまま、中を調べる暇もなく、手を伸ばして枕元の行灯風の灯を消してしまったのである。

息をこらしていると高畠は何か独り言をつぶやきながら、自分の寝床にすべりこんだようである。私は彼が寝るのを待って鑵をもと通りに直しておかねばならなかった。なにか砂の流れるような乾いた音がする。ガサガサという乾いた音は私の敷布団のちかくできこえ、急にとまった。

この時である。突然、高畠は布団からはねおきると枕元の行灯風のスタンドに灯をつけた。

私と言えば眼をつむって眠ったふりをしているより仕方がなかった。

「若林さん」高畠は呻《うめ》くような声をだした。「やはり、そうだと思った。鑵をおあけになったのですね」

それから彼は私の返事を待たず、

「動いちゃダメです。とんだことだ。声をたててもいけません。ぼくの言うこと、よく聞いてください。蠍《さそり》が今、あなたの寝床にはいったんです」

「えっ」

「動いちゃダメだ、そのままジッとして下さい。動くと蠍は尾で攻撃してくるんです」

私は額から脂汗のながれるのを感じた。そういわれるまでもなく、たしかに私の腹部になにか固い虫がゆっくりと這《は》い、胸のあたりに登ってくるのを感じたからである。

「ど、どうして蠍なんか……」

「松本の中学校に寄付するつもりだったんです。ぼくの母校ですから……蠍はこの間、大島《おおしま》の南のY島で採集したんです。ぼくは昆虫を勉強していますから……その一匹を中学に寄付するために、盆で故郷に戻るついでに持参してきたのです」

汗は額だけではなく背中にもぐっしょり濡《ぬ》れてきた。もしこの汗の臭いに刺激されて蠍が動けば……

「あれにやられると十人中五人は死亡するといわれていますから……動かんで下さい。若林さん」

「なんとか」私は能面のように眼を見ひらいて口だけをかすかに動かした、「なんとか、ならんか」

「とに角、医者をよんできます。あらかじめ血清を用意しておかなくちゃ」

彼は寝床からそろそろ抜けだすと、そっと洋服を着かえた。もし彼が音をたてればそれに驚いた虫が私の胸に鋭い針を突っこまないとも限らないのである。

両手と両足はもう自分のものではないほど痺《しび》れていた。蠍はちょうど私の乳のあたりにジッととまって動かなかった。おそらくこの暗い布団の中を、石垣の間の自分の巣と信じているのだろう。

既に朝がた近かった。窓が少しずつ白んでいくのがみえた。高畠は古い机にむかって

何か、鉛筆を走らせていたが、

「女中を叩《たた》き起《おこ》しておきますが、部屋に来たらこれを見るように言って下さい。万一の場合の応急手当を書いておきましたから」

「たのむ」

「ぼくは医者をすぐ連れてきます」

「早く……戻ってくれ。お願いだ」

「わかってますよ」

高畠は襖《ふすま》をあけて廊下にそっとすべり出た。彼が廊下を歩き階段をおりる足音を私は必死できいていた。

体は石のようだった。微動だにしないという姿勢をとることが、どんなに心にも体にも苦痛なものか初めてわかった。その上、胸の上の虫の感触が私の頭にいっぱいに拡がりはじめた。

(とんだこと……とんだことだ)

十人中、五人は蠍の毒からは助からぬと高畠は言った。昆虫の研究をやっている男の言葉だから間違いはない、私の胸の動悸《どうき》は耳にきこえるようだった。この鼓動に蠍が刺激されないことを祈るより仕方がなかった。

(宿賃を倹約したばかりに……馬鹿な……高畠などに誘われて)

とりとめもない言葉が耳の中でなっている。朝が早く来ればいいと私は念じた。だが朝になって、医者が来たとしても、どういう手をうつのか。布団をうごかすことはできぬ。動かせばこの猛毒をもった虫は一瞬にして攻撃に移るだろう。あの節のついたエビのような体や、背中に曲った尾をもった蠍が私には眼にみえるようだった。

(女中はまだ来ないのか。高畠の奴は起さなかったのか。あいつの話を女中は冗談と思ったんじゃないんだろうな)

それにしても女中は本当に姿をみせなかった。宿中がシィンと静まっているのである。私は大声をたてて彼女たちを呼ぼうと考えたが、それがこの際、どんなに危険なものかにすぐ気がついた。

十分が十時間に思える。二十分は一日のように思える。医者の来た気配もない。階下ではやっと起きた小女が流行歌を歌いながら玄関をあけている。

やがて女中が二階にゆっくり登ってきた。すぐそばの廊下の雨戸をあけているらしい。

「おい」私は呻くように叫んだ。もうこれ以上、ジッとしているのに耐えられなかった。

「来てくれ……たのむ」

泣声にも似たこの声に女中は怪訝《けげん》な表情をみせて襖をあけた。

「なんぞ、用ですか」

「高畠は……つれの客は、何も言わなかったのか」

「高畠さん？　高畠さんなら一番の汽車で松本にたたれましたぜえ」

「松本に……そうじゃない、医者をよびに行ったんだ」

「医者？　いいえ」女中は頑固に首をふった。「勘定はおつれのあなたさんに全部、払（はろ）うてもらえと言うとられましたがな」

　それは蠍の恐怖以上に私に痛打をあびせた言葉だった。前後を忘れて私は布団からはね起きた。

　そして、私のシャツの胸からは一匹の小さな甲虫が、布団にころりと落ちたのである。私は女中を倒すようにして机にとびついた。彼がさきほど鉛筆で走り書きをしていた紙片を手にとった。

「御苦労さま。まあ朝まで苦しんでください。これは兵隊時代のあなたにたいするぼくのお礼です。松本の親類の子供にもっていってやる甲虫が思いがけない役にたちました。なお、ぼくの東京の住所をこの宿でおききになっても無駄です。この宿にぼくは先年、一度だけきましたが、いつも出鱈目《でたらめ》の住所を書いておきましたから。勿論《もちろん》、ここの主人と親友なぞとは列車の中で考えた作り話です」

ジプシーの呪

拝啓、突然お手紙をさしあげる失礼をお許しください。御作「周作恐怖譚」毎回、興味ぶかく拝見いたしておりますが、先々週号であられましたか（原文のママ）、先生がこの連載の材料をさがしているとお書きになっているのが眼にとまり、実は自分が味っている奇怪な体験をお知らせしたいとつたない筆をとった次第です。なんらかのお役にたてば幸いです。

私は現在、五十七歳、職業は神戸《こうべ》のSホテルのバーに勤めているバーテンです。封筒に書きましたように西宮《にしのみや》市仁川月見ケ丘に住んでおります。

お話し申上げる奇怪な体験にふれる前に、簡単ながら小生の過去を書かせて頂きます。と申しますのはこの奇怪な体験を語るためには、どうしても小生の過去を物語る必要があるからです。

ただ今も書きましたように私はSホテルに勤めておりますが、昔は日本郵船の海外航路のバーテンとして勤務いたしておりました。

若いころから、そんな関係で、いろいろな国のいろいろな港をめぐり歩くことができました。御存知のように船乗り（私は純粋な船乗りではありませんが……）には女遊びはつきものです。船にのっている間は禁欲生活ですし、食事も部屋もタダなのですから港に着けば溜《たま》っている精力を吐きださざるをえないのです。

私は自分の口から言うのは何ですが、若いころは女好きのする顔だとよく仲間から言われました。まつ毛が長く、眼をふせると、何処か淋《さび》しそうな表情になるので、それが女の母性愛を刺激するのかもしれません。私も実はそれを意識して随分利用し、時には寄港地で年上の女に貢がせたこともあるのです。

その一人は伊太利《イタリア》人の女です。ナポリの淫売婦《いんばいふ》でしたが、寄港するたびにその娼家によるので、すっかりなじみになり、なじみになる以上に惚《ほ》れられてしまいました。

情欲がひどく強い上に、体も日本人の女の二倍はあるという相手ですから、こちらは逃げだしたいと思ったのですが、船の泊まっている間中、私に色々な品物を買ってくれたり小遣まで恵んでくれるのにひかれて、随分、利用してやったものです。

だが今日、お話するのはこんな自分の女性遍歴のことではありません。

あれは今から二十年ほど前ですから、私が三十六、七歳の時でした。

その年の夏、私の乗っていた「さんとす丸」がフランスのマルセイユに着いたので例によって私たち仲間は辛抱していた肉体の精力を吐きだすべく、勇んで上陸いたしました。

マルセイユは御承知のように酒と女の町です。背後が丘になっていて、そこに大きなノートル・ダムとか言う基督教《キリストきょう》の大教会があり、町は坂が多いのです。港のまわりにはヴィヤベスという名物の魚料理をたべさせる店屋やホテルがずらりと並んでいます。

私たちの行先きはきまっていました。言わずと知れたあの種の家です。色々な国の男を相手にするマルセイユの女の中には片言の日本語をしゃべる者も時々おり、中には「君が代」を歌うというので人気のある中年女もいました。

仲間の四、五人と車をとばして遊廓《ゆうかく》に向かう途中、私はふと気が変りました。別に道徳心を起したんじゃありません。ただ、金で楽々と買える女を相手にするのがイヤになったのです。

(ひとつ、素人の娘をひっかけてみようか)

自分の顔に多少、自惚《うぬぼ》れをもっていた時代でしたから、日本人とはいえフランスの女を誘惑する自信はあります。

「おれ、降りるぜ」

私はキョトンとする仲間に別れをつげて車をおりました。

一人でぶらぶらと、ちょうど灯のともったマルセイユの繁華街の一つケテイ街にむかいました。街はにぎやかでした。映画館のネオンサインがグルグル動き、ダンスホールからワルツの演奏がきこえ、料理屋の窓硝子《まどガラス》をのぞくと白い卓子をかこんで食事をしている沢山の人々の顔もみえました。ちょっと裏路《うらみち》にはいると、

「ボンソワァール」

今晩は挨拶《あいさつ》をして眼くばせをする街の女に出あいます。だが、これは私が眼ざす相手じゃありません。けれども素人の娘だってチャンスがなければ話しかけることもできません。私はナイト・クラブか、ダンスホールで機会をつかまえようかと考えましたが、とも角、あたりを一周してみることに致しました。

ケティ街を少し遠ざかると、どこからか楽隊の音がひびいてきます。その音の方向にいきますと、赤や青の装飾電気を枝から枝にはりめぐらした公園がみえました。公園には、そう——日本では一寸《ちょっと》、想像もできないのですが、お祭の日のように夜店やサーカスが並んで、家族づれの人や子供たちでにぎわっています。色をつけた菓子を並べた屋台、立食のサンドイッチ屋、生がきに葡萄酒《ぶどうしゅ》をのませる店、五分で出来あがる即製の写真屋、それらにまじって手品やショーをみせる小屋がかかっています。

小屋のうしろにはトラックや銀色の箱車がならんでいます。フランスではこうした箱車にのって、あのジプシーの家族が村から村へ、町から町へと旅興行をするのだと私は聞いたことがありました。

物珍しさに私はあの店、この屋台を流れていく人群にまじってキョロキョロ見物しながら足をすすめました。子供のころの村祭をふと思いだしました。

そんな私が急に足をとめたのは、ある見世物小屋の前でした。立看板には毒々しい絵で半裸体の女が回転する鋸《のこぎり》で胴体を半分切られている絵が描かれていましたが、私が興味をひかれたのはそんな絵ではありません。

一人の若い男が小屋の入口の前で、客寄せのためでしょう、まるい鉄の輪を幾つも手にもって、つぎめのない二つの輪をアッというまにつなぎ合わせていましたが、その横で水泳着一枚になった水蜜桃《すいみつとう》のような体をした若い女が、片手を腰にあてながら群がった客を眺めています。

私はその真白い肉づきのいい四肢や、それから大きな胸のふくらみに圧倒されて思わず唾《つば》をゴクリと飲んだほどです。

「さあ、入らないか、入らないか」

輪をまわした青年がそう声をかけた時、彼女は私の顔をジッと見ると片眼を強くつぶって笑いました。

私といえば、この女のこの時のウィンクに催眠術でもかけられたように、ふらふらと木戸銭を払ってしまったのです。

小屋の中にはいると木の長椅子が二十ほど並べられ、そこに五、六組の家族づれが幕のあくのを待っていました。この連中は日本人の私をみて好奇心にかられたのでしょう、ヒソヒソとなにかを話しあっています。

やがて――

すりきれたレコードがもの悲しい音楽をならすと、幕がヨタヨタと開きました。さきほどの青年が海水着の娘と二人で出てくるとなにかフランス語でペラペラしゃべりましたが、よくこちらにはわかりません。

ところが突然、この青年は私をみるると、手まねきをするのです。私は手をふって「ノー、ノー」と叫びましたが、見物人たちはさかんに拍手をします。

どうやら、私に舞台にのぼれといっているらしいのです。

（ええ、ままよ。旅の恥のかき捨てだ）

そう思った私は勇気をだして舞台に駆けのぼりました。

青年は私に太い縄《なわ》を手わたし、この縄で海水着の娘をしばれと合図するのです。私は恥かしさをこらえて、彼女の真白な体にそっと縄をかけました。青年は首をふって、

「プリュ・フォール、プリュ・フォール」

どうやら（もっと強くしばれ）と言っているらしいので、私も思いきり彼女の四肢をガンジガラメにゆわえました。あんまり強くしばった時など彼女は大袈裟《おおげさ》に眼をまるくして痛そうな表情をしました。

縛りおわると青年は私に手伝わせて彼女の体にすっぽり、真赤な布をかぶせました。そして、手を、一、二、三と拍《う》ったのです。

驚いたことにはあれほど私にきつく縛られた娘が、パラリと縄目をはずしてにこやかに微笑しながらあらわれました。彼女は私を両手でかかえると、頰にかるく口づけをしてくれました。

勿論《もちろん》この接吻《せっぷん》は舞台効果の一つでしたでしょうが、くちづけを受けた私は、彼女の体

につけた安香水の匂いやほんのりと漂ってくる甘ずっぱいわきがの臭いに頭が痺《しび》れるような感じでした。

この間、舞台で例の青年が大きな紙の箱をひきずりだし、両手に鋭いナイフを持って出てきました。ナイフをその紙箱に幾回となく突きさして観客にみせた後——

今度も私に箱の中にはいれと命ずるのです。

危険のないことは勿論わかっていました。昔、天勝《てんかつ》の魔術ショーでこれと同じような見世物を見物したことがあるからです。

言われるままに私は中にはいりました。箱の中は真暗でした。外では例の青年がさかんに口上を述べている声がきこえます。急に怖ろしくなってきました。いくら手品とはいえ万一ということもあるでしょう。あのナイフで串《くし》ざしにされてはたまったもんじゃありません。

その時でした。突然、観客席とは反対にむいた箱の戸があくと私の手をだれかが急に引張りました。

箱の外にとびでると、それは幕にかくされた裏側でした。要するに箱は二重戸になっていたわけです。

あの娘が笑いながらたっていました。赤い唇に指をあてて「声をだすな」と合図をするのです。

突然、私はこの娘を自分のものにしたいという欲望にかられました。幸いあの青年は舞台でナイフ捌《さば》きに夢中になっているようです。

私は英語で、英語がしゃべれるかと娘にたずねました。彼女は肯《うなず》きました。それから押しの一手で彼女の手をつかむと引きよせてやったのです。

「アイ、ラブ、ユー」と私はニヤニヤ笑いながら小声で言いました。それから押しの一手で彼女の手をつかむと引きよせてやったのです。

小鳥が少しもがくように、娘は体をくねらせましたが、やがて自分から進んで私の唇にその唇を押しつけてきました。甘美な長い接吻でした。それから彼女は私をふたたび幕の中の箱に押しこみました。観客は私がずうっと箱に直立していたと信じたようです。

もう次の見世物をみる気持のゆとりなぞありません。小屋がはねるまで私は公園をうろつき時間をつぶしました。

十二時ちかく、やっと枝から枝にともした赤や青の灯が消え、遊びつかれた人たちが公園から引きあげたのち、私はそっと足音を忍ばせて、あの小屋のうしろに近づきました。

娘は地面にしゃがんでバケツの中でなにかを洗っていました。

「彼《ヒイ》は……」と例の青年のことをたずねますと、

「ヒイ？」

「イエス、ヤングマン」

「マイ、ブラザー」

彼がこの娘の男ではない兄であることがわかり私はホッとしました。その兄は彼女の身ぶりと片言の英語によりますと町に飲みにでかけたらしい。

娘は私の手をそっと引張って箱車のなかに入れてくれました。テーブルや椅子があって、おまけにキャンバス・ベッドも壁にそって備えられています。

やがて私はそのキャンバス・ベッドにねころんで娘がさきほどぬぎ捨てた下着に足を入れるのをぼんやり眺めていました。

船は一週間ほどマルセイユに停泊することになっていました。四日の間、昼はこの娘――クロードという名でした――とあちらこちらを歩き、安物の耳かざりを買ってやったり、映画をみたり、夜は夜で女のいる例の箱車の中に忍びこんだものです。四日目の夜のことでした。情事の最中、女は私に結婚してくれと言いだしました。どうせこちらは五日後にはマルセイユにおさらばする身ですから、ああ、いいよと返事をしてしまったのです。返事をきいた途端、このジプシーの女の眼が豹《ひょう》のように光りました。

よくジプシーの女は自分の仲間以外の男と恋愛したり結婚するのは禁じられていると言われていますが、あれはウソです、昔はそうだったかもしれませんが、この時、クロードは本気で私の女房になりたがっていたのです。

彼女は私の手をグングン引張って自分たちの箱車から少しはなれた同じような車までつれていきました。何をするんだとたずねても首を烈しくふるだけです。

その箱車の扉をクロードが叩《たた》くと、中から厚いショールで顔を包んだ老婆があらわれました。二人の女たちはしきりにこちらを見ながら何かを話しあっていました。

やがて――

私はこの老婆の箱車に入れられ、奇妙な婚約式をやらされたのです。

まず小さなナイフでクロードが自らの腕を傷つけると血の滴をコップに入れました。そして私にも同じようにせよと言うのです。痛いのを我慢して命ぜられたままに致しますと二人の血のまじったコップになみなみと黒い酒をつぎ、それに何でしょう老婆は白い粉を中に注ぎました。

長いふしぎな呪文のあと、まず私がそのコップの液体を半分のまされました。あとの半分はクロードが呑《の》みほしました。

それから老婆は私の腹部を裸にさせ、肌の上に赤い汁で何かを描きました。クロードの腹部にも同じしるしをつけたのです。あとでクロードはもし我々のいずれかが裏切ったならば、この赤いしるしをつけられた肌の部分に必ず異変が起ると片言の英語で説明しました。

こちらは勿論、そんな奇怪な行事など馬鹿馬鹿しくて信用などしておりません。ただ豹のように眼を光らせて私にしがみついてくるジプシーの娘を怒らせたくないばかりに、肯いていたわけです。

一週間はアッというまにたってしまいました。私はクロードに二ヵ月のちまたマルセイユにくるから、その時、結婚しようとうそをつき船に戻りました。

仲間に私の情事を話しましたが誰も信用しやしません。腹部にのこった赤い染みのあとをみせても自分でつけたのだろうと笑うばかりです。

だがこの話がボーイの口から船客に伝わったのでしょう。ある日、私は甲板で一人の外人の宣教師に日本語でよびとめられました。

彼はその事実は本当か、お前は本当にジプシー女と結婚する気があるのかと聞くのです。

私が笑って、旅のふかなさけだと答えますと彼は突然、厳粛な顔をして首をふりました。

「とんでもないこと。あのしるしは悪魔の呪いとして西洋人には怖れられていますよ」

とその老宣教師は言いました。

「こちらは日本人だから大丈夫でしょ」

私はおどけて、甲板を通りすぎ、酒場にいって酒の瓶をそろえる仕事にかかりました。

例の赤いしるしも風呂《ふろ》にはいって洗い落してしまいました。勿論、こんなものを一つ一つ信用していた日には男たるもの、体が幾つあっても足りません。

横浜《よこはま》につくと幸か不幸か、私が次に乗る船は欧州航路ではなく米国行きの龍田丸だという転属替えの命令が出ていました。

龍田丸は後に戦争の時、航空母艦となり撃沈されましたから先生も御存知でしょう。

そんなわけで――

マルセイユの思い出やジプシーの娘との情事は私の脳裏から段々消え去ってしまったのです。

半年ほどたちました。サンフランシスコで私はまた米国の女と随分遊んだものですが、帰国してみると、会社宛《あて》に変な手紙が到着していたのです。

開いてみると、中には手紙ではなく、一枚の写真がはいっていたのです。写真は一人の男の裸体をうつしたものでした。その腹部には一面のきたない腫物《はれもの》ができているのです。

なんのためにこんな写真を送ってきたのか合点がいきません。破り棄ててしまいましたが、なぜか恐怖とも不安ともつかぬものが心の底に残りました。

三ヵ月後、また会社宛、同じ写真が送られてきました。

五ヵ月後、更にもう一つ、一年後にまた同じような写真が届けられました。

だがそれっきりでした。こちらも少しずつ気味の悪さも忘れてしまったのです。

だがその手紙と不愉快な写真が送られなくなってから――

変な事が起ったのです。もっとも初めは変なこととは考えてはいませんでしたが……私のお腹のちょうどあのジプシーの老婆が赤いしるしをつけた部分に、ある日小さな痒《かゆ》い腫物がプツと出来ました、はじめはニキビぐらいの大きさでしたが掻《か》いたのもいけなかった。一つが二つにふえ、二つが三つにふえ、ブツブツの、ちょうど数の子のようにその数がふえはじめたのです。

やがてその田虫のような粒があわさって一つの腫物になりました。最初、売薬をかってつけておいたのですが治らない。ちょうど秋のきのこがのびるように先きの赤くただれたこの腫物は少しずつ盛りあがってきました。真中に火口湖のような穴があいて、押すとジュクッと膿《うみ》と血がでます。周りには小さな例のブツブツが少し紅色の色をおびて無数といっていいほど拡がっていました。

病院にいきました。はじめは医者は白い軟膏《なんこう》をつけてくれましたが一向に治らない。手をかえ品をかえ治療しても効き目がないのです。

夜などはむず痒くて、ねむれずにポリポリかいてしまいます。

「切りましょう」

ついに腹をたてて医者はメスを入れました。私はその刹那《せつな》、突然、あの写真のことを思いだしました。ああ、この腫物は決して治らない。自分はあの写真のように体中、腫物だらけになるにちがいない。そんな予感がしたのです。果せるかな、切りとった腫物のちかくに今度もまた、ニキビのようなブツブツが拡がりはじめました。次第にそれは太くなり大きくなり伸びはじめ——

私はもう薬もつけませんでした。医者にも行きませんでした。なにをしたって無駄だと思ったからです。

一ヵ月後、この腫物は二糎《センチ》半の長さになりました。

あのことに気がついたのはその頃、風呂にはいった夜です。私は衣服をぬぎながら、ふとこの腫物がその表面にできている無数のブツブツの加減によって、人間の顔のようにつくられているのに気がついたのです。

そうです。それは人間の顔、みにくく年をとった女の顔でした。眼もあります。鼻もあります。口もあります。これはあのジプシーの老婆の顔を私に連想させました。

拡大鏡をもってきて写しますと、その顔はひきつったような口をして私をジッと見つめています。指で思いきってその凸凹のブツブツを潰《つぶ》してみました。ちょうど顔の口にあたる所から黄色い膿がながれて、汚物を吐いているような表情になりました。

だが先生、話はこれだけではないのです。

あれはこの腫物ができてから三ヵ月後の真夜中でした。

私は例によって深夜ふと眼をさましたのです。一つには患部が布団の暖かさによってひどく痒くなったからです。私が眼をさました時は午前二時ごろでした。

なにかが部屋にいるのです。その姿はみえませんが舌を小さくかすかにならすようなチッ、チッという声が、どこかからきこえてきました。

チッ　チッ　チッ　チッ

私は初め虫がないているのかと思いました。しかし虫ならば私の起きた物音で鳴きやむでしょう。それが鳴きやみもせず相変わらず、

チッ　チッ　チッ　チッ

私は耳をすませました。どこからその音がきこえるのか確かめようとしたのです。やがて私にはその舌打ちのような音が、私の腫物から洩《も》れているのがわかったのです。背中に氷を入れられたような恐怖の悪寒がいたしました。

私は灯をつけて患部を調べてみました。もしかして膿や血が乾いていく音ではないのかと勝手な想像をしたからです。拡大鏡でじっと眺めた時、私はアッと声をあげました。

老婆の顔をした無数のブツブツのちょうど口にあたる部分に切口ができて、それが細かな音をたてながら開いたり閉じたりしているのです。

そのたびごとに膿があふれたり吸いこまれたりして、まるでこの老婆が黄色い液を口から吐いたり飲みこんだりしているように見えました。

先生、話はこれだけです。私は作家ではないのでつたない文章でしたがお許しください。

鉛色の朝

I

その男が私の前にあらわれたのは、二月の、ある曇った朝のことである。

その朝は、前の一週間と同じように霜の白くおりた、寒い朝だった。私は妻の秋江に起されて、うつろな表情で井戸端に出、凍りついたポンプの柄に薬罐《やかん》の湯を注ぎながら、楊枝《ようじ》を使った。それから、薄暗い四畳半の食卓で新聞をみながら、味噌汁《みそしる》とパンの朝飯を食った。

新聞の一面には、久しぶりでのソビエットからの送還船が、近く帰還者をのせて、帰国してくることを報じていた。私はそれに眼を走らせると、なにか不吉なものでも見たようにあわてて新聞をおき、冷えた味噌汁を飲みこんだ。

生れてから四ヵ月になる赤ん坊はまだ隣の部屋で眠っている。私は会社の会計から前借りをした妻の出産費のことをぼんやりと考え、眼をしばたたいた。

「もう時間よ、バスにまた、乗り遅れるわ」秋江はアルミの弁当箱を新聞紙に包みながら、

「ねえ、今日、坊やをまた病院に連れていこうと思うんですけれど」

「うん」私は弱い声でうなずいた。

「五日前から咳《せき》ばかりしているでしょう。小児結核にでもなったら、あたし、心配だわ。風邪だろうとは思うんですけれども、一応、診て頂いた方がいいんじゃないかしら」

「うん」

私は鞄《かばん》のなかに、たった今、放りだした新聞と、まだ掌の中に暖かい弁当箱を入れて、気のない返事をした。

「うん、うん、って簡単におっしゃるけれど、あれの方、どうなるの……」

「一週間すれば」と私は情けなさそうに言った。「給料日じゃないか。俺の方には今、なにもないんだ」

「じゃ、……あなたまだ日野さんにたてかえたお金、返して頂かないのね。あれを返して頂いたらいいじゃないの」

「うん」

私は妻の方を当惑したように横眼でチラッと眺めると鞄を持ってしまりの悪い玄関の戸をあけた。

「今日はどうしても日野さんに話してよ。本当に気の弱い方ねえ」

とは言え、それは何時もと同じような朝であった。霜の溶けはじめた路《みち》が既にグジュ、グジュになり、まっ直に大通りの方に向っている。近所の家が、幾度も炭俵の筵《むしろ》を敷いても、すぐぬかるんでしまう路なのだ。私は会社に行くためには通りからバスに乗る。

そのバスの停留所までたどりつくためには、幾度もこうした炭俵の筵の上を爪先で歩いていかねばならない。

既に朝は八時ちかかった。神田《かんだ》にある会社までは一時間かかるから、私は何時も八時すこし前に家をでる。そして同じ路で同じように眠そうな、疲れた顔をして出勤していく勤人たちと一緒になる。私のように彼等もまた、味噌汁とパンの朝飯をくい、鞄の中に新聞紙で包んだ弁当箱を入れて、家を出ていくのである。白けた、無表情な顔で彼等のある者は、バスの停留所の方に、他の者は、停留所からまだはいった私鉄の駅の方に、めいめい散らばって歩いていくのだ。

パン屋の店先で白いエプロンを着た娘が、仔犬《こいぬ》に飯をやっている。牛乳屋の小僧が自転車をカタカタいわせながら走っていく。何処かの家のラジオが朝のニュースを告げている。

ぬかるんだ路は少し上り坂になり、その坂を上りきるとトラックや自動車の走っている大通りに出る。

靴についた泥を坂道の石垣にこすりつけながら、私はたった今、妻に叱られた言葉を思いだした。おそらく今日、日野に頼んだところで彼は月給日まで待ってくれと言うだろう。そして、その時、私はきっと「いいさ」と弱々しい諦《あきら》めの微笑をうかべるにちがいないのだ。

(俺は何故、こうも気の弱い男なのだろう)

つい二ヵ月前のある土曜日、会社の引けどきに同僚の日野が、千円ほど貸してくれと頼んできたことを私は情けない気持で思いだしていた。その時、私は手洗所から戻ってきたばかりだった。前の机で仕出し弁当を食っていた日野が突然、顔をあげて、

「村松さん。一寸《ちよつと》、千円ほど貸してくれないか」と言ったのである。

日野が私に金を借りたのは、これで二度であった。その金を日野がマージャンやパチンコに使うことも私は知りすぎるほど知っていた。そしてまだ前の分の千円さえ日野から受けとっていないのだった。

「うん」と言ってしまってから、私はしまったと思った。思った所でも、どうにもなるものではなかった。私はうつむいたまま、財布をとりだし、自分がこの一ヵ月の間、煙草代を節約してまで温存しておいた千円札を黙って引きだした。

「善人だなあ。村松さんは」まるで紙片でも受けとるように無造作に日野の指が伸び、その千円札をひったくった。「恩にきますよ。給料日には利子をつけて返すからな」

こちらの気の弱さ、意気地なさを万事、呑《の》みこみ、つけこんでくる日野の狡《ずる》さを烈しく憎みながら、私はしかし、心にもない返事をしてしまったのである。

「うん、いいよ」

だがその金は先月の給料日になっても日野の手から私には戻ってこなかった。「あの千円は？」と言いかけて、咽喉《のど》まで上ってきた言葉が唇から、それ以上、出ないのだった。(俺が善人か）その時の日野の追従とも嘲笑《ちようしよう》ともつかぬ笑い声を今、心の中で噛《か》み

しめながら、私は泥靴をしきりに石垣にこすりつけた。

俺が善人か。その俺がよくもまあ、あのシベリヤの収容所で七年の歳月を送ったものだ。そして多くの仲間たちが苛酷《かこく》な労働や飢えや密告のなかで次々と倒れていった時、俺は生き残り、そして日本に帰ってきたのだ。東京にあった家はすっかり焼けていたし、親たちは俺が出征している間に死んでしまっていたけれども、叔父《おじ》の世話でどうにか職もみつけ、結婚し、兎《と》も角《かく》、平凡な、つつましやかな生活を送ることができている。

私は坂道を登りながら、真白に雪にうずまったシベリヤのH収容所のことを想いうかべた。鉄柵《てっさく》をめぐらし、監視台のサーチライトが青白い光を凍《い》てついた地面に照らしている。警戒の兵士がその地面をふんで歩くかたい靴の音がきこえる。一日のノルマで疲れた人間が石のように眠っている。私はその一人だった。

そんなことを考えながら、大通りに出ようとした時だった。

坂道のちょうど真上に、黒ぶちの太い眼鏡をかけた男が皮のジャンパーのポケットに手を入れながら、私が登ってくるのをじっと見おろしていた。

それは頬骨のとび出た、顔色のわるい男だった。帽子もかぶらず、油のきれた頭髪を文学青年のようにクシャ、クシャとさせて、彼は、横を通りすぎようとする私を頬に皮肉な微笑をうかべながら、じっと見詰めていた。

白い息を吐きながら坂を登り終えた私は一寸、たちどまり、相手を見かえしたが、唇にうすら嗤《わら》いをうかべながら自分をじっと眺めている男の視線に出会うと、思わず眼をそらせて歩道を横切った。

(何処かで見たことがある男だな)

何処かで見たことはあるが、どうも思いだせない。おそらく電車のなかで、新宿《しんじゅく》や神田の歩道で偶然、すれ違った男かも知れない。あの頬骨のとび出た顔色のわるい顔はよくある顔だ。しかし、彼はなぜ、唇に奇妙な嗤いをうかべて、私を見つめていたのだろう。

II

会社に着く頃には、私はすっかりその男のことを忘れきっていた。その男のことなんかよりは、日野に返してもらわねばならぬ千円の方が私の頭にあったのだ。

その日野は例によって、執務時刻ぎりぎりに、赤い安っぽいマフラーを首にまきつけて、大きなアクビをしながら事務室にかけこんできて、

「昨日よ。徹夜で宏チャンなんかとマージャンやっちゃって、全然、寝てねえんだ」

机にどさりと坐《すわ》ると彼は煙草を口にくわえたまま、しばらくぼんやりと皆の仕事する有様を見ている。

「日野さん」と私は思いきって声をかけた。

「何時か、用だてた千円と、この間の千円、もし都合ついたら返してくれないかな。子供が風邪ひいたんでね」

「なんだ」日野はとぼけた顔をして、また大きくアクビをしながら「酷だなあ。昨日、マージャンでスットン、トンだと言っているじゃないの。タノむよ。給料日には必ず耳をそろえるからさ」

そして彼は両手をあわせて、私を拝むまねをした。周りの同僚たちが笑いだし、私が苦笑して諦めることも充分、心得ているのである。

私は今朝、会社への路々、予想していたように「うん」と言ってしまった。

昼飯のあと、私は日野にまた、だまされた情けなさを恨みながら、食べ終った弁当箱を鞄にしまった。女の子たちはピンポンのラケットをかかえながら、うれしそうに部屋を出ていく。日野はストーブに手をかざしながら、二、三人の仲間といつものように遊《ゆう》廓《かく》の女の話をしている。このような昼休みを私は勤めだしてから二年間、繰りかえしてきたのである。私は幸福ではないけれども、兎に角、ほかにどうしようもないのだ。すべての勤人たちと同じように、私は野心も情熱もだんだん失《う》せた人間になったのかも知れないが、こうした平凡な安全な生活はやはり必要なのだ。

何時ものように私は会社を出て、近所のデパートをのぞこうと考えた。別に買物をするわけでもないが、ほかにすることもないし、デパートには一時間の昼休みを消してくれる色々なことがある。ミキサーや、電気冷蔵庫やクリームの宣伝を見てまわり、七階の書道展覧会にでもたち寄れば、結構、時間はつぶれるのだった。

「村松さん、また、デパート見学?」ラケットをもって少し汗をかいた女の子たちが会社の出口の所で、また、私をひやかした。

「うん」

出口から歩道におりようとした時――私はまた、あの男をみつけたのである。皮のジャンパーに両手を入れ、黒ぶちの眼鏡をかけたその男は、今朝とおなじように、うすら嗤いを唇にうかべながら、歩道で私を見詰めていたが、急にくるりと後ろをむいて、車道を渡っていった。

私は彼の姿が、むこうの珈琲《コーヒー》店とパチンコ屋との間に消えていくのを茫然《ぼうぜん》として眺めていた。

あの頬骨のでた、鉛色の顔は何処かで見た覚えがある。しかし、何処でだか思いだすことはできない。なぜだか私の胸を不安とも懼《おそ》れともつかぬものが締めつけた。

「あら、デパートに行くの、よしたの」

女の子たちは急に事務室に戻っていく私にまた、声をかけた。事務室の中では日野が大声でストーブの周りに集った連中を笑わしている。

「それでナ。その光子という女、急にしがみついてきやがって……」

疲れたように椅子に腰かけると、私はあの男の瘦《や》せた、色のわるい顔、そのうすら嗤いのことを考えた。彼が会社まできたのは、私を探すためであることは確実だった。だが、何のためだろう。真実、私にはあの男について如何《いか》なる記憶もなかった。

もしかしたら……突然、私の心にあることが水泡のようにゆっくり浮びあがってきた。

いや、そんなことはない。そんな筈《はず》はない。あれは誰もしらぬことである。

その午後、ほとんど仕事も手につかなかった。私は「何でもないんだ。俺が二度あの男に会ったのはただ偶然のためなんだ」と心の中で幾度も叫んでみた。

会社から帰ると、私は妻と食卓にむかったが、赤ん坊に乳房をふくませながら妻が、

「ねえ、日野さんに返して頂いた？」

私は箸《はし》で煮豆をつつきながら、

「いいや。駄目だった」

ふかい溜息《ためいき》をつきながら妻はそれきり黙っていた。乳房をくわえながら、子供は時々、かすれた咳《せき》をする。

「今日、気持のわるいことがあったのよ」と妻は思いなおしたように「変な男が家の前をウロウロしていたの」

ギョッとして私は妻の顔を見あげた。

「ジャンパーを着てね、玄関の前にじっとたっているのよ。あたしが声をかけると、そのまま、何処か行っちゃったけれど」

「それは……眼鏡をかけて痩せた男か」

「御存知の方なの？」

「いや、知らない。ただ、そんな気がしたんだ。そいつ、何か言ったのか」

「いいえ、どうして？」

箸を持っている手が、かすかに震えているのを感じた。けれども妻はなにも気づかなかった。気づかれないでよかったのだ。

その翌朝は昨日と同じように霜のおりた朝だった。昨日と同じように妻は弁当箱を私に渡しながら日野さんに金を返してもらってくれと言った。昨日と同じように大通りに出る路《みち》はぬかるんでいた。

そしてあの坂道にさしかかった時――

昨日と同じようにジャンパーの男はポケットに手を入れたまま、うすら嗤いを唇にうかべてたっていたのである。

私は足をとめ、白い息をハッ、ハッと吐きながら、坂道の下から彼の顔をみあげた。大通りに出るにはどうしてもこの坂道を登らねばならぬ。だが私は鞄《かばん》を左手にもちかえるとうしろを振りむいて、足早やにもと来た路を引きかえした。

十米も行かぬうちに、私はうしろにひびく靴音を耳にした。男は私を追いかけて走ってきたのだった。前にたって、例のうすい嗤いをうかべた。

「誰です。あんたは」私は虚勢を張って叫んだ。「人を追いかけてきたりして」

「追いかける理由があるからですよ」男はゆっくりと言った。「長い間かかってやっと探したんだ。村松さん。見つけるまで随分、苦労しましたぜ」

「僕あ、君なぞは知らない」

「憶《おぼ》えがないと言うんですか。じゃ、チャンとした所に出ましょうか。訴えたっていいんですよ。君のために俺たちはどんなに苦しい思いをしたか、察しもつくでしょう」

私は黙って眼をしばたたいた。この男がどんな用件できたのか、私にはわかっていた。あのシベリヤの収容所の黒い建物やノルマに疲れた仲間たちの顔が幾つか、私の頭をかすめていった。この男の顔もその一つにちがいなかった。

私はポケットの財布を握りしめた。金でこの場を切り抜けられるものなら切り抜けたかった。

「これだけしかないんだ」私は皺《しわ》くちゃの五百円札を摑《つか》みだして言った。「今日はこれだけしかないんだ」

財布の内側を手で開いて私は男にみせた。

「だが金が欲しいんなら、もっと用意する。二、三日したら給料日だから」

「今、困っているんですぜ、俺は。非常に困っているんだ。この服装を見りゃ、わかるでしょうな。前借はできないんですかい」

「駄目だ。もう何回もやったんだから」私は跡切《とぎ》れ、跡切れ、抗弁した。「その代り給料日にはもっと金をそろえてみせる」

男はゆっくりと五百円札を握った。

「五百円なんぞではすまないんだが、私もこんなことはやりたくはないんだ。あなたを見逃したいんだ。でもねえ、背に腹はかえられないからな。じゃ、四日したら、お宅に伺いますよ」

「家は駄目だ」顔を歪《ゆが》めて哀願した。

「なぜです」

「僕あ……僕の女房は、なにも知らないんだ。四日の朝、この場所で待っててくれ」

「そうだろうな。奥さんは知らないだろうな」男はあざ笑うように微笑した。「だが、約束を守ってくれなきゃ、私も奥さんに事情をお話しするかもしれませんよ」

霜の光った坂路を男は悠々と登っていった。空は冷たいほど真青だった。私は、胸の動悸《どうき》をおさえながら、彼の姿の消えた路を一歩、一歩、歩いた。

何時かはこのような事が起るかも知れぬとは思っていた。日本に帰国した当座、私は毎日、怯《おび》えながら日を過し、電車の中でも路でも何処かで見たような顔に出会うと、思わず、ギクリとしたものだった。名前を改名したり、応召前勤めていた会社をそっとやめたのもそのためだった。だが、やがて一年たち、二年たち、今の家内と結婚し、子供も生れてみると、この七年の間、私の心をたえず脅やかしていたあの不安も良心の呵責《かしやく》も次第にうすらいでいった。なにも起らない。誰も脅迫しには来ない。彼等の中には私を探した者もいたかも知れないが、諦《あきら》めたにちがいない。(もう大丈夫だ)と私は考えた。(俺の人生は平凡でツツましやかなものでいい。あのことさえ忘れられればそれで良いんだ)

だが今日、遂に私は彼等の一人から見つけられた。あのジャンパーを着た男は、シベリヤの作業地で私たちと一緒に石を切り、その石を運んだ一人なのである。私には彼の顔を見た憶えがある。B収容棟に居た多田とかいう男がたしか、あんな顔をしていた。今日はこれですんだ。けれども四日たてば彼はふたたび、やって来る。この霜の光った同じ場所で私を待っている。今度は五百円などという金ではすまないだろう。だがその金はどうすればよいのだ。(子供が咳をしつづけなんですよ。医者に診てもらうお金をどうして下さるんです) 妻の泣くような声が私の頭をかすめた。

III

三日間、私はあの坂路を朝ごとに停留所にいそぐ時、彼の姿を本能的に探していた。そして、その姿が見当らず、やっと無事にバスに乗れた時、思わずふかい溜息が唇から出るのだった。

三日目の給料日、茶色い給料袋を会計から受けとると、私は勇気をだして日野に頼んだ。

「日野君、千円、返してくれるだろうね」

「千円?」日野は急に狼狽《ろうばい》して「村松さん。お願いだ。来月まで待ってくれよ。僕は今月前借で随分、差し引かれちゃったんだ。この上、村松さんに千円とられたら本当に足代もなくなるんだ」

「頼むよ、君」いつになく、私はしつこく言った。「子供が病気なんだ。わかるだろう」

「じゃ、五日間、待ってくれ。五日のうちに何とかするからサ」

そう言われれば私はまた黙ってしまった。

給料袋をもらったがその日の帰り路、私の足は重かった。なんのために生きているのか、なんのためにこうして働いているのか、自分が憐《あわ》れで、みじめで仕方がなかった。赤ん坊が顔を赤くして毎日、咳こんでいる様子が頭にこびりついていた。妻のガミガミと怒鳴る声も心に浮んでくる。そして明日の朝、彼はあの霜の光る路で私を待っている筈だ。

出来ることなら酒が飲みたかった。酒を飲んですべてを一刻でも忘れてしまいたい。だが、それさえ、今の私には許されぬことである。

私は空を見た。星屑《ほしくず》がまたたいていた。シベリヤの空であの星屑を私は作業のかえり、よく眺めたものだった。もし、あのことがなかったら……あの男も現われることはなかったろう。そしてあの男がいなければ……私はふたたび、貧しいがこんな苦しい思いをしなくてもいいのだろう。

(もし、私があいつを殺せたら)私はふと、そんなことを考えてみた。こんな夜、電車の線路のちかくまで連れだす。私の近所には番人のいない踏切りがあるのだ。あそこで彼を何とか、することができないだろうか。

できはしない。絶対に私なんかにはできはしないことだった。そんな都合のいいことは映画か探偵小説の中で作られた話だった。

私は思いきって給料袋から二枚の千円札をとりだした。二枚の千円札を抜きとれば、乏しい月給が残り少なくなることはこの私にはわかりすぎるほど、わかっていた。だがそれ以外には仕方がなかったのだ。

「月給袋は？」玄関の戸をあけた時、妻はお帰りと言う代りに、そう訊《たず》ねた。「今日は月給日だったんでしょう」

茶色いシミのついた弁当袋と一緒にその袋を手にとると、妻ははじめて微笑した。

「これで、お医者さんのお礼も払えるわ」

「随分、かかったのか」

「そりゃ、でも何とか、なるわよ」

私は着物に着かえ、畳にねころんだ。妻が叫びだすのを待っていたのだった。

「あなた、二千円、足りないわよ」

「わかってるサ」

「わかってるって、どうしたのよ」

「日野君に貸したんだ」私はウソをついた。

「日野君が……」

それから二時間ほどの間、私は妻の怒る声、それから、すすり泣く声をじっと聞いていなければならなかった。「なんて甲斐性《かいしょう》のない。なんて気の弱い……子供も病気。私がどんなに苦労しているのか見ているくせに」

翌朝も妻は物も言わなかった。疲れ切ってもう希望も失ったような顔をしていた。その表情を背に痛いほど受けとめながら、私は玄関を出た。

冬の空は真青に澄んでいた。いつものように路には霜がおりている。いつものように大通りに出る路はぬかるんでいる。いつものようにパン屋の店先で白いエプロンを着た娘が仔犬《こいぬ》に飯をやっている。

坂路で男は待っていた……

「持ってきたかね」男は例のうすい微笑を唇にうかべた。

私は鞄《かばん》の中にかくしていた二枚の千円札をとりだした。私にとっては血の出るような、恨めしい金だった。

「これだけか」

「これで今日は許してくれ。やっと、なんだ」

「あとは、何時くれるんだ」

昨日、日野が五日、待ってくれと言った言葉を私は思いだした。ただ、それだけの理由のために、

「六日たったら……」

「六日か」

男は軍手をはめた大きな手で自分のあごをなでて考えこんだ。

「まあ、いいだろう」

彼が姿を消したあと、私はそばの石垣に思わず腰をおろして溜息《ためいき》とも吐息ともつかぬものを洩《も》らした。何時までこれは続くのだろう。五日ごとに私は金を無理にでもこしらえ、彼に渡さねばならないのだ。その金をどうやって作るというのだ。よし作れたとしてもあの男に際限もなく渡し続けねばならないのか。(あの男さえ、いなくなれば)ふたたび、昨夜と同じような、はかない希望が心にうかんだ。(どうしてお前にできないんだ。世の中には全ての犯罪が見つかるとは限らないんだ。見つからない殺人だって幾つも転っている筈《はず》だ。お前が知恵をしぼりさえすれば……)

会社に急ぐ人たちが坂路《さかみち》を通り、石垣に鞄を手にしたまま腰をおろしている私を見て怪訝《けげん》そうな顔をした。

「気分でもわるいんですか」その一人がたずねてくれた。「真青ですよ。顔色が」

「いいえ。ありがとう」

とても会社へ出かける気にはなれなかった。私はのろのろと大通りに戻り、そこから新宿の方にむかうバスに乗った。

新宿で私は何時間も店屋を丹念にのぞき、それからデパートにはいった。デパートも見終ると、小さな飲食店で時間をかけてライスカレーをたべた。そして古い映画を二本もやっている映画館にはいった。

外に出ると、もう真暗だった。倖《しあわ》せそうな顔をした若い恋人たちが幾組も私のそばを通りすぎた。彼等のその生活は今の私とは縁のないものだった。もう、いくら手をだしても届かぬ遠いものだった。

私は平生と同じ帰宅時間を狙って家に戻った。勿論《もちろん》、妻には会社に行ったような顔をするつもりだった。

だが妻は玄関に出てくることさえしなかった。

「どうしたんだ」

六畳のよごれた畳の真中に坐《すわ》って妻はぼんやりと窓の一点を見つめていた。

「どうしたんだ。まだ、昨夜のことを怒っているのか」

「あなた」妻はひくい声で呟《つぶや》いた。「何処に行ったんです」

「何処って――きまっているじゃないか」

「あたし……」妻はこちらを振りかえりもせず、くたびれた声で答えた。「あたし、今日、会社に電話したのよ。あなたじゃない。日野さんに」

「…………」

「あなたが言えないなら、私が頼もうと思って。あんまり非道《ひど》いって言おうと思って」

「…………」

「そしたら、会社にあなたが行かなかったことがわかったわ」

私は黙っていた。なにもかもが悪いように悪いようになっていく。だが、これは始めからきまっていた私の運命だった。どうにも仕方のない運命だった。

「どうしたんです。あなたは」突然、妻は烈しい声をあげた。「女でもできたんでしょ。

女にお金をやりに行ったんでしょ」

「そうじゃ、ないんだ」

「なら、何なのです」

赤ん坊が母親の声に火のつくような声で泣きはじめた。妻は顔に両手をあててころげまわった。

「口惜《くや》しい。口惜しい」歯をくいしばりながら彼女は呻《うめ》き声を洩らした。「どんなに、あたしが苦労しているかも知らないで」

「秋江」

私にはもう、どうでもよかった。七年間、やっと得た小さな家庭も、平凡だが何も起らない、ささやかな生活も、もう、どうでもよかった。

私は十年前のことを話そうとした。シベリヤのH収容所にいた頃の三年間を。私は日本に帰りたかった。帰るためには表面は共産党の支持者にならなければならなかった。

そして、ある日――

ある日、私はソビエットの大尉と数人の日本人のリーダーの前に呼びだされたのだった。部屋の中にむきだしの壁しかなかった。その部屋の中で私は収容所にいる反動の名、危険思想の持主の名を言えと強要されたのだった。

「君が黙っている以上」日本人のリーダーは言った。「今度の帰還も再考慮になるかもしれないぞ」それから彼はこびるように大尉にむかって笑った。

青い空やみどり色の山々が私の頭を横ぎった。あたたかい白い御飯や自由にねころべる畳のことまでが浮んだ。

「言えないのかね」

「知らないんです」私は床を見つめながら小さな声で答えた。

「ふふん……知らないのかね……」鉛筆で自分の長いあごをなでながら日本人のリーダーは言った。

三日後、私は遂に仲間を裏切った。

私はその事実を妻に告白しようとした。だがどうしても、私にはそれができなかった。「それで、そのためにまだ残っている人がいるの」ともし訊ねられた時、私はどのように返事をしよう。あれから十年、私が名を言っただけのためにあのシベリヤに残っている人もいるかもしれないのだ。白い雪に覆われた曠野《こうや》の中で石を切り、石を切り、その石を積んでいる人々がいる。

「二、三日考えさせて頂きます。子供をつれて、里に帰ってみます」翌日、会社から帰ると六畳に封筒が落ちていた。封筒の中には妻の手紙がはいっていた。私はその手紙を読むと膝《ひざ》をかかえて、真暗な部屋で長い間、うずくまっていた。

六日目の朝も、私は一人で朝飯を食い、家の戸じまりをし、玄関を出た。妻はまだ帰ってこなかった。だが彼女がやがて戻ってくることは夫の私にはわかっていた。秘密は私一人で背負わねばならない。

私はのろのろと霜の光る坂路をのぼった。まだ男は来ていなかった。

この間、腰をおろした石垣に今朝も腰かけ、私は煙草を吸って待っていた。懐中には昨日、日野からやっととり返した千円札が一枚あるきりだった。この一枚をもし男が足りないというならば……

足りないと言うならば、私は更に日延べを頼むつもりだった。日延べが許されなければ仕方がない。何処にでも訴えられる気持だった。決心ではない。諦《あきら》めとも自棄《やけ》ともつかぬ感情だったのだ。

「来ていましたね」

男は私の姿を見ると、またニヤリと笑った。

「ひどく寒いなあ。今日は」

私はポケットから出した千円札を彼の眼に突きだした。

「これだけだ」私は言った。

「結構」思いがけないほどアッサリと男はそれを受けとった。「こんなに早く払ってくれるとは思っていませんでしたぜ。もし駄目なら会社に押しかけるつもりだったんだ」

それから男はジャンパーの裏をさぐると小さな帳面をとり出して何かを書きつけた。

「始めに五百円、次に二千円、今日で千円、しめて三千五百円。これで万事すみましたな。受取りをとって下さい」

「なんですか。これは?」驚いて私は叫んだ。

「とぼけちゃいけない。あなたが俺の店で飲んだ代金じゃないですか」

「僕が？」

「ここにとりに来てくれと住所と名前を書いてったじゃないですか。その紙の裏に」

震える手で私はその紙をひっくりかえした。確かにそこには借用書として私の名、私の住所がしるされていた。しかし、それは私の字ではなかった。見覚えのあるあの日野の字だった。

「これで奥さんに知られずスミましたな」男はあざ笑うように言った。「だんな、罪ですぜ。奥さんにかくさねばならぬような酒の飲み方をするのは」


「村松さん、スマん。この通りだ」

誰もいない屋上で日野は私を拝むように手を合わせた。

「どこの飲屋も借金だらけだろ。だから、つい、始め君の名を言っちゃったんだ。それから、今更、ウソとも改められなくてね。三千五百円だろ。返すよ。必ず返す。次の月給日まで待ってくれ」

それから日野は私が黙っているのを見ると狡猾《こうかつ》な顔でニヤリと笑った。

私は、眼をしばたたきながら黙っていた。私が見つめているのは、日野の顔ではなかった。日野の顔のむこうに曇っている空だった。シベリヤの曠野のように鉛色にどこまでも拡がっている空だった。

霧の中の声

ふしぎなことがあればあるものである。

その夜、信子は夢をみた。地震の夢である。

場所は見知らぬ風景だった。日本ではない、どこか外国の都会のような感じがする。褐色の家や建物が黄昏《たそがれ》の陽にさらされながら林のように立っていて、見た感じではひどく暑い街のような気がした。

と、突然、その家や建物の林がゆれはじめた。ゆれて、まるでスロー・モーションの撮影でうつしたように崩れはじめる。建物は滝が落下するような形で二つに折れ、折れた半分が粉々になって地面に落下していくのである。

地震だ、と思った。その瞬間、眼がさめた。

闇がふかく、そばで夫の銑吉がかるい寝息をたてて眠っていた。

夫の名を呼ぼうとしたが、銑吉は肥満した体を寝がえりさえうたず眠っていた。嫌な夢をみたと思っただけで、信子もふたたび眼をとじ、中断された眠りに入っていった。

翌日——

晴れていた。こんなアパートの窓にも雀がきて囀《さえず》る。その雀の声で信子はいつも眼がさめる。

夫を起こさぬようにそっと床から出て彼女は玄関の戸をあけ、牛乳瓶と新聞とを手にとった。

化粧をすませて、朝食の支度にとりかかっていると、寝巻からはだけた胸をゴシゴシかきながら銑吉がそばを通りすぎていった。通りすぎながら信子のとった朝刊を手にとって便所に入った。便所で新聞を読むのは彼の癖で、それが何につけても神経質な信子には嫌だった。

「そんなところでグズグズしていると、遅れますわ。会社に」

彼女はそう言う口実で夫を非難したが、便所のなかからは返事はなかった。新聞をめくる音と、唾《つば》を吐く音とが内側からきこえた。

「おい」

「何ですの」

「水道代を、また来月から値上げするらしい。水を無駄にしないようにしてくれ」

便所から出てきた夫は片手に新聞をぶらさげたまま、顔をしかめて言った。

食卓に箸《はし》や皿をおこうとして、信子はたった今、夫がおいていった新聞の一面に、

「印度《インド》で大地震、ニュー・カルカッタに死傷者、多数」

という見だしが載っているのに気がついた。

電送写真がまだ間にあわなかったと見えて、絵葉書からでもとったような、この街の風景が小さく掲載されている。その写真に眼を走らせた時、

（あッ）

胸の鼓動がとまるような気持だった。昨夜、自分がみたあの夢——褐色の家や建物が黄昏のきびしい陽にさらされて林のように立っていたあの風景と、この写真とが余りにそっくりだったからである。

（そんな、莫迦《ばか》なことって、あるのかしら）

信子は皿を手にもったまま首をふった。こんな経験は生れて初めてだった。どう考えていいか、わからなかった。

「早くしてくれ。バスに乗り遅れる」

銑吉は食卓につきながら不機嫌に言った。夫はいつも七時四十五分のバスに乗って渋谷まで行く。結婚して二年、決して乗り遅れたことがない。

コメカミを動かしながら食事をしているその銑吉の横顔をみつめ、信子はふと、昨夜の夢のことと、今朝の新聞の記事について話そうと思ったが、やはり口を噤《つぐ》んでしまった。話したところで、夫にただ軽蔑《けいべつ》されるだけであるぐらい、わかっていたからである。

「水道を無駄使い、しないようにしろよ」

食事がすんで、玄関で靴をはきながら銑吉はこちらに背をむけたまま、もう一度くりかえした。それから行ってくる、とも言わず、そのまま、アパートの階段をおりていっ

た。

そういうことを感じてはいけないのだろうが、信子は夫が見えなくなると、いつもホッとした解放感に一瞬、捉《とら》えられるのだった。

「水道を無駄使い、しないようにしろよ」

たった今、銑吉が言った言葉は耳に残っていた。月末になると銑吉は家計簿を信子に持ってこさせて、それを丹念に調べるのが常だった。

結婚生活のはじめの頃、信子はそうした夫のやり方がたまらなく嫌だった。けれども、「こうして引き締めておかないと、俺たちいつまでもアパート暮しだよ。やがては小さくても家を持たなくちゃあ、話にならんじゃないか」

そう言われてみると、信子としては何とも言えなくなる。彼女だっていつまでも、この息ぐるしいアパートに生活するのは嫌だったのである。

見合をしたのは三年前である。伯母《おば》が写真をもってきて、律儀な真面目な人だと言った。そして結婚してみると、成程伯母の言う通り、律儀で真面目そのものの男だった。

結婚してから、夫が特別の理由でもない限り遅く帰ることなど一度もなかった。彼は朝、七時四十五分のバスにのって、渋谷《しぶや》にある会社に出かけるように、夕暮も、六時から六時十五分の間にきちっと帰宅してくるのである。

「時計をみなくてもね」ある日、同じアパートにすむ佐田さんの奥さんが皮肉なうす笑いをうかべて言った。「お宅の御主人の跫音《あしおと》で時間がわかるんですよ。ああいう御主人をもてば……倖《しあわ》せですねえ、奥さんは……」

窓べに腰かけて、信子は自分が倖せか、どうか考える。たしかに銑吉のような夫をもった女性は生涯、安全であることはたしかだった。夫が自分以外の女に手を出すなど考えられもしなかった。酒も飲まず、煙草もすわぬ彼は同僚たちのように会社の帰り、飲屋や酒場に寄るなどということは全くなかった。

会社から戻って、信子との食事がすむと夫は碁の本を持ちだして長い間、一人で碁をならべて考えこんでいるか、テレビの落語か、野球を寝ころびながら見ていた。電燈《でんとう》が彼の影を壁にうつしている。その影をみながら、信子はこれからも毎日、このような生活が続くのだろうかとふと考えることがあった。

一週間がすぎた。信子はすっかり、あの夢のことを忘れてしまっていた。

アパートにたった一つ空いていた部屋に、ある日一人の若い青年が入ってきた。荷物らしい荷物もなく、ただトランク一つで彼が引越ししてきたことを、佐田さんの奥さんが信子に教えてくれた。

「変な人。学生かと思ったら、そうじゃあないし……でも、ちょっと、キリッとした男よ」

佐田さんにそう言われてみると、信子はちょっと、そのキリッとした青年にかすかな好奇心をもった。

しかし、その青年の部屋はいつも戸をとじていた。彼女が知ったのは「室井」という彼の名だけだった。たずねてくる人もいないようだった。

夕暮になると、その部屋の窓があいて、青年が唄《うた》を歌う声がきこえた。信子の知らない外国語の歌である。声はダーク・ダックスの下駄《げた》さんのようにいいバスだった。

「あの男は、勤めにいかないのか」

ある日、銑吉がその歌声をききながら、うるさそうに言った。

「いい年をして……」

青年の部屋の下はすぐ地面になっていて、そこには誰が植えたのか、コスモスの花が貧弱に咲いていた。

信子がその青年について、もっと知ったのはまた、佐田さんの奥さんからだった。

「あの人は、京大を出て神戸《こうべ》のS銀行に勤めてたんですって」

「じゃあ、こちらに転勤？」

「それが、奥さん、そうじゃないらしいの。なんでも恋愛事件で……相手の女の人と駆け落ちして東京に来たという話よ」

どこからそういう噂を聞きこんできたのかしらないが、佐田さんの奥さんは確実な証拠でもあるように、そっとあの青年の部屋のほうをふりかえった。

「でも、その女の人は？」

「あら、知らなかったの？　時々、表にたずねてくるじゃないの、夜ふけて。アパートの前で二人で立話をしているのを、あたし、見たことがあるわ」

この会話以来、信子のあの青年に対する好奇心は更にたかまった。それは好奇心というよりは、もっと別な感情だった。信子にはその室井という青年が、自分や銑吉とは別世界に生きているような人間にみえたのである。京大を出て、一流の銀行にまで勤めながらそうした恵まれた環境を、たった一人の女のために惜し気もなく放擲《ほうてき》する青年を彼女は、こわいような、まぶしいような気持で考えた。

「馬鹿な奴だな。その室井とか言う男は」

その夜、食事の時、信子の話をきいた夫は、鼻のさきに冷笑をうかべながら吐きすてるように言った。

「そういう風に世の中をなめた生き方をすると……あとで本人が泣かなくちゃならないだろうな」

それから銑吉は大きな音をたてて茶をすすり、食卓の横においた碁の雑誌の頁をめくりはじめた。

室井とよぶその青年を見たのはそれから三日目である。

夕暮で外にチリンチリンと音をたてて、ゴミ集めのおじさんが来ていた。金属製の鑵《かん》を右手にして、信子が急いで外に出ようとすると、ちょうど出合いがしらに誰かとぶつかりそうになった。室井だった。

「すみません」

床にこぼれた罐のなかの汚物を、その室井は急いで両手でかき集めた。

「急いでいたものですから……」

そんなこと、なさらないで、と信子は言おうとしたが、なぜか胸につまって言えなかった。

彼女はただ眼を大きく見ひらいたまま、室井が汚物を罐に入れるのを見つめていた。

「奥さん」彼は片附け終ると白い歯をみせて言った。「ぼくが持っていきますよ」

何とその時、返事をしたのかも憶《おぼ》えていない。はあと言ったのか、いいえと答えたのか、とにかく、彼女は白いワイシャツを着た室井のうしろから階段をおりた。夕陽がまぶしく、ゴミ屋のおじさんは煙草を口にくわえながら、室井のさしだしたゴミ罐をうけとってくれた。

彼の姿やその声を信子はその日、一日、忘れることはできなかった。夜、夫は例によって食事がすんだあと、

「家計簿をもっておいで」

それから信子を前において算盤《そろばん》をはじきだした。

「雑費というのは何かね」彼は不満そうに鉛筆の先で家計簿の真中を押えながら信子に訊《たず》ねた。

二番目の夢をみたのはその夜である。

夢のなかで高校時代の同級生の一人の顔が出た。彼女は何か装飾のない部屋で寝てい

た。まわりに五、六人の人たちがうなだれるようにして坐《すわ》っていた。信子自身もその五、六人の人たちのなかにまじっているような気がしたが、自分でもその点ははっきりしない。しないうちに眼がさめたのである。

この前と同じように闇はふかく、沈黙が支配していた。なぜか知らないが、彼女は背すじに震えが走るのを感じた。あの高校時代の同級生の名前は雑賀淑枝と言った。梨の花のようにクラスでも目だたぬ存在で、信子ともほとんど交際はなかったのである。

それなのに、なぜ、今夜、そんな親しくもなかった淑枝の夢などを見たのであろう。ある不吉な予感が山肌をかすめる暗い雲のように信子の心を横切っていった。

「ごめん下さい」

扉をコツコツと叩《たた》いて、誰かが声をかけている。外は霧雨がふっていた。

「ごめん下さい」

信子は急いで鏡の前で髪をなおし、扉をあけた。室井だった。

「あら」

「奥さん。色々、お世話になりましたが」室井は白い歯をみせて笑った。「引越しすることになりましたので……」

「引越し……なさるんですの」

「ええ」

「遠くにいって、おしまいになるんですか」

そう言って信子は思わず顔を赤らめた。なぜ自分がそのような言葉を口に出したのか自分自身でもわからないのである。

だが室井はそんな信子の動揺に気がつかなかったらしく、

「ええ」とうなずいて「北海道に、行くんです」

「北海道に？」

「はい。初めての土地ですが……あそこで人生をすべて、やりなおしてこようと思っています。じゃあ、奥さんもお元気で」

そう言い終ると、クルリと向うをむいて室井は靴音をたてながら廊下を去っていった。外は霧雨がまだ降り続いていた。雨はアパートの黒い屋根を哀しく冷たく濡《ぬ》らしている。窓にもたれて、下をみるとアパートの門の前に、傘を斜めにさした和服姿の女性が一人たっていた。

それが室井の恋人だということは、信子にはすぐわかった。

傘にかくれて、その顔はみえない。みえないが、その女がどんな倖せな表情をしているのか、信子にはわかる気がする。やがて白っぽいレインコートを着た室井が彼女のそばに駆けよっていった。そして二人は肩と肩とを二羽の小鳥のようにくっつけて歩いていった。妬《ねた》みの気持を感じながら信子は去っていく彼等の姿を見つめた。

それは彼女には決して起らないであろう人生の姿だった。銑吉との結婚生活がつづく限り、決して訪れることのない人生の姿だった。雨のなかを、自分のために、すべてを棄てた男と一緒に歩く。雨の中をその人と北の国で人生をやりなおすために出発する。

信子は吐息とも溜息《ためいき》ともつかぬものを洩《も》らした。

今、自分にはすることは何もなかった。夫がいつものように夕暮、戻ってくるまでは長い長い時間が残っていた。彼女はその時間が永遠に終らないような気さえした。そして夫が帰れば、いつものように味気ない夕食と、そのあとは碁盤の上に石をおく単調な音が続くこともわかりすぎるほどわかっていた。

(あたしは倖せなのかしら)

信子はいつものあの質問を心のなかで蠟《ろう》を嚙《か》むような思いで繰りかえした。生涯、銑吉が自分を裏切るということはないだろう。夫は他の男性のように、細君以外の女に手を出せるほどの気力のある男ではなかった。だからこそ信子は空虚だと思う。思いながら、しかし彼女にもこれと別の人生を、あの室井とその恋人のようにやりなおす勇気もないのだった。

傘をさしてアパートを出た。別にどこに行く当もなかった。

「おや、奥さん、どこへ」

管理人が出口のところで空を見あげ、あくびをしながらたずねた。

「降るねえ」

「ええ」

「これじゃあ、今日一日、雨だろうね。まるで梅雨みたいだ」

雨のなかを彼女はさっき室井たちが消えていったバス道路に出た。八百屋に林檎《りんご》が赤く光っていた。バスが来て、高校生の女の子を二、三人おろしていった。

公衆電話で彼女は十円玉を出し、受話器をはずした。

「もしもし井口さんのお宅ですか。わたくし、栄子さんの学生時代の友人でございますけれど」

むかしのクラス・メートはすぐ電話口に出てきた。彼女は出版社に勤めていて、まだ結婚していなかった。

「おノブじゃないの。驚いたわ。どうしたのよ」

「あなたこそ、今日、お勤めにいかないの」

「今日は校了あけだから休んだのよ。本当はこんなことするとね、編集長にひどくお目玉なんだけど。でも今朝まで徹夜で働かされたんだもの……」

「ねえ、雑賀淑枝さんのこと、何か聞いてない？」

信子は胸が不安で烈しく動悸《どうき》をうつのを感じながらたずねた。井口栄子ならクラスのたいていの動静は知っている筈《はず》だ。

「え？」

「雑賀さんのことよ」

「雑賀さんなら……知らなかったの。おなくなりになったのよ。長い間、入院していらしたのに……」

八百屋では林檎が血のような色をして光っていた。バスが来て、また二、三人の高校生をおろしていった。

「もし、もし、おノブ。どうしたの。おノブ」

信子の握った受話器で、何も知らぬ栄子の声だけが叫んでいた。雑賀淑枝は何か装飾のない部屋で寝ていた。まわりに五、六人の人たちがうなだれるようにして坐っていた。信子自身もその五、六人の人たちのなかまにまじっているような気がした。あの夢のことは、まだ、はっきり、彼女は憶えていた。

喫茶店のなかは水族館に似ている。ドアがあき、若い男女が泳ぐように中に入ってくる。そして空いているボックスにゆっくりと腰かけ、顔をちかづけて、ひくい声で話しはじめる。ボーイも泳ぐように卓子の間をまわっている。

「本当だとは、信じられない」

「でも本当なの」

「なんだか、小説でも読んでるみたい……」

ストローでレモン・スカッシュの乳色の液体をかきまぜながら栄子は呟《つぶや》いた。

長い間、親友だった栄子でさえも自分の夢の話を素直には受けてくれない。銑吉ならばただ叱りつけるだけだったろうと信子は哀しげな微笑で考えた。

「もし本当だとしたら、薄気味が悪いわ」
「気味が悪いのは、むしろあたしよ。なぜ自分がそんな夢をみて、その夢がなぜ現実に起るのか自分でもわからないんですもの。気味が悪いって言うより怖ろしいような気がするの」
「でしょうねえ」
あの地震の夢が、翌日の印度《インド》地震を暗示していたのか、どうか、わからない。偶然の一致ということがありえる。だが雑賀淑枝の死まで夢でみたという事実になると、どう考えたらいいのだろうか。
「だから、あたし、誰か、学者の先生からこんなことって、ありうるのか、あなたから聞いてほしいの。あなたそんな先生知っているでしょ」
「ええ」
栄子は、うかぬ顔をしてうなずいた。
風はきまぐれ
きまぐれ娘
雨はなきむし
なきむし娘
ボックスから、甘い音楽がなりだした。
「でもねえ、そんな話を、どんな先生だって偶然の一致だと言って馬鹿にすると思うわ」

「でも、あたしの身になってよ……」

「だれに相談したらいいかしら。心理学者の猪木先生や精神分析の島田先生ならあたしも原稿おねがいしたことあるから満更知らないわけじゃないんだけど」

「じゃあ、その方のどちらかにお話してみて、おねがい。偶然の一致だと言われればあたしだってホッとするんだもの」

「じゃあ、伺ってみるわ」

二人はそれから立ちあがって、喫茶店を出た。

「おノブ、今からどうする」

「あたし」信子は時計をみながら考えこんだ。「まだ二時ね。うちの旦那《だんな》さまは六時に帰るの。伝書鳩みたいでしょ」

栄子の前では信子も口がかるかった。

「だから、もっと、あなたと話したいわ」

「それなら……ねえ、行ってみない。雑賀さんのお宅に」

「雑賀さんのお宅に」

「ええ。向こうのお宅には申し訳ないけど、あの方の臨終の模様を伺ってみるのよ。本当にあなたが夢で見た通りか、どうか、調べてみるのよ」

「こわいわ。あたし」

「大丈夫。委《まか》せておいて。これでもジャーナリストの端くれよ。きき出すのは専門だから」

雑賀淑枝の家は芝《しば》の二本榎《にほんえのき》にあった。明治学院《めいじがくいん》の前から電車通りを渡って高輪《たかなわ》警察署の裏手にある細い路《みち》は戦争からも焼けのこったのか、古い、しずかな家が並んでいた。

玄関のベルを押すと、しばらくして、上品な老婦人があらわれた。

「そうでございますか。同じ学校の……それは生前、お世話になったことと存じます」

「生前？」

栄子はわざと何も知らぬようにとぼけてみせて、

「まア、淑枝さん、お亡くなりになったんですの」

「はい。つい二週間前でございます。もっとも長い間、入院しておりましたのですけど……」

「ここでお亡くなりになりましたの」

「いいえ。大学病院で。急だったものですから、臨終にも、四、五人の者しかたち合えませず、御厄介になった皆さまにもお知らせすることができませんで」

栄子と母親とが話をしている間、信子は自分の足が小刻みに震えているのを感じた。やはり夢のなかでみた、装飾のないむきだしの壁の部屋、あれは大学病院の病室だったのである。

「お線香、あげて下さいます？　淑枝もどんなに悦《よろこ》びますでしょう」

「おねがいしますわ」

靴をぬいで家にあがり、暗い廊下を歩いてその廊下にそった六畳に通された。まだ位《い》牌《はい》の木は新しかった。多くの人がここに坐《すわ》ったとみえ、線香の匂いは壁にも畳にも染みこんでいた。

栄子のあとに位牌の前にすわり、手を合わせながら、信子は、黒いリボンのまだかけられている雑賀淑枝の写真をじっと見つめた。

(淑枝さん)彼女は胸の震えを抑えながら言った。(なぜ、あなたはあたしの夢に出ていらっしたの。学生時代、おつきあいもなかったあたしを、なぜ、選んだの。あたしに何か、言いたいの?)

だが額のなかの淑枝は貧弱な哀しそうな顔をこちらにむけていた。

(ねえ、教えて頂戴《ちょうだい》)

しかし栄子がうしろから軽く肩をついた。

「さあ、お邪魔すると、悪いわ。行きましょうよ」

淑枝の母は二人に丁寧に礼を言い、玄関まで送ってきた。

栄子に別れてアパートまで戻る途中、坂道で彼女はちょっとたちどまった。

この坂道に一本の欅《けやき》があって、信子は買物の途中など、この樹を見あげるのが好きだった。

東京もこのあたりは急に畠《はたけ》や空地が宅地造成に潰《つぶ》れて、むかしの武蔵野《むさしの》のおもかげなどはほとんど残っていなかった。残っていないだけに、こんな欅の木が一本だけあることがむしろ、ふしぎにみえるのだった。

信子はいつもこの欅の大木を見つめながら、なにか自分の生活に欠如している生命力のようなものを感じる。

逞《たくま》しい、ふとい幹は、男性の腕を思わせた。しっかりと地面に根をおろしたその姿は力強い自信を感じさせた。そして、空を切る梢《こずえ》は信子に、この欅の享受している自由を思わせた。

強くて、自信があって、のびのびと自由で——そんな欅と同じような男性を信子は娘時代、心ひそかに自分の恋人や夫として夢みていたのである。

だが現実に彼女が結婚したのは欅のような男性ではなかった。月末には家計簿を調べ、夕食後にはたった一人で碁盤に碁石をうっているような男だった。

(でも生活は夢と同じじゃあないわ。人間、諦《あきら》めが肝心なんだから)

彼女はいつか、夫にも決してみせたことのない手帖《てちょう》にそんな言葉をそっと書きつけておいた。それは学生時代に読んだチェホフの戯曲に出ていた言葉だった。

今日も欅の木は坂道の頂上に颯々《さっさつ》と立っていた。両足をしっかりと大地にふんばって、ふとい両手を空にひろげている巨人——そんな恰好《かっこう》で彼は、信子を見おろしているように思われた。

「欅さん」

坂道をのぼりながら信子は、その樹木に話しかけた。

「あたしはこれからも毎日、あんな生活を送らねばいけないの。あんなミミっちい、夢のない生活を……」

しかし欅は、自分自身の力に満足しきっているようにそんな信子の声に耳をかさなかった。

明日も晴れなのか、空には淡紅色にうるんだ夕雲が二つ、三つ、やわらかく浮かんでいた。子供たちが坂道の上から小さな自転車にのって駆けおりてきた。

「奥さん」

ふいに声をかけられて、びっくりしてふりむくと、一人の青年が坂をのぼりながら、こちらに白い歯をみせていた、室井だった。

「あら」

我にもなく、顔を赤らめて、信子は立ちどまった。

「お変り、ありませんか」

「北海道に行っていらっしゃると思ってましたけど」

「ええ、そうなんです。でも、急にこちらに用事がまたできて、ぼく一人で……」

ぼく一人でと言いかけて、室井は口をつぐんだが、

「二、三日、東京にきたんです。ひょっとすると、むこうの新聞社の東京支局に口があるかも知れないもんですから」

「まあ」

「だから、今日、あのアパートのおじさんにも、用事があったついでに、ここにやってきました」

信子は室井の大股《おおまた》に遅れまいとしながら、胸の動悸《どうき》を感じた。結婚以来、銑吉以外の男性と二人っきりで歩くなんて一度もないことだった。いや娘時代にさえも、そうした経験は信子の場合、あまりなかった。

「そしたら、あの坂道で奥さんらしいうしろ姿がみえたもんですから……」

何か返事をしようと思ったが、どう言ってよいのか信子にはわからなかった。彼女はただ微笑をうかべたまま、室井の横顔をみた。

アパートに近づいた時、思いがけないことが起った。

玄関の前で、夫と管理人のおじさんとの二人がこちらを遠くからじっと見つめていたのである。

何も知らぬ室井はおじさんに向って片手をあげ、

「ああ、ちょうどよかった」

と言った。

信子は夫の、とがめるような視線を感じ、顔を強張《こわば》らせたまま、室井からできるだけ離れた。それがかえって夫の疑惑をますます深めるようなので困ったことになったと思っていると、室井は、

「どうしたんです」

「主人ですの」

「ああ、御主人ですか」室井は無邪気に笑った。「一度か、二度、ぼくもお目にかかったことがあるような気がするけど」

銑吉は室井の会釈に頭もさげず、クルリとこちらに背をむけたまま階段をのぼりだした。すみませんと信子は室井に小さな声で詫《わ》びを言い、夫のあとを追った。

扉をあけて中に入ると、銑吉はきびしい表情で、

「みっともない真似をするな」

そう大声で怒鳴った。

「あんな男と一緒にどこに出かけていたんだ」

「一緒に出かけたんじゃありませんわ。坂道で偶然、お会いしたんです」

「見知らぬ男が声をかければ、お前はだれとでも歩くのか」

「見知らぬ人じゃあないんですもの。このアパートに、この間までいらっしゃった人じゃありませんか」

「すると、お前は俺の留守中に……あんなふしだらな男と話をしていたのか」

「ふしだらな男？」

「そうじゃないか。女のために会社も仕事も棄てるような、ふしだらな男じゃないか。とも角、お前はそんな男と一緒に話をして、世間体というものを考えないのか」

信子はだまったまま銑吉の顔をみつめていた。泣くまいと思ったが頰に泪《なみだ》がひとすじ流れていくのを感じた。

（一体、あなたは、あたしを愛していらっしゃるの）

信子はそう、夫にききたかった。

（なぜ、あたしを信用できないの）

信子の泪をみた銑吉は一瞬、狼狽《ろうばい》したが、

「もちろん、お前とあの男とが、どうのなんて疑っているんじゃない」

あわてて弁解して、

「しかし、管理人なんかの眼を考えてみろ。噂にでもなったら、どうする」

そんなことをおっしゃれば、おっしゃるほど、あなたは自分を落していくのよと、信子は心のなかで言い続けた。

不機嫌に銑吉はその夜、夕食をすますと、いつものように碁の本などもひろげず、ただ黙ったまま、テレビをみつづけていた。

「おい、寝るぞ」

「わたしはまだ、することがありますから」

「することがあるなら、昼のうちにやっとくがいい、電気代がかかるだけ、無駄じゃないか」

闇のなかで、夫は信子の体を求めてきた。彼の指が執拗《しつよう》に、体の上を這《は》いまわる。嫌悪感を抑えながら、信子はそれに耐える。これが結婚なのか。娘時代にあれほど夢みていた結婚なのかと、彼女は夫のするがままに委《まか》せて、闇の一点を見つめながら思う。

栄子から電話がかかってきたのはそれから数日後だった。

「おノブ。あなたに頼まれていたことだけど……F大学の高橋先生に御相談したのよ、そしたら、会ってくださるって、金曜日に」

高橋直矢の名前なら、信子もテレビや新聞を見て知っていた。こういっては悪いが頭のはげた風采《ふうさい》のあがらぬ人で、これが大学教授かと疑わせるような感じだった。

「あなたもついていってくれる」

「仕方ないわ。乗りかかった舟ですもの。でも気にしちゃあ、駄目よ。あんな馬鹿馬鹿しい夢なんか」

その金曜日、信子はお茶《ちゃ》の水《みず》の駅で栄子と待ちあわせた。学生たちが次々と出てくる改札口の前で、栄子は小さな本を読みながら立っていた。

「お待たせしたわね」

「ううん。今ちょっと前に来たところなの」

高橋教授の奉職している医大はお茶の水駅の橋を渡ってすぐだった。白衣をつけたインターンや看護婦たちが芝生のまわりを歩きまわっていた。クリーム色の建物の窓から、入院患者が、こちらを見おろしていた。

受付で研究室をきいて二人は消毒薬の臭いのしみた暗い廊下を右、左にまがって、高橋教授という赤い名札のかかった部屋の前にたった。

「どうぞ」

中からノックの音をきいて、太い声が戻ってきた。

信子はこういう場所にくるのは初めてだったから、固くなって栄子のうしろに立っていた。

「先生、いつぞやは、原稿、有難うございました」

学生時代とちがって井口栄子はテキパキと挨拶《あいさつ》をして、信子を紹介すると、

「お電話で、お話ししておきましたわたくしの友人でございます」

「あっ、そうですか」

回転椅子を軋《きし》ませながら、高橋教授は信子の顔をじっとみつめた。よごれた白衣のポケットに手を入れて、散髪屋のおじさんと言った風である。だが、そう、みつめられると信子は恥ずかしくて体を小さくしたくなった。

「どうも殺風景なところに来て頂いてねえ。何しろここじゃあお茶も差上げられない始末なんだから」

教授の言う通り、この研究室には本と紙と実験道具らしいものの集積以外は何もなかった。

「でも井口さんにね、あなたの話を間接的に聞いて、お待ちしてたんですよ。煙草をす

っても御迷惑じゃ、ありませんかな」

「ええ、どうぞ」

教授は白衣のポケットから、いこいをだして、うまそうに喫《す》いはじめた。指先が赤チンキでよごれているのが眼についた。

「ああ。兎の実験で、ちょっと、指を傷つけたもんですから。ところで、変な夢をごらんになったそうですな。もう一度、あなたの口から詳しく話してくれませんか」

信子がチラッと栄子の顔をみると、この友人は励ますようにうなずいた。それに勇気づけられて彼女はあの地震の夢、おそらく雑賀淑枝の臨終らしい場面の夢を話しはじめた。

「それで……」

指さきからいこいの灰が膝《ひざ》に落ちるのをかまいもせず、高橋教授は、ひどく興味をひかれたようにうなずいた。

「で、今までそのような御体験はおありでしたか」

「いいえ、初めてなんです」

「なるほどね」

教授は引出しをあけて一枚の真白な紙をとりだし、丁寧に机の上におくと、ペンで何かを書きこみはじめた。

「失礼ですが、ご両親は御健在で？」

「父はなくなりました。母と兄とがおります」

「お兄さまがねえ。で、お父さまの御病気は」

「血圧で倒れましたが……」

「ああ、そうですか」

この時、教授はちょっと、がっかりしたような表情でペンをとめると、

「お親類の方で……たとえば占いとか、霊媒などにひどく興味をもっておられた方はありますか」

「さあ」

信子は自信なさそうに首をふった。と言うより、彼女にはなぜ、この風采のあまり上がらぬ大学教授がこんな質問を次々とするのか、理解できなかったからである。

「結構です」

それから、彼は手にもった紙をじっと見つめて何か考えこんでいた。

しばらくの間、沈黙がつづいた。

「先生」井口栄子がたまりかねたように「で、どうなんでございましょうか」

「そうですな」

二本目のいこいに火をつけ、高橋教授は謎のような笑いをうかべた。

「この奥さんのような夢は従来の考えからいうと、全く偶然の出来事だということになります。わかりやすく言うと、従来の夢にたいする我々心理学者の考えは、過去の経験、

あるいは無意識の性的願望のあらわれということですから、奥さんのお友だちの死を夢のなかで御覧になったとしても、それは現実の出来事とは全く無関係だということになるわけです」

信子は一方では軽い失望を感じながら他方ではやはり、

（よかった……）

と思った。自分に妙な能力がいつのまにか与えられているのは考えるだけでも気味がわるかった。

「だがねえ。最近、英国のダーンという心理学者が長い間、夢の研究をやっておりますうちに、大変面白い発見をしたんです」

いこいの灰がまた白衣の膝にこぼれた。が教授は一向に無頓着《むとんちやく》で、

「それによると、いいですか。夢というのは、我々の第六感ともいうべき能力で……私の話は少しムツかしくありませんか」

「いいえ。とても面白うございます」

井口栄子は首をふった。

「夢というのは我々の第六感ともいうべき能力で――。現実にはみえず、摑《つか》めぬことを知る手段だというんです。あるいは未来に体験することを予知する方法だというんです」

信子は眼を大きくあけて、この男の言葉を一語、一語、つかまえようとした。時々、専門的な固い言葉が入るけれども、その説明はよくわかった。

「で、このダーン博士の説ですと、ある夢を我々がみる。その五十パーセントは、必ず我々が将来、経験することだというわけです。あるいは身の危険を予知する手段だというんです。わかりやすく言いましょうか。たとえばある種の動物は、本能的に危険な場所や地域を知っています。絶対にそこには近よらん。それは彼等の第六感がそこに行くなと教えるからです。人間にも昔はそういった力があったんだが、文明生活がその機能を衰えさせたんです。だがそれがまだ人間には潜在してましてね、それが夢の形となってあらわれるというんです」

「じゃあ」井口栄子はびっくりしたように信子の顔をみて「先生。この人の夢も、そのお考えと同じだとおっしゃるんでしょうか」

「そうかもしれません。そうでないかもしれません。だが今、早急にですよ、断定できかねます。第一、ダーン博士の研究が学者全体のみとめるところじゃあ、ないんですから」

　それから、教授は椅子をふたたび軋ませながら信子の方に向きを変えた。

「奥さん。実験してみましょう」

「実験？」

「ええ。今日からね。枕元に必ず小さなノートか手帖《てちょう》と鉛筆とを用意して下さい。そして夢をみたら、忘れぬうちにその内容を書きこんでくれませんか」

「そんなこと、できるでしょうか」

「熟練できるんですよ」と教授は微笑をうかべた。「大体、私たちというのは、どんな人間でも一晩に一つは夢をみるんですな。それはたいてい朝がたの時刻が多いようですが、夢というのは、すぐ忘れるんですな。忘れるからぼくは夢をみたことはない、などと言う人がいるんだが、ありゃあ、間違いだ。忘れるんです」

「ええ。朝なんか、何だか夢をみたような気がするんですけど、どうしても思いだせぬことがよくありますわ」

「でしょう。だから、奥さん。そのノートに夢をみたらすぐ書きつけようという意志をもって下さい。するとすぐ眼がさめるようになります」

信子は膝の上に手をおいて、ただ、はい、はいと畏《かしこま》った返事をしていた。そして、

「私の言う通り、やってくれますか」

教授が最後にそうたずねた時も、

「はい」

と彼女はうなずいた。

高橋教授と会ってから数日がすぎた。教授に教えられたあの「夢」の話はなにもかも信子にはびっくりすることばかりだった。長い間、信子は自分のことを平凡すぎるほど平凡な女だと考えていた。中学の時も高校の時も、教室のなかでひかえ目で、目だたぬ点では死んだ雑賀淑枝と同じようなものだった。その自分に未来を予知するような第六感が人並以上に潜在していたとは、とても信じられないのである。

「あたし、あの先生のお話、間違っていると思いたいわ」

研究室を出たあと、ふたたびお茶の水の駅にむかう陸橋の上を栄子と歩きながら彼女は体を震わせた。

「あたし、何だか、こわいわ」

「こわいことなんか、ないじゃないの」と栄子は笑って「もし、あの話通りなら……素晴らしいじゃないの。おノブには未来のことが夢のお告げで何でもわかるんだもの。ねえ、見てもらいたい夢があるの。あたしのおムコさんの夢をみて。どんな人か、はっきりみて」

栄子が冗談をいうと、信子は寂しそうに微笑した。自分で自分がだんだん薄気味悪くなったのである。

（もう、そんな馬鹿馬鹿しいことは忘れてしまおう）

彼女はそう自分に言いきかせた。真実、夜、夫がさきに寝床についたあと、できるだけグズグズとして、そっと布団のなかにもぐりこむ時、信子は今夜は夢などみないようにと願った。

その願いが通じたのか、彼女はこの数日、夢らしい夢をみなかった。たった一つ、野原でレンゲの花がさいている夢をみたような気がしたが、しかしそれは気にもならぬことだった。

だが、ある朝、例によって新聞を便所にもちこんで読んでいた夫が、食卓につくや否

や、

「おい。昨夜、うなされていたな」

「あたしが？」

「変な声をだしているから、こっちも眼がさめたよ。声をかけたら、すぐ、静かになったからね。俺もそのまま眠ったのさ」

一体、どんな夢をみたのだろうと信子は急に不安になった。しかし、思いだすことはできない。あの高橋教授の言うように、夢はすぐ忘れやすいものなのだ。

（うなされる以上、余程、こわい夢だったのかしら）

こわい夢である以上、それが現実には実現してもらいたくはないと、彼女はその時、急に考えた。

「どうしたんだ。変な顔をして」

「いいえ。なんでもありませんわ」

毎日が昨日も今日も同じような形で続いた。銑吉は相変らず、きまった時刻にアパートを出て、きまった時刻に戻ってくる。ながい夜。夫のうつ碁石の音がうつろに信子の耳にきこえてくる。夫のいない間、彼女は時々、佐田さんの奥さんと話しこむ。アパートの人たちの噂や家計の愚痴。夕暮ちかくなるとゴミ屋がゴミをとりにくる鈴の音がきこえる。それが生活というものだった。そして信子は自分がこの生活からは、生涯、逃れることができないことを知っていた。

「平凡が一番いいわ。何も起らないことが一番幸福なのだわ」

彼女は自分を納得させるためにも、そう呟《つぶや》いた。

「ノートをとっている」

栄子からは時々、電話がかかってきた。

「高橋先生に言われた通りしている？」

「しているけど、本当の話、この頃、夢らしい夢をみなくなったの」

「ほんと？　よかったわね」

「でも、あなたには気の毒ね。折角、あなたの未来のおムコさんを夢でみてあげようと思ったのに」

受話器を切ったあと、信子は、栄子にまで嘘をつく自分がつらかった。夢らしい夢をみていない筈《はず》はない。夫は自分がうなされていたといった。うなされている以上、なにか怖しい夢をみている筈だ。その内容を知りたくないから、栄子にまで嘘をついて、自分の心を誤魔化しているのだと彼女は思った。

しかし、それは別として実際、あれから格別、夢をみたという記憶のないことも事実だった。夫にかくれて、そっと枕の下に入れた小さな手帖には何も書いてはいなかった。

「あたし」

とある日、彼女はなに気なしに銑吉にたずねた。

「いつかのように、うなされたことがありますか」

って」
「いいえ。何でもないんですの。ただ、あなたの睡眠をさまたげちゃあ、いけないと思
「いや」夫はふしぎそうな顔をして「ないだろ。どうして、そんなことを聞くんだい」

「いいえ。何でもないんですの。ただ、あなたの睡眠をさまたげちゃあ、いけないと思って」

「うなされているのではないが、寝言をいっていたのは、一度きいたな」

「寝言を？　まあ、いつですの」

「一昨日《おととい》だったかな。その前だったかな。いやっ、いやっ、などと悲鳴みたいな声で一言、二言、叫んでたが……」

「どうして起して下さらなかったんです」

「別にそれくらいで起す必要もないだろ」

夫はもう面倒くさいというように、背中をこちらにむけて、

「ああ、そうだな。家計簿を今日は調べよう」

と言った。

その夜も、夫に小言をいわれた。あれほど雑費を引きしめろと命じておいたのに使いすぎると言うのである。

「でも、花ぐらい、あたしも買いたいんです。生活にうるおいがほしいんです」

「馬鹿をいえ。花なら造花一本のほうが長もちしていつまでも経済的だ。それに早く家をたてるためには……」

その夜、彼女はまた夫から体を迫られた。叱ったあとは必ず夫婦生活を営むのが銕吉

の癖だった。夫の指が体を芋虫のように這《は》っていくと、信子は体をピクッと震わせた。すべてがすむと夫は自分の寝床に戻って、もうこちらには関心のないように眠りはじめた。

闇のなかで眼をあけ、信子はながい間、じっと体を横たえていた。闇はふかく、静かだった。遠くで一台の自動車が止まって、だれかが歩く音がした。おかえりなさい、とはずんだ女の声がきこえた。あのようにはずんだ声で銑吉を迎えたことは一度もないことを信子は知っていた。

夢をみたのはその夜である。

それはどこか知らぬ。彼女と銑吉とは並んで歩いていた。一台の自動車がむこうから走ってきた。それはこちらにむけて疾走してくる。

突然、夫はたちどまり、信子に何か話しかけた。話しかけながら、片手で強く、その自動車の来る方向に彼女の体を突きとばした。逃げる暇はなかった。

悲鳴をあげながら信子は眼をさました。それは現実ではなく、夢だと気づいた時、夫もびっくりして、はね起きていた。

外見は静かな日が続いた。今日も昨日と同じ、その昨日も一昨日と同じような毎日である。銑吉はあのきまった時間に家を出て、きまった時間に戻ってくる。夕飯のあとは碁石の鈍い音をたてながら膝《ひざ》の上においた本に眼を落している。

壁に彼のうつむいた、神経質そうな姿がうつっている。信子はアイロンをかける手をやめてその影をみつめながら不意に言いようのない不安に襲われる。

(いつか……ある日、この人が……あたしを殺そうとするのかしら)

そのいつかのある日とは何時だろう。だがどういう理由でだろう。自分はともかく、銑吉は少くともこの単調な、余りに単調な毎日に幸福を見出《みいだ》しているのだ。

(何もないこと、何も起らないこと……それが一番、倖《しあわ》せだ)

そういうことを考えている小心の男にはたとえ如何《いか》なる理由があれ犬一匹さえ殺すこともできない筈である。この何事も起らない毎日に満足しきって、安物の碁石を碁盤に並べている男に一生を棒にふるような行為ができるなど、本人さえ一度も想ったことはないだろう。

(夢が必ず、現実に起るとは限らないわ)

信子は無理矢理に自分に言いきかせようとする。

(それが本当なら、あたし以外の多くの人にだって同じことが起る筈だわ)

アイロンをおいた濡《ぬ》れタオルから、かすかな、こげくさい臭いが漂いはじめる。

「おい。駄目じゃないか」

その臭いに気がついた銑吉がこちらをじっとみて小言を言いはじめる。

「本当にぼんやりしているなあ」

「すみません」

そのまま、銑吉はまた向うをむいて碁石をならべはじめる。その肥満した体にも、小さな丸い顔にも自己とこのみみっちい生活に満足している様子がありありと見えるのだ。

会社で夫がどういう勤めぶりをしているのか信子は知らなかった。普通の細君ならば自分の主人が勤め先でどういう眼でみられているか、上役からの受けはいいのか、そういうことを知りたがるだろうが、結婚前はそのようだった信子は銑吉の仕事にたいしてなぜか好奇心も興味も次第に失《う》せていくのを感じていた。

別に人にきかなくても想像できた。夫が会社のなかでやがてどこまで昇進できるかもぼんやりわかっていた。生活には困るということはないだろうが、決して幹部にはなれないで停年を迎えるだろう。危い橋を渡るだけの勇気も力もないこの小心男の将来を想いうかべることは決してむつかしくはなかった。

(その夫があたしに何かする……)

彼女は思わず笑いだしたくなる衝動にかられることもあった。夫があの夢の通り、烈しい怒りにかられて自分の一生に、とりかえしのつかぬことをするなどとはとても考えられはしない。

栄子がある日、そんな彼女を心配してたずねてきた。

「あまり時間はないの」

彼女は小さな腕時計をみながら玄関でケーキを入れた箱を信子に手渡した。

「来がけにちょっと、買ってきたのよ」

「ありがと。すぐ紅茶を入れるわ」

洗濯竿《ざお》を売る男の間のびのした声が聞えた。

「で、どうなの。あれから」

紅茶茶碗《ちゃわん》を口もとに運びながら、栄子は心配そうにたずねた。

「まだ、おかしな夢をみるの」

「そうでもないけど」

信子はお茶をにごして、

「あの先生におっしゃられた通り、一応、鉛筆やノートを枕元において寝たんだけど、たいした夢をみもしないし……そのうち面倒くさくなってやめたわ」

「そう……」栄子はしばらく何かを考えこみながら「その方がいいわ。あたしもおノブに余りせがまれるから、あの高橋先生のところにおつれしたんだけど、本当はあんなことしなければよかったと思っているの」

「あら、なぜ」

「だって、あんなこと、第一、とても信じられないし、そんなナンセンスな実験でおノブがますますノイローゼ気味になったら、こっちの責任みたいな気がするんですもの」

「そんなことないわ。第一、こっちからあなたに無理矢理につれていってもらったんですもの」

栄子が困ったような顔をしているのをみると、信子は例の夢のことを口に出すこともできなくなってしまうのだった。彼女は紅茶茶碗の縁をじっと見つめながら黙っていた。

「おノブ」

「…………」

「おノブったら」

「え？」

信子はびっくりして顔をあげた。その顔を井口栄子は不安げに窺《うかが》っていたが、

「あなた……何か見たんじゃないの、わるい夢を……」

「…………」

「どうしたのよ。黙って。見たのね。え？　見たのね」

信子は仕方なしにポツリ、ポツリと話しだした。その間、栄子は顔を強張《こわば》らせたまま聞いていた。

「だから、あたし……」

「信じられないわ。馬鹿馬鹿しくって。あたし」栄子は信子をというよりは自分の不安をおしかぶせるように言った。「絶対に……そんなこと」

「あたしだって……あの人が、とても、こんな事できるような人だと思ってないんですもの」

井口栄子は大きくうなずいた。それから、

「こんなこと口に出すのは悪いんだけど、事情が事情だから言うわ。あなたの御主人に

はそんな勇気さえないわよ。結婚式の時しかお目にかかってないけど……気の小さな——なんだか小心翼々の人にみえたんですもの、ごめんなさいね。こんなこと言って」

信子は黙った。栄子の頬のあたりにかすかなうす笑いが浮かんだのを彼女は見逃さなかったのである。なぜか知らないが言いようのない怒りが胸もとにこみあげてきた。銑吉がどういう男であるか、他人に言われなくても自分が一番よく知っていた。それを他ならぬ自分の親友に言われただけに余計にこたえたのである。

信子の顔色が急に変ったのをみて、栄子はあわてたように、

「ごめんなさい。あたし、とんでもないことを言っちゃったわ」

「いいのよ」

信子は寂しそうな笑いを浮かべて言った。

「なんとも、思っていないわ」

だがその夜、彼女は夫の寝息を聞きながら結婚以来、感じたことのない憎しみをその体にも寝息にも感じた。あの言葉を言った時の井口栄子の唇にうかんだうす笑いを信子は忘れることができなかった。

ある午後、夫は突然、帰ってきた。

「どうなさったの」

「寝床を敷いてくれ」

彼は玄関に腰をおろしたまま苦しそうに言った。

「たまらなく頭痛がするんだ」

あわてて床をのべて、体温計で熱をはかってみると九度二分あった。

「医者をよびましょうか」

「冗談じゃない。医者などで無駄使いをする必要はない。風邪薬があったろ。あれをくれ」

こんな時まで医者代を倹約して売薬を使う夫が情けなかったが、しかし言われるままに風邪薬を与えた。

夜になっても熱がひかなかった。ひかないどころか、銑吉は嘔《は》き気《け》におそわれだした。やっと医者が来て聴診器を、寝巻からだした銑吉の胸に長い間あてていたが、

「いかがでしょうか」

「奥さん。入院させられたら」

と中年の医者は重々しい声で言った。

「急性の腹膜炎ですが、放っておけば駄目です。とに角、病院に入れてすぐ治療したほうがいいですな」

「このままだと危険ですの」

「そうです」

すると夫は怯《おび》えた顔を二人の方にふりむけた。嘔気がふたたび彼に襲わなかったら、

この小心な男は見ぐるしい言葉を口にだしたにちがいない。

真夜中、近所の病院に銑吉は入院した。壁がひどくよごれて雨渡《あまも》りの染みがついている病室である。

「このまま死ぬんじゃないのか。助けてくれ。死ぬのは嫌だ」

乾いた唇をしきりに舐《な》めながら夫は片手で信子の手を握りしめてそんな悲鳴に似た言葉をつぶやいた。遠くの廊下で時々、便所にいく患者のスリッパの音がきこえた。

「死ぬんじゃないのか。俺死ぬんじゃないのか」

夫の手が信子の手を赤ん坊のように握りしめる。額の汗をぬれた手ぬぐいでふいてやりながら信子は、病室の壁、暗い電球をみまわした。

(もし、このまま……死んだら……彼が……)

そんな想像をしてはならぬと打ち消そうとすればするほど、想像は執拗《しつよう》に彼女の胸にまつわりついてきた。

もし、このまま、銑吉が死んだら、そのあとのことは信子には具体的に何も考えられなかった。ただ何か自分を生涯しばりつけているこの重い退屈なものから解放されることと――それは確かだった。

(そんなこと……考えてもいけない)

信子は首をふった。だが首をふっても、今、自分の眼の下で手ぬぐいを額にのせたまま、右、左に顔を動かしている小心な男の顔が眼にうつった。生涯――これから二十年、三十年、この男と今日までと同じようなあの何もない生活をつづけねばならないのだ。

夜はふかく、黎明《しののめ》はまだ来なかった。遠くでまた便所の扉がきしむ音がした。


一週間後、夫の熱が抗生物質でやっと引きはじめた日、信子は久しぶりにアパートに彼の下着をとりに帰った。

管理人がアパートの玄関の前にたって、大工らしい男と何か話していた。

「ああ、御主人はどうかね」

「おかげさまで……」

「そうかね。しかし、あんたたち、病院までハイヤー使って料金払わなかったろう。困るねえ。あとで取りに来たから、こっちで立てかえといたんだよ」

管理人はしぶい顔をして嫌味を言った。

部屋の鍵《かぎ》をあけると長い間しめきってあったせいか畳の臭いがプンと鼻についた。

その部屋を掃除して下着をボストンバッグに入れていると、廊下で佐田さんの奥さんの声がした。だれかと話をしているのである。

「奥さん」

「あら」佐田さんの奥さんは好奇心のこもった眼で信子をみた。「御主人はもうすっかりよろしいの。こっちもお見舞にいこう、いこうと思いながら、あなた、わかるでしょ。手が離せないのよ。雑用で」

彼女の横には一人の青年が微笑しながら立っていた。信子はボストンバッグから手を離して黙礼した。あの室井だったからである。

「留守中——御迷惑をおかけして……すみませんでした」

「とんでもない。だって病気ですもの。仕方ないじゃありませんか。そりゃあ、管理人さんがハイヤーのことで、ブツブツ言ってましたけどね。でも大変だったでしょ。看病で。奥さん。偉いわねえ。ほんとによくおやりになるわ。あたしだったら……」

佐田さんの奥さんの饒舌《じょうぜつ》はいつまでも続いた。その間、室井は困ったような微笑を浅黒い顔にうかべて立っていた。

「お茶でも入れますから、中にお入りになって……」

「そうもしてられないの。今、主人から電話があってマージャン仲間をつれて帰るっていうんだから、本当にしようがないったらありゃしない。奥さんは今から病院へ？」

「ええ、そのつもりですけど……」

「それじゃあ、そこまで一緒に行きましょうよ。あたし買物があるし、室井さんももう帰るっていうから……」

つれだって三人、商店街に出ると、ここまでしゃべり続けていた佐田さんの奥さんは、

「御主人、お大事にね」

今度は意外にあっさりと背中をむけて去っていった。

室井と信子とは肩をならべながら駅まで歩きだした。

「よく口が動く奥さんですねえ」

室井は溜息《ためいき》をつきながら言った。

「ぼくは友人のために部屋がないか、あのアパートに訊《き》きにいったんだけど、彼女につかまって一時間、しゃべり通しにしゃべられましたよ」

本当に困った……といった様子がこの青年の口ぶりに感じられたので信子は思わず吹きだした。

「なにがおかしいんです」

しかし室井も笑いだして、

「奥さん。もし、よかったらそこでお茶でも飲んでいきませんか」

と言った。

結婚前はとも角、結婚後、夫以外の男性と一緒に喫茶店に入るなどということは信子には滅多になかった。二人で駅前の喫茶店というよりは軽食スタンドに腰かけて、さて紅茶を注文すると、信子は妙に体が固くなるのを感じた。

「新聞社の東京支局にお入りになりましたの」

と彼女はいつか室井が言っていた言葉を思いだして訊《たず》ねた。

「ああ、憶《おぼ》えていて下さったんですか。ええ、そういう話も先輩からあったんですが、結局、駄目でした」

「まア。それで……」

「今は一応、友人の世話で小さな広告会社の仕事を手伝っています」

「そう……」

それから彼女はさりげなく、

「今、じゃあ、お一人で東京に……」

室井の顔に暗い翳《かげ》がさした。

「ええ。実は結婚しようと思っていた女性がいたんですが、ぼくの東京での就職がうまくいかなかったもんですから」

それから彼はうつむいて紅茶をスプーンでかきまわした。

「向うの人も戻っていきましたよ」

戻っていきましたという言葉が信子の胸にしみた。きっと室井と駆落《かけお》ちまでした人妻は夫のところに戻ったにちがいない。

彼女は室井にもっていた夢のようなものが心のなかで急にしぼんでいくのを感じた。自分の人生のために勤め先まで棄て、愛している女性と駆落ちした青年に信子は何ということなく一種の憬《あこが》れさえ抱いていた。その青年が今、うなだれて自分の前に坐《すわ》っている。結局、人生は銕吉のいうように平凡が一番いいのか。何事も起らないことが一番いいのか。

「奥さん」

室井は急に顔をあげて、

「でも、ぼくはこの儘《まま》、へこたれはしません。自分の信念で人生を生きていくつもりです」

「ええ」

彼女は曖昧《あいまい》にうなずき、そっと室井の服装を盗みみた。洋服は古びてはいるが、Yシャツはちゃんと白かった。彼はその言葉通り立ちなおるだろうと信子は思った。

「奥さんは、倖《しあわ》せですか」

「え？」

「失礼しました。ただ、ぼくは奥さんに会うたびにいつも寂しそうにしていらっしゃるので……」

病院に帰ると西陽がカンカンに照していた。中庭に日まわりの花がカッと黄色く輝いていた。

病室に戻ろうとすると、階段で看護婦主任の中村さんに会った。

「あら、奥さんさがしていたのよ」

「どうかしたのですか」

銑吉に急変でもあったのかと、びっくりすると、

「あのね、鈴木先生が奥さんに話があるんですって。すみませんけど、このまま看護婦室の方に、行って下さいません」

鈴木という医者は、夫の主治医だった。中年のものやわらかな人である。

看護婦室に入ると、鈴木医師は若い看護婦と二人でカルテに何か書きこんでいたが、

「ああ、奥さん」

うなずいて、

「君、ちょっと、座をはずしてくれないか」

と若い看護婦に命じた。

「暑いですねえ」

彼はそう言って、首すじをタオルでぬぐった。

「毎日、御看病で……大変でしょう」

「いいえ。こちらこそお世話になっております」

相手が話をきりだしてこないのが、かえって信子の不安を強めた。

「実はねえ。申しあげにくいことだし、またこういう場合、我々医者も、御家族にもお伝えしないことが多いんですが……先日、御主人の精密検査をしましたところ」

「腹膜がまた、悪くなったんでしょうか」

「いや、腹膜炎のほうは御覧のように熱もさがったんですが、胃に面白くないものが見つかりましてねえ」

「面白くないものと、申しますと」

「ええ。悪性な腫瘍《しゅよう》です」

癌だということは、はっきり信子にもわかった。体中から血が引いていく感じだった。

「相当……ひどいんでしょうか」

「大きいですね」

「手術でもとれませんか」

「もちろんやってはみるつもりですが、あるいは転移しているかもしれません」

鈴木医師は指で机をコツコツと叩《たた》いた。今、なぜ、彼がそんな仕草をするのか、信子にはわからなかった。

「御主人には胃潰瘍《いかいよう》だから、手術が必要だと申しあげておきます」

「はい……」

「奥さん。でも転移さえしていなければ五十パーセントは助かりますから、気を落さないで下さい。それから、申し上げるまでもないと思いますが、御主人には今の話はもちろん、秘密です」

頭をさげて廊下に出た。しばらくの間、目がかすんだようにあたりが見えなかった。やがて自分の前に長い灰色の廊下がつづき、パジャマやガウンを着た患者が歩きまわっている姿が眼にうつった。

「遅かったじゃないか……」

夫は扉をあけると、体を少し起して不平を言った。

「すみません。ちょっと看護婦室に寄ったもんですから……」

鈴木医師に念を押されたことを思いだし、信子は悲しい気持で銑吉の顔をみた。顔色も決して良いとは言えないが、あの癌患者特有の土気色をおびてはいない。本当にこの人の胃に手術をしなければならぬような腫瘍ができているのだろうか。

「看護婦室って、退院の相談かい」

急に銑吉は嬉《うれ》しそうに手をだして訊ねた。

「そうだといいんだけど……そうじゃなかったの」できるだけ顔色を変えないようにして、

「主任さんがあなたの健康保険のことで訊ねたいって、おっしゃったもんだから」

「健保のこと？　健保がどうしたんだ」

「いいえ。もういいの。向うの計算ちがいだったから……」

「会計計算はちゃんと確かめておいたほうがいいぜ。こっちだって健保の金を毎月、ダテに会社の月給から引かれているんじゃないんだからな。一円でも損をしないように、お前、ちゃんと調べておけよ」

自分の体がどういう状態になっているかもしらず、この人はまだ金のことをブツブツ言っている。ちょうど毎月、家計簿を自分の前で開いてみせ、そして算盤《そろばん》を入れては水道代が使いすぎているとか、雑費を引き締めろと言うように……。急に情けなさとも哀しさともつかぬ感情が胸にこみあげてきて、信子は思わず顔をそむけた。

「どうしたんだ」

「………」

「どうしたんだ。お前、医者から何か言われたのか。俺の体について」

「いいえ」

鉄吉はその言葉を信じたのか、また仰向《あおむ》けに寝て、黙ったまま天井を見上げていた。

翌日、回診の時、鈴木医師が自分の口から手術のことを知らせた。夫に真相を気どられないかと信子は体を緊張させて棒のように立っていたが、流石に医師は医師で言い方がうまかった。

「いや、小さな潰瘍でしてね。内科では時間がかかるくらいの程度ですが、入院ついでにきれいに切っておきましょうか。なに手術なんて大袈裟《おおげさ》なものじゃありませんよ。ぐっすり眠っておられる間に万事すみますよ」

やさしい口調だが、少しずつ相手の不安を除去するように理詰めで押していく。はじめは怯《おび》えた顔で手術などと、首をふっていた夫に、

「でもねえ。手術代も健保でほとんど無料ですし……それに長い目でみればその方が経済的にも安あがりですよ。毎月、薬代をとられるより、今、外科手術で潰瘍を思い切って切れば……まあ、一、二日、考えてみて下さい」

そうやんわり言ったあと医師は笑いながら部屋を出ていった。

「やった方が……得かなあ」

信子と二人きりになった時、鉄吉はまだきめかねたようにそう呟《つぶや》いたが、手術を受ける気持に大分、傾いてきたことは確かだった。

その夜、夫のそばで久しぶりにあの夢をみた。夫のそばと言っても、ベッドの下に折りたたみ式の附添用のマットを敷いて、その上に信子は眠るのである。

夢は……あの夢だった。向うから一台の車が疾走してくる。夫が自分に何か話しかけながら、その自動車の来る方向に彼女を突きとばした……

悲鳴をあげたかどうかわからない。おそらく悲鳴はあげなかったのだろう。なぜなら夫はベッドの上でしずかな寝息をたてていたからである。

病院の夜はあまりに静かだ。それはいわゆる街中の夜の静かさとも全く違う。昼は患者たちの呻《うめ》き声や苦しみにみちた病舎が朝まで、じっとみじろがない。死の匂いと隣りあわせになったような静かさが病院を支配しているのだ。

彼女は眼をあけて闇をじっとみつめた。

(そんな馬鹿な。手術をうけねばならぬというこの人が……)

そのあとの言葉をつづけるのが嫌だった。一日中、寝台に寝ているこの病人がどのようにして信子を殺せると言うのだろうか。そんな夢が本当に現実に起りうるとはとても考えられなかった。

(きっと、あたしが彼に心ひそかに感じている嫌悪感が……そんな悪夢をみさせたのだわ)

彼女はそう考えた。その考え方のほうが今のところ合理的のように思われた。

背中に汗をかいているのを感じて、彼女はタオルで首のあたりをふいた。

今一度、寝つこうと思ったがなかなか眠りに入らない。夫の手術は成功するだろうか。鈴木医師はひょっとすると転移しているかもしれぬと言った。あの声はまだ耳にはっきり残っている。もし転移しているとすれば夫の生命は術後いくばくもないだろう。

夫が死ぬという感じはまだ何故か信子に実感を伴っていなかった。事態が深刻なのにかかわらず、妙に心は静かなのだ。

(ひょっとすると……あたしは彼が死ぬことを……待っているのかしら)

その想像は信子を狼狽《ろうばい》させた。みてはならぬ素顔が鏡のなかにうつり、思わず眼をそむけたい思いだった。だが追い払おうとしても、追い払おうとしてもかえって想像は執《しつ》拗《よう》に信子にまつわりついてきた。

(彼が死んだら……あたしは自由になれるかもしれない)

少なくともあの毎日の単調な生活、食事のあとの碁石の音。アパートの匂い、月末の家計簿の検査……それらはすべて終るのである。

信子はふかい溜息《ためいき》をついた。自分がひどく嫌な女だと思った。銑吉は寝がえりをうって小さな鼾《いびき》をかいていた。

手術ときまると、夫婦は急に忙しくなった。銑吉は銑吉で術前検査のためあの主任看護婦につきそわれて心臓や血液の検査を受ける。信子のほうは附添婦をたのんだり、腹《ふく》帯《たい》や吸呑《すいのみ》みや床ずれを防ぐゴムを買ったり、あたらしい寝巻を作ったりせねばならなかった。

三日後がいよいよ手術という日の夕方、銑吉が病院前の散髪屋に行っている間だった。

「奥さん。電話ですよ」

いつか鈴木医師と一緒にいた若い看護婦が知らせにきた。

「すぐ、行きまあす」

だれかしらと訝《いぶか》りながら看護婦室にかけていき、受話器を耳にあてると、

「もし、もし」

室井の声だった。信子は自分の心の動揺がうしろでカルテに何か書きこんでいる若い看護婦に気づかれないかと、胸がドキドキした。

「御主人、手術をお受けになるんですってね」

「はい」

「奥さんも何かと大変でしょう。ぼくにできることがあったら……遠慮なくおっしゃって下さい。勤先の電話番号を一応、お知らせしておきますから」

電話を切ったあと、信子は指を頰にあてたまま、しばらくじっとしていた。窓から夕焼がうつくしかった。ぼくにできることがあったら……と言ってくれた室井の好意が胸ににじいんと伝わってくる。彼女はあの浅黒い顔と白い歯とを思いだした。

病室に戻ったが夫はまだ帰ってはいなかった。彼女は窓にもたれて、もし銑吉と結婚していなかったらどうなったろうという空想に身を委《まか》せた。

それは更に自分がもし室井の恋人だったらという空想に展《ひろ》がった。現実では室井の恋

人である人妻は別れた夫のところに戻っていった。しかし自分なら決して銑吉のもとには帰りはしない。たとえ室井との生活がどんなに貧しく苦しくても、それはあのアパートでの「何事も決して起らない」生活よりはましだった。一皿のおかずを分けあうほど、ひもじくても、あの碁石の単調な音を毎夜毎夜、きかされるよりはましだった。彼女にとって今は、不幸というもののすべては銑吉との生活にむすびつき、そこから解放されることが倖《しあわ》せそのもののような気がしてくるのだった。

「どうしたんだ」

ふりかえると銑吉が短く切った髪に手をやって立っていた。

「いくら手術前だといっても……こんなに短く切られちゃあ、かなわん、しかも百二十円だぜ。アパートのほうはどうだったんだ」

自分がまだ癌であることを知らずに、髪の切り方を神経質に気にしている夫が信子には突然、たまらなく憐《あわ》れに思えた。それと共にそんな夫の運命に全く無関心なほど他のことを考えている我が心の冷たさをぶきみに思った。

「あなた」

と信子は窓を背にしたまま、じっと夫の眼をみつめて言った。

「あなたは……」

「保険といっても、手術じゃ差額はやはり払わなくちゃならないんだろ。その上、使わないアパートの間代を今月もとられるんだからな」

あたしの心をこう冷やかにしたのはあなたなのよと、信子は心のなかで言いつづけた。たとえ、あたしがあなたにとって悪い妻だったとしても、それは全てあたしの責任じゃないわ。責任じゃないわ……。


手術の日は雨がふっていた。

六時、いつものように検温。六時半、看護婦が毛剃《そ》りと灌腸《かんちょう》にきた。

七時半。

「さあ。この丸薬を二つ飲んで……」

主任看護婦はいつもとちがって作り笑いを頬にうかべ、殊更にやさしい声で、

「そしてそのあとはベッドでじっとしていてください。歩いては駄目ですよ」

白い二錠の丸薬はどうやら麻酔薬らしかった。

子供のように鉄吉は仰向けになって天井をみつめていた。しかしその表情にはあきらかに自分が今から手術を受ける不安がかくせないらしかった。

「潰瘍さえ、とっちゃえば、腸がひとりでに胃の代りをしてくれるそうだと先生がいっていたが」

「そうですってね」

「胃の手術なんかで死ぬ患者は滅多にいないそうだ」

「ええ。だから心配…… いらないわ」

「麻酔がきけば、痛みなんかほとんど感じないものらしい」

銑吉はベッドの上でたえず呟《つぶや》きつづけていたがそれはあきらかに妻に言うためというよりは、こみあげてくる自分の不安と闘うためだった。

やがて、かすかな鼾がきこえはじめた。二錠の丸薬がきいたのか夫は馬鹿のように口をあけて眠りはじめていた。あっけないほど、だらしない効き方だった。

（わたしは夢をみたのよ。わたしがあなたに殺されるという夢を）

信子は耳もとで、自分でない別の声がまるで甘い唄《うた》でも歌うようにそんなルフランをくりかえしているのを感じた。もちろん、今はあの滑稽《こっけい》な夢のことは信じていなかった。どう考えても今、眼の前でだらしなく麻酔に落ちているこの小心な男が自分に危害を加える筈《はず》はなかった。あんなつまらぬ悩みを友人の井口栄子にうちあけたことさえ、恥ずかしいくらいだった。

（わたしは夢をみたのよ。あなたがわたしを殺すという夢を……）

「さあ……手術室に行きましょう」

主任が若い看護婦と一緒に担送車《ストレッチャ》を病室まで運んできた。

「すっかり、眠ったのね」

主任の唇に、かるい皮肉な笑がうかんだ。

「そっちの足を持って。奥さんも途中までいらっしゃいますか」

担送車は鈍く軋《きし》みながら病棟の廊下を進んだ。時々、すれちがう患者たちが怯《おび》えたような表情でたちどまり、鼾をかいている銕吉の顔を覗《のぞ》きこんだ。

エレベーターではあわてて誰かが場所をあけてくれた。それから手術室のある三階にのぼった。

「執刀は、奥さん、Y大の麻生先生ですよ。この病院に水曜日には来て頂いてるんです。胃の外科手術ではパリパリの人だから、心配いりません」

担送車のあとから歩く信子にむかって主任看護婦は急に思いだしたように言った。

「ええ」

「転移さえしなければ、癌だって治るんですよ。現にここで胃癌の手術をうけた患者さんの中でもすっかり元気になっていられる方が沢山いるんですから」

「ええ」

「さあ」そこで足をとめた主任はきっぱりと言った。「奥さんはここで手術が終るまでじっと待っていて下さい。あとは……あたしたちが御主人のお世話をします」

そこには廊下にそって長椅子が二つおいてあるだけだった。信子はそこに腰をおろし両手を膝《ひざ》の上においた。

窓の向うにまだ雨がふっていた。その雨が窓を伝わって幾条もゆっくり流れ落ちていく。彼女は能面のような顔をしてその窓に伝わる雨を凝視していた。自分が妻として一体、この手術の成功を本当に心から願っているのか、どうか信子自身にもわからなかった。願っていないといえばそれは嘘だった。しかし願っていると言えばこれもやっぱり嘘だった。

「おノブ」

眼の前に誰かが立っていた。ゆっくり顔をあげると栄子だった。

「つらいでしょう」

「ええ」

「大丈夫よ、きっとうまくいくわよ。わたしここの病院に知っている先生がいるの。その先生に内緒でうかがったんだけれど、結局は癌細胞が転移しているか、どうかが決め手なのよ。御主人の場合は」

主任看護婦もそう言っていたと信子はぼんやり考えた。

栄子はまるで自分の身内が手術でも受けているようにイライラしながら時々、そのあたりを歩きまわった。時々、きっちりと閉った扉のすき間に顔を押しあてて中を覗きこもうとした。

「だめ。何も見えはしないわ」

それから、急に姿を消してどこかに行ってしまったが、やがて紙袋とジュースの瓶とをかかえてふたたびあらわれた。

「おノブ。たべなさいよ。売店で買ってきたの」

「ほしくないわ」

「だめよ。たべないと、今晩、つかれるわ。あなたはひょっとすると徹夜で看病しなくちゃならないんだから」

どのくらい時間がたったか、信子にはわからなかった。ただ彼女の耳の奥でなにか鈍い物音がきこえてきた。あれは毎夜、鉄吉が食事のあとで膝の上に本をおいて碁盤の上にならべる碁石の音だった。なぜその碁石の音が、今、この手術の終るのを待つ長い時間、自分の耳にきこえてくるのかわからなかった。

「考えてみれば……」と急に栄子は言った。「滑稽なことで、あなたも心配したものね」

「なにを?」

「ほら、いつかあなたが見たという馬鹿馬鹿しい夢のことよ。もう、あんな、くだらないこと信じてなんかいないでしょう」

「ええ」

「念のためにあたし、M大の心理学者の横山先生のところに、そんなことがあるかって伺ってみたの。原稿をいただきにいったついでに」

「それで?」

「先生、笑ってらっしゃったわ。高橋君におどかされましたねって。高橋先生はきっと、そんな言い方をして倦怠期《けんたいき》にある夫婦に刺激をあたえるつもりだったんでしょうって」

そんなことは今はどうでもいいと信子は思っていた。どうして自分には今、手術室でメスを入れられている鉄吉のことがぼんやりとしてしか考えられないのだろう。まるで冷えきった石のようだ。冷えきった石が鈍い音をたてて碁盤の上でなっている。

跫音《あしおと》がした。扉がひらいた。

「手術がすみました。奥さん」

見知らぬ若い医師が顔だけを扉の間から覗かせて言った。血の散った手術着の下に彼のむきだしの足がサンダルをひっかけていた。

「今、すぐ麻生先生が、御主人の病状についてお話になります」

それから、頭も顔もまだ白い布で覆った眼鏡をかけた男が二人の前にあらわれた。

「御主人は大丈夫です」

彼は重々しい声で言った。

「手術は成功でした。心配していた転移はふしぎに一つもありませんでした。あとはコバルトでしっかり叩《たた》けば、再発はないと思います」

事務的にそれだけ言うと、彼はくるりとむこうを向いて、ふたたび手術室のほうに去っていった。

「おノブ」

栄子は信子の手を握って、半泣きになりながら言った。

「嬉《うれ》しいでしょ。おノブ。嬉しいでしょ」

信子は能面のような顔で栄子の肩ごしに、雨の伝わる窓を見つめていた。栄子はこの友だちがあまりの悦《よろこ》びに物もいえないのだと思った。

鉄吉の手術の日と同じようにその日も雨がやんだり降ったりする日だった。受付のテントから雨滴が小さな音をたてて地面におちていた。葬式の参列者たちは小さな行列をつくってそのテントの前にならんだ。

「あら、室井さん」

佐田さんの奥さんは自分の二、三人前に、立っている青年に声をかけた。

「とんだことになったわねえ」

「ええ」室井は哀しそうにうなずいた。「突然のことなので、ぼくにも何が何やら……わからないんです」

「そうなの。とに角、あの奥さんが死ぬ理由なんて、あたしたちにはさっぱりわからないんだもの」

「え？　事故死なんでしょう？」

彼女はちょっと肩をすぼめてみせた。あんたもそう思っているの、といかにも言いたげな顔をした。

記帳を終えて既に焼香者たちが順番を待っている寺にむかって歩きながら、佐田さんの奥さんは声をひそめて、

「ちょっと、ちょっと室井さん。あんたも事故死だと思ってんの」

「そうじゃないんですか」

「ところがね、商店街の靴屋の主人が、あの時、ちょうど現場の近くにいたのよ。自動

車が向うから走って来て……あの奥さんは、たしかによけようと思えばよけられたんだって。それをフラ、フラッと」

「自分の方から自動車に飛びこんでいったんだと言うんですか」

「そう見えたって、靴屋の主人が言うんだけどねえ」

「信じられないな。だって、それなら加害者側だって……」

「だから、もめたじゃないの。運転手のほうは、あの人が自分からぶつかってきたというし、でも自殺する理由も何もないのにねえ」

「御主人が手術も成功して退院したばかりの一番倖《しあわ》せな時じゃありませんか。彼女に死ぬ理由なんて何処にもないんだ」

室井は怒ったようにこの言葉を言った。

「そうだ。あの人には死ぬ理由なんて何処にもなかったんだ」

「だから、あたしたちにも解せないのよ。いい御主人だし。うちの亭主みたいにマージャンや競馬に狂うわけじゃなし、そりゃ羨《うらやま》しいほど堅い人だったんだから」

焼香の順番が近づいてきた。造花のなかに信子の黒リボンをつけられた写真がおかれていた。

室井はその写真のなかの信子がいつか喫茶店でみた時と同じように寂しそうだと思った。だがなぜこの人は寂しいのか、室井にはわからなかった。

佐田さんの奥さんは香を燃したあと、長い間、両手を合わせていた。室井はそのうしろで、銕吉が親類らしい黒服の人々と一緒にうなだれながら坐《すわ》っているのを見た。会葬者が焼香をすませるたびに、銕吉は体の力がぬけたような恰好《かっこう》で頭をさげた。

雨がまた少しふりだした。室井が傘をひろげて戻ろうとした時、山門の前に一台のタクシーがとまって一人の若い女性が急ぐように運転手に金を払っていた。井口栄子だった。


研究室のなかはあの日と同じように殺風景だった。

うすよごれた実験着を着た高橋教授は相変らず煙草の灰を膝《ひざ》の上におとしながら、栄子の話をきいていた。

「先生にはあの人から直接お知らせしなかったそうですけど、あの人は御主人に危害を加えられる夢をちゃあんと見てたんです。それも自動車にぶつかる夢だったんです。御主人に突きとばされて」

「ほんとですか」

高橋教授の手がふるえ、灰がまた膝の上に落ちた。

「ええ。本当ですとも」

「信じられない」

「信じられない？　でも先生は英国のダーンという人が夢は……」

「ダーンなんて学者はいませんな。いや、わたしゃあからかったんじゃありません。ただね、あの時、あの奥さんが我々のいう刺激待望症という精神状態にかかっているのがわかりました。たとえば、あの奥さんのように毎日毎日単調な結婚生活を送っていられると、そういう一種のノイローゼにかかるんですな。お子さんがなくてアパートに生活している女性に近頃多いんです」

「………」

「だから私は、それに軽い刺激を与えるため、ダーンなどというありもしない説を申しあげて夢をノートにとるようにさせたんです。夢は人間の無意識的な願望のあらわれですからな。彼女が無意識で何を願っているかを知るためでしたが……」

「ええ、それはわかります。でもおノブは……いいえ、あの人は気にしてました。その上、こういう風に自分の夢がそのまま現実になるとは、あたしも想像もできなかったもんですから」

「あなたは、これを、自殺だと思いますか。それとも事故死だとお思いですか」

高橋教授は突然、たたみかけるように栄子にたずねた。

「わたしは……」と栄子はちょっと考えてからきっぱり答えた。「一種の他殺だ、と思います。あの人の御主人が……あの人を知らないで殺していったんです。退屈な結婚生活という武器で……」

外に出ると、陽の光が井口栄子の眼に痛かった。車道にはいつものようにタクシーや自家用車がやかましい音をたてていた。横断歩道を黄色い旗をもった女が一人、歩いていった。

彼女は通りかかったタクシーをひろって、信子が住んでいた住所を運転手につげた。

見おぼえのある管理人があのアパートの前に一人たっていた。

「やあ……」

と彼は言った。

「留守ですよ」

「知ってます」

彼女はそこにたって、信子の部屋の窓をみあげた。小さなその窓はしまっていた。そしてなんだか、ひどく、よごれているように思われた。

生きていた死者

その夜、築地《つきじ》の料亭「福芳」の一室で、私たちはビールを飲みながら、鷗外《おうがい》賞と久米《くめ》賞との発表を待っていた。

「そろそろ結論が出てもいいだろう」

A新聞社の佐竹さんが神経質な眼で腕時計をチラッとみながら立ちあがった。立ちあがって彼は座敷の縁側まで歩き、霧雨のまだ降っている庭をじっと見つめた。庭といっても三坪か四坪の竹と燈籠《とうろう》とをあしらった小さなものである。

佐竹さんだけではない。ここに集まっている二十人近い新聞社や週刊誌の記者たちは、予定時刻をもう一時間もすぎたことに皆イライラとしていた。発表が遅延すればするだけ、地方版へのニュースに記事がまわらなくなる。

「結局、岩井均の『フレッシュマン』か、別所二郎の『山峡』にしぼられているんだろ。秋山、村越、名和の作品、これらは初めにふるい落とされているんだからな」

「選考委員の古垣さんも結局岩井か、別所かのどちらかだろうと、今日、ここに来る前、言っていたしな」

相変わらずさっきから同じ話の繰りかえしである。文化部や学芸部の各記者の予想では鷗外賞は北海道の作家、延島英一がだれの眼からみても群をぬいているので確実だが、久米賞のほうとなると、岩井、別所のどちらかに落ちつくか、両者だきあわせにするかのいずれかだという点で意見が一致していた。

鷗外賞は言うまでもなく、明治の文豪、森《もり》鷗外を記念して創られた文学賞である。これはいわゆる純文学の作品にたいして与えられる。一方、久米賞は久米正雄《まさお》を記念して四年前に設けられた大衆文学賞で、この二つがいわば文学青年たちが文壇に登龍《とうりゅう》するために狙う賞なのだ。

そして今夜、その二つの賞の選考がこの部屋の廊下を突きあたった広間で開かれていた。主催者側のF出版社の重役や局長、それに選考委員である六人の文壇の長老たちが、三時間前に、その広間に次々と消えていったが、まだその結論が出ないらしい。時々、廊下を仲居が通りすぎるが、今はその足音もきこえない。

「何をやってるんだろうなあ。だき合わせにすれば簡単なのに」

私と一緒にここに来た中山は舌打ちをしながら呟《つぶや》いた。私たちは新聞社ではない。中山は週刊誌「新時代」の編集者であり、私はそこの社員ではないが、社員と同じくらい仕事をもっているカメラマンである。

賞がきまる。きまれば、すぐ車にのって、それぞれの仲間をすでに待機させてある受賞者の家に飛んでいかねばならぬ。そして写真をとり、「受賞の感想」を聞き、それを早く原稿にせねばならぬ。なにしろこの二つの賞は、この四、五年前から小さな文壇の出来事というよりも一種のショーの役目をもつようになってきたのである。

「くだらんな。たかが新人の文士が一人生まれたからといって、ジャーナリズムがこう騒ぐのは……」

待ちくたびれたのか誰かが吐きだすように言ったが、誰も応ずる者はなかった。みんな、そうだと思っている。思っているが、こういう妙な習慣がいつの間にか世のなかにできあがってしまったのだ。むかしの鷗外賞などは、ひっそりと静かに与える者と与えられる者とが祝福したり悦《よろこ》んだりしたのだと、私も誰かから聞いたことがある。

霧雨が少し本降りになり、庭の竹が風にゆらぐ音がした。急に仲居たちが廊下を駆けるようにして通りすぎていった。

「おい発表らしいぞ」

門とB新聞社の内山さんが太い眼鏡を指で鼻の上にあげながら、うしろをふりむいた。

その時、襖《ふすま》があいてF社の重役である坂崎氏が入ってきた。額が汗でベットリと濡《ぬ》れ、ズボンの膝がすっかり丸くなり、いかにも疲れたという表情をしている。それがわれわれに選考会がひどく難航したことをすぐ感じさせた。

「どうも、大変、お待たせしましたな」

坂崎氏は巨体を少しかがめてわれわれに詫《わ》びた。

「とにかく、鷗外賞はすぐ決まったのですがね、久米賞が二つにわかれまして……。では、先に結論を発表しますか」

彼はポケットから紙をだし、それをかなり大きな声で読みあげた。

「第二十八回鷗外賞は延島英一氏の『砂丘』に、それから第四回の久米賞は……」

そこで坂崎氏は一息ついて、ニヤリと笑いながら、

「芙蓉《ふよう》美知子さんの『老残記』に決定いたしました」

瞬間、かるいどよめきとも、ため息ともつかぬものがわれわれの間で起こった。誰もが予想もしなかった結果だったからである。久米賞は鷗外賞とちがい純文学の賞ではないがこの受賞者は従来、新人といっても、長い年季を入れた人の中から選びだされていた。線香花火のようにパッと燃えてパッと消えるのでは困るのである。その点だれもが予想した岩井均や別所二郎は今日まで「文芸現代」や「小説の世界」で、もうかなり場数をふんできている作家たちだったのだ。その二人が落ちて、一人として考えもしなかった芙蓉美知子という女性がこの賞をひっさらったとなると、これはたしかにニュースだった。

「どうして岩井氏、別所氏が落ちたのですか」

「いや、岩井、別所の両氏は今さら賞をとられなくても十分、今後も活躍される人たちだからね。この際、思い切って新鮮な新人に久米賞を与えよう——こういう声が選考委員の先生たちからありましてな」

「それでその芙蓉さんという人がダーク・ホース的にもらったというわけですか」

「まあ、そういうことです」

皆はメモを出して坂崎氏の言葉に鉛筆を走らせていた。

「で、この芙蓉美知子さんなる受賞作家は、どういう女性ですか」

A紙の佐竹氏が鉛筆を動かすのをやめてたずねたが、これは皆がいちばん知りたいと思っている質問だった。名前はまだ文壇でもジャーナリズムでも誰一人として耳にしたことはないが、なにか絢爛《けんらん》とした花をわれわれに連想させ、興味を起こさすに十分だった。

「芙蓉さんですか。これは東京に生まれ、K大の文学部大学院にまだ在学中の女子学生です」

「へえー」

一瞬ひろがったざわめきに坂崎氏はうれしそうな笑顔をみせた。F社の重役である彼にしてみれば、この新受賞者がジャーナリズムに好奇心の波を起こさせればそれだけでも賞をバックアップしているかいがあるのだ。彼はその効果を計るように、一息、間《ま》を入れて、

「経歴書によれば年齢、二十三歳、現住所、東京都世田谷《せたがや》区経堂《きょうどう》町八〇八。小森方」

「美人ですか。その女性は？」

誰かのその質問に、皆はいっせいに笑ったが、

「さあ。それは」坂崎氏も苦笑して「皆さんが当人にインタビューして、目でたしかめ

てください。私個人の趣味では美しいお嬢さんですな」

　われわれは部屋を飛び出た。玄関にある三台の電話にしがみつき批評家に受賞者についての原稿を依頼する者、表にまたしてある車に乗って芙蓉美知子の家に駆けつける者など、さまざまだったが、私と中山二人も、半分、眠りかけていた運転手に、

「世田谷経堂」

　大声で怒鳴った。そして車が霧雨にぬれた車道を渋谷《しぶや》にむけて滑りだすと、私は愛用のカメラを調べ、中山は急いで彼女の受賞作品「老残記」が掲載された雑誌のページをあわててめくりはじめた。

「人気が出るぜ、この人は」

　中山は拳《こぶし》を口にあてて言った。

「とにかく、美しい女子学生だろ。それが久米賞の受賞作家となると……世間がどっと騒ぐにきまっている。明日から当分、彼女の写真が新聞や雑誌に欠かさず出るようになるな」

　それから彼は雨のなかににじんでいるネオンの灯をじっと見つめながら、

「彼女はまだ知らんだろうな。今晩、彼女は昨日と同じように眠るだろう。しかし明日からすべてが全く変わるんだ。もう一人の女子学生じゃなくなる」

　私はうなずいた。それがこの芙蓉美知子という新人作家の人生にとってよいことか、悪いことか、私にはわからなかった。こちらにとってはさしあたり、関心があるのは彼

女のカメラ・フェースが美しくあってほしいという点だけだった。

経堂の駅のあたりはもう真っ暗だったが、四台の自動車が上町《かみまち》のあたりから同じ方向ばかりにむかっているので、それだけで芙蓉美知子の下宿を交番で訊《たず》ねる必要はなかった。なぜなら、これらのハイヤーはすべて彼女を訪問する新聞社、雑誌社の車だとわかっていたからである。

寝しずまった住宅街を通過した車は、やがてサインでも受けたようにいっせいにある地点までくると急停車した。そこが受賞者の下宿だった。玄関にはすでに灯があかあかとともり、先着者の黒い影がその灯の下で動いているのが見える。

「何だかいやになっちゃうなあ」中山はため息とも吐息ともつかぬ声をもらして「大の男たちが、たかが一人の小娘のために、こうして夜中まで働くんだから……」

彼女はわれわれが玄関まで雨にぬれながらたどりつくと、そこにきちんと坐《すわ》って笑っていた。今までのいかなる女流作家のイメージからも遠い娘だった。こう言っては悪いが、私が今日まで写真に撮った女流作家といえば、まずオッかなかった。ごつかった。

だが眼の前に坐って、記者たちの質問に答えている彼女をみた時、私には、

（これはいけるぜ）

しめた、という職業的な悦びが胸にいっぱい広がったのである。彼女はうつせる顔だった。魚をつりあげた時のような快感を味わいながら、私は中山が質問をしている間、

右、左、から芙蓉美知子の横顔にむけて、幾度もシャッターを切っていた。その顔は小説家ではない私には巧みに描写できないが、むかし東宝の女優だった牧規子という女優に似ていた。そして彼女自身もカメラを意識しているのだろう。たえず、ポーズを少しずつ変えて私にうつしやすいような姿勢をとってくれていた。

「これからも小説を書かれるつもりですか」

「わかりません」と彼女は笑いながら言った。「楽しければ書きます。楽しくなければ書きません。楽しくないことは、したくないんです」

「どんな先輩作家に会いたいと思いますか」

「だれにも会いたいと思いません」

「なぜ」

「だって……」

中山の質問にこの新受賞作家は困ったような表情をチラッとみせたが、思い切ったように言った。

「だって、文士なんてどれもウスぎたないですもの。お目にかかったって一つも面白くないでしょう」

「え?」中山はさすがに驚いて言った。「面白くないって?」

「あたし、あんまり好きじゃないんです。いつも世界の苦悩を一身に背負ったようなカオをしている人たちって。だってあの人たちそのくせダンス一つできないんでしょ」

そこにいた四人の記者たちは思わず苦笑した。その表現は日本の文士先生たちを評してある面で当たっていた。当たっていたのみならず、今でも誰もが口に出さぬことだったからである。

中山の頰がピクピクとうれしそうに動いているのに私はさっきから気がついていた。この男と一年も一緒に仕事をやれば、どういう時にどういう表情をするかぐらい、わかるのである。彼も私と同じように「しめた」と思っているのだ。無邪気なのか無知でこわいもの知らずなのかわからないが、文学賞の新受賞者が日本の文士などはすべてウスぎたなく大きらい、とハッキリ言ったのである。これだけでも記事のキャッチ・フレーズができる。中山がうれしそうな顔をするのも無理はなかった。

「小説のほか、あなたのやっていらっしゃることは？」

「あたし。何でも手だしたんです。スポーツなら得意ですけど、水上スキーなんか大好き」

私たちはインタビューを終えて霧雨のなかをふたたび車に戻った。おのおのの車に戻りながら記者たちはしみじみと呟《つぶや》いていた。

「変わったねえ。文壇も……」

「あれが新しい形の作家なのかなあ。死んだ井沢さんのような旧文士が聞いたら怒るだろうなあ。賞をとりあげるって」

中山と私とは週刊誌の仕事だから、文壇が今後どうなろうと、文学がどう変わろうと知ったことではなかった。

「こりゃあ、やっぱり、話題になるぜ」

中山はメモをポケットにしまいながら車のなかで叫んだ。

「明日のアサ刊にどう出るか、楽しみだ」


中山の言ったとおりだった。翌日のどの朝刊にも「時の人」「話題の人物」そういった欄には芙蓉美知子の花のように華美な笑顔がのっていた。そして彼女があの玄関ではっきりと言った言葉を三つの新聞がキャッチ・フレーズに使い、この無邪気な挑戦が文壇の先生たちにどういう反響をよぶかを見守っているようだった。

「この娘、演出しているんでしょうか。自分を」

翌日、私が編集部に昨夜撮った写真をもって出かけると、編集長の久保さんが新聞をひろげながら中山と話していた。

「ぼくにはそうとも思えるんですよ。旧文士などウスぎたなくて大きらいなどと、反響のありそうな発言をして……この娘、自分をさらに目だたせようとしているんじゃないんですか」

「うむ。そうかもしれん。しかし、俺は今日、ここに来る途中」と久保さんは机の上の一冊の雑誌を指ではじいて「これに載っている彼女の受賞作品を読んだのだが」

「へえ、それで、どう思われました」

「A紙で評論家の平山寛氏なども言っているように、かなり、人生体験のできた眼でものを見ている人だ。構成だってしっかりしているし、文章だっていくぶん、古風なぐらい正確なんだな。こういうものを読むと、今までばかにしていた若い連中もちょっと、見なおすよ」

久保さんの話によるとその「老残記」という作品は昭和の始めから神戸《こうべ》に住みついた一人の米国人の生涯を描いたもので、彼は日本を愛するあまり日本人の女性と結婚するが、戦争中、友人の日本人や妻からも捨てられ、収容所で寂しく死んでいくという話だそうである。

「ストーリー・テラーとしての才能は非常なもんだ。とても二十代の娘とは思えない」

「じゃあ、久米賞の受賞作家としてもってこいですね」

久保さんは私が撮ってきた写真をパラパラと見た。そして、

「この娘がねえ……この娘がねえ」

と幾度も呟いた。

「どうしたんですか」

「いや。この写真をみると、芙蓉美知子の顔には暗さとか影らしい影が全くないだろう。作家というものは、いくら快活を装ってもやはりどこかジメジメした影があるものなんだがねえ。……」

私も中山も改めてその写真に眼を落とした。昨夜、あの下宿の玄関で私のカメラを意

識しながら微笑んでいた彼女の横顔がそこにある。たしかに久保さんの言うようにジメジメした影がない。

その年の鷗外賞受賞作家が気の毒なくらい、地味に扱われたのにたいし、久米賞の芙蓉美知子はただちにジャーナリズムをにぎわせはじめた。第二作こそまだ書かなかったが、週刊誌はスターなみに彼女の写真をのせはじめた。編集部の希望のためか、それとも彼女の意志からか、机にむかって原稿用紙や本をひろげるというカビのはえた作家的ポーズではなく、ボーリングをたのしむ若い美人作家であり、大学のテニスコートで白いショートパンツをはき、ラケットで白球を追っている彼女の姿だった。

週刊誌だけでなくテレビにも彼女は時折り、引っ張りだされた。私は朝のモーニングショーでKという司会者にニコニコしながら答えている彼女を見たが、その時の問答は大体、次のようなものだった。

「毎日がたのしいでしょう」

「ええ、毎日、たのしいですわ」

「小説のほうの第二作は書いていられますか」

「ええ。書いています」

「しかし第二作を書きながら、生活のほうもエンジョイしていられるわけですね」

「ええ。小説だってそれだから書くんです」

「じゃあ、楽しくなくなったらお書きになりませんか」

「もちろん、やめますわ」

「そんなことをおっしゃると文壇のコワい先生たちに叱られませんか」

「叱る？　叱られたって平気だわ。あたしとああいう方たちとは年齢も考え方もちがうんですもの。コワクなんかないわ。一向に」

「あなたが好きな作家は？」

「フランソワーズ・サガン」

私はそのテレビを見ながら、突然「畜生」と叫んだ。なぜ自分が畜生と叫んだのかわからない。おそらく、この芙蓉美知子という娘に一種の羨望《せんぼう》と嫉妬《しっと》心《しん》とを感じたからだろう。正直いうと、私自身もこういう生き方をしてみたかったからだろう。こういう発言をしてみたかったからだろう。畜生という言葉の裏にはこの娘にたいする憧《あこが》れがあったのかもしれない。

だから私は久保編集長から次の号にこの才女の一日を撮影してこいと言われた時は嬉《うれ》しかった。

あの日のことはまだ憶《おぼ》えている。中山と私とはもちろん彼女の了解をえてその半日をうしろについて歩いた。

「でも、大学のなかで撮る時は、あまり派手にやらないでね。でないと、睨《にら》まれるの。先生たちに」

「わかってますよ」

大学の構内で十枚ほど撮った。それから彼女が友だちたちとスナックでハンバーグをたべているところも撮った。それからこれは多少の演出でもあったが中山の意見で赤坂《あかさか》の穴ぐらバーで、ゴーゴーを彼女が踊っているところを加え、最後に隅田川《すみだがわ》の川っぷちを一人、考えこみながら歩いているポーズもカメラにおさめた。つまり「花やかで、そのくせ一人ぽっちな芙蓉美知子」というイメージをこの写真から作りあげようとしたのだ。なぜなら、それは次第にできつつある彼女のファンが望んでいるようなこの才女の姿だったからである。

「小説家もこうなるとスターだね」

私はシャッターを押しながら、中山に何気なく言った。

「同じ今年の受賞者でも鷗外賞のほうはパッとしない。もう作品の世の中じゃないんだな、小説家も雰囲気なんだよ」

「それがどうして悪い」中山は急に怒ったように言った。「俺は彼女の生き方の方が好きだよ。天下の苦悩を自分だけが引きうけているような文化人や作家のポーズにくらべればずっと清潔だよ」

私はちょっとおどろいて中山の顔をみた。中山は芙蓉に少しイカれているなと思ったからである。

「たのしかったわ」

別れる時、彼女は中山の手ではなく私の手を握った。私は芙蓉美知子がまるで中山と私とを競争させようとしているのではないかと思った。

写真の現像と焼き付けはその夜、すぐ終わった。翌日、久保編集長はそれを一枚一枚、えらびながら、

「相当、カメラを意識してるな。彼女、ちゃんと自分をうつくしく見せるポーズをとっている」

「そりゃ女ですもの。当たり前でしょう」

中山は私の顔をチラッと見ながら言った。だが久保さんはそうした中山の心の動きには気づかずに、写真をじっと見つめていたが、突然、

「おい」

と声をあげた。

「おい、この男は誰だね」

「男？　そんなの知りませんよ」

「見ろよ。この男だ。穴ぐらバーでも隅田川の川っぷちにも大学の構内にも、この男がうつっているのに、気づかなかったのか」

私は写真を手にとった。久保さんの言うように、三種類の写真には、一人の男が遠くに立っていたのだ。何げなくこちらに気づかれぬようなポーズで別の方向に眼をむけてはいるが、あきらかにカメラに神経を集中している。

　それは五十歳をとっくに過ぎた見すぼらしい男だった。写真ではその顔はわからない。しかし背丈は中肉中背で貧相な洋服を着ている、のみならず、その一枚であきらかに彼の顔はうすら笑いを浮かべているように見える。

「ふしぎだな、今まで気がつかなかった、このオッさん、偶然に入りこんだのでしょうか」

「そうかもしれん。だが……俺、この顔には何か記憶があるような気がするんだ。おい。芙蓉美知子の写真の載っている週刊誌を全部、ここに持ってきてみろ」

　五分後に女の子に持って来させた幾冊かの週刊誌をひろげたが、そこに掲載されている彼女の写真にはこの妙な男は一つも発見されなかった。つまり私がうつしたものにだけ彼が亡霊のように立っていたのである。

「こいつ、年甲斐《としがい》もなく芙蓉のファンになって、あとをつけてきたのかな。初老の親爺《おやじ》のくせにイヤらしい奴だ」

　中山は冗談めかして言ったが、その声の裏には何か怯《おび》えたものがふくまれていた。

「中《なか》さん、私立探偵かもしれん」

「ばかな、彼女がなぜ探偵などに尾行される理由がある」

　我々にはいくら考えてもその理由がつかめなかった。結局、これは偶然として解決するほかはなかった。だがその夜、私と中山とが行きつけの飲み屋「お幸」で酒を飲んでいる時、突然、久保さんから電話がかかってきたのである。

「話がある。そこで待っててくれ」

「冗談じゃありませんよ。もう何時だと思っているんです」

　私が受話器をとりあげ、駄々をこねると、

「たのむから、そこで待っててくれ」

　久保さんの声はこちらの耳のせいか、妙に切迫して震えているように聞こえた。その切迫した調子に押されて思わず、うなずいた。

「一体、こんなに遅く何だろうなあ」

　私の頭には今日の写真の男のことが浮かんだ。中山も同じことを考えたらしく、二人は一瞬顔を見合わせて黙った。

　二十分後、「お幸」の前でタクシーがとまる音がした。久保さんが眉《まゆ》と眉とのあいだに皺《しわ》をよせながら縄暖簾《なわのれん》を片手でもちあげるようにして中に入ってきた。彼は私たちの横に坐《すわ》ると黙ったまま煙草の袋をとりだし、火をつけた。

「どうしたんです。今頃」

「訊《たず》ねたいことがある。今日の写真のことだが、あれは誰が現像した」

「ぼくですよ」私はポカンとして「何かいけなかったのですか。ぼくの助手の矢口が今日、病気で休んだから、ぼくが自分でやりましたよ」

「ネガを誰かに渡したか」

「いや。そんな憶えはありませんね」

久保さんは片手で頬のあたりをこすった。その動作は夢遊病者のようにのろのろとしていた。

「藪《やぶ》から棒に……何が起こったんです」

「わからんが。今日の写真のことだ。あの写真に出ていた男……どこかで見たような気がしていたんだが……二時間ほど前、突然、編集室で思い出したのだ。あれは露口健三だよ」

「露口健三？　誰ですか。その人は」

私たちがそんな名前は聞いたことはないと言うと久保さんは不機嫌な顔をして、

「露口と言うのは戦争中に右翼的な傾向の小説を書いて、一時、名を売った小説家だ。もともと彼は共産党の党員だったんだが、警察で拷問をうけて転向してから、急に反共的な右翼の考え方をするようになってね」

「じゃあ、思想的に節操のない男ですね。その露口というのは」

久保さんはちょっとだまった。そして、

「だが、彼はストーリー・テラーとしてはかなり才能のある男だった。内容は貧弱だが、とにかく、面白く読ませるものを書いたんだが……戦争が終ればもう、そういう日和《ひより》見《み》的な人間はいかに筆達者でもジャーナリズムが相手にはせん。彼はいわば、映画界でいう〝ホサれた〟形になってね。もう自分の小説を発表する場所も機会も与えられなくなったのだ。ジャーナリズムというのは君らも知っているように結局はきびしいからね」

「でもその露口という男がなぜ、写真にうつってたんです」

と、久保さんの顔に暗い陰鬱《いんうつ》な影が浮かんだ。これは彼が考えあぐねている時、みせる表情である。私は返事を促すように、その顔をじっと見つめているうち、突然、ある想像が心のなかに起こり、

「まさか……」

私がそう叫んだと同時に中山も同じようにハッと顔色を変えて、

「じゃあ芙蓉の小説は、その露口が代作したと言うんですか。そんなばかな」

「俺もそう思った」久保さんはひくい声で呟《つぶや》いた「そう思って、もう一度、彼女の『老残記』を読みなおしてみた。そして……これはあきらかに露口の文章で文体だと思った」

彼は上着の内ポケットから二つの印刷物をとりだした。一つは芙蓉美知子の作品であり、もう一つは印刷のひどく悪いコピーである。

「見なさい。これは露口のむかしの作品をさっき複写器にかけさせて持ってきたんだ。露口はいつも体という字を軀《からだ》にしていたが芙蓉もそうだ。有難いという字を難有という昔風の使い方をしている点でも同じだ。一つ一つ言わないが漢字のえらび方がひどく似ている」

「それなら、ぼくは今から、その露口に会ってきます。そして芙蓉美知子からも話を聞いてきます」

「しかし、それができないんだ」

久保さんは妙に怯えたような眼でわれわれをみた。

「なぜです」

「露口は戦争が終わってから五年目に死んでいるんだよ」

雨だった。われわれを乗せた佐渡《さど》行きの船は一時間前に新潟港を出港したが、まだ左右は暗い黒い海で、しかも波がかなり荒れていた。船に弱い船客は船室の畳の上で苦しそうに伏せっていた。ペンキと油との匂いが余計にその気分の悪さを増すにちがいない。

若いわれわれはそれでも、人の息の臭いがこもった船室よりは荒々しく風の吹きつけるデッキのほうがよかった。雨の吹きつけるのを我慢しながら中山は雑誌をめくっている。その雑誌には芙蓉美知子の第二作「鉄は熱いうちに」が載っていたのである。

私たちは今から佐渡の両津《りょうつ》をたずねるところだった。両津は露口健三が戦後、わびしく家族と住んだ故郷である。本当に露口が死んだのならば、両津にその墓があるだろう、その臨終に立ちあった親類もいるだろう。そして彼が今、どこで何をしているかも、わかるだろう。久保さんもそう考え、われわれもこの真相をはっきり確めたかったのである。

「どうだい。読んだか」

「すぐ読み終る」中山は唇を嚙《か》んでうなずいた。「あと二ページだ」

「出来はいいのか」

「いい。賞をもらった小説より面白い」

「で……」私はちょっと、言いよどんだ。

「やっぱり露口の文体なのかい」

中山は返事をしなかった。返事をしないということは彼が私の質問を肯定したことだった。

「そうか」

私たちはそれから沈鬱《ちんうつ》な海を見た。荒れた日本海の波は冷たそうで、ただ白い波頭だけが遠くまで渦まいていた。

四時頃、両津に着いた。雨にぬれた埠頭《ふとう》に二、三人の客引きが寒そうに立っている。海猫が嗄《しわが》れた嫌な声を出して、海につづく湖の霧のなかから飛んできた。

土産物屋が暗い灯をつけている通りの店はどれも軒がひくかった。それは晩年の露口を思わせるような陰気な漁師町だった。私たちは魚喜多という寿司《すし》屋で食事をとると、すぐ露口が死んだという家をたずねた、が、その家も今は文房具店になり、埃《ほこり》のたまったインクや小学生用のノートが灰色の棚に並んでいる。

女店員が主人を呼びにいった。そして出てきたのは露口健三の兄だった。額に赤い染みのような痣《あざ》があるのが特徴的だった。

「弟のことで、何か」

われわれの名刺を受けとる彼はオドオドしながら訊ねた、そのオドオドとした態度から彼が弟に今日までいろいろな迷惑をかけられてきたような気がした。

「弟さんは、この家で亡くなられたのですか」

写真の件はまず伏せて私たちは露口健三が本当に死んだのか、どうかを確かめた。

「はあ、ここで死にましたが、元々、あれは胸が悪かったのですが、戦後、仕事がなくなりまして、その無理がたたったんでございましょう。この店の裏に、むかしありました家で死にました」

「亡くなられた時、あなたはお立ち会いになったのですか」

お立ち会いになったという中山の言い方がおかしかったが、兄はうなずいて、

「はあ。私もここにおりました。あの弟のことがまた、雑誌に載るんでしょうか」

「それはまだ決まっていませんが、物故した作家の資料をわれわれは今、調べてましてね。お墓はどこです」

「法山寺です。町のはずれにあります」

私は久保さんにそれを見せるため、写真をとっておきたいと思った。そう言うと、露口の兄はさっきの女店員に、

「おい。ノブちゃん。それじゃあ、法山寺に電話かけてくれ。お客さんが二人、それにわしが今から行くとなあ」

だが中山は首をふって、自分はもっとここに残って話を伺いたいからと言い、結局、私だけがその墓をたずねることにした。女店員につれられて細長い町をぬけた。ぬける

とそこが加茂湖《かもこ》とよぶ湖につづいていた。湖というよりは葦《あし》のはえた沼で、霧が一面にたちこめ、さきほどの海猫が声をあげて舞っていた。

湿った土にすべりそうになりながら、露口家之墓と彫った墓を五、六枚とった。あの小心そうな兄が嘘をついているとは思えない。私だって写真家の端くれだ。どんな眼が嘘をつく時の眼か知っていた。

写真を撮り終えて、煙草を一本、吸い、また町に戻ると、夕暮れでさらに暗くなった通りのむこうから中山が兄に伴われてやってくるのが見えた。

「どうもお邪魔しました」

われわれは形式的な礼を言い、兄に別れた。別れぎわに女店員が走ってきて紙包みをわれわれに渡した。佐渡土産の竹細工だと言う。

「収穫はあったか」

「露口が死ぬ前に書いていた日記帳を借りてきた」

中山は自分の小さな鞄《かばん》を指さした。また降りはじめた雨がその鞄をぬらしはじめていた。

港の待合室で彼が切符を買っている間、私は彼の鞄をあけてその古びたノートを取りだした。そのノートはさっきの通りにあった文房具店の埃のたまった棚に並んでいたものを私に思わせた。あの店で露口もこのノートを買ったのだろうか。

十二月二十一日（曇）熱、八度。咳《せき》、多し。

十二月二十二日（雨）熱、八度。食欲なし。夜、激しい寝汗。

十二月二十三日（曇）寒さ厳し。熱、七度六分。妻、子供を伴い、相川《あいかわ》に行く。

私は最後のページをパラパラとめくり、そこに色のあせたインキで書かれた露口の文字をみつけた。

それら行間から咳をしながらペンを走らせている露口の姿が浮かぶ。世間から見捨てられ、どこのジャーナリズムからももう相手にされない一作家の末路である。「老残記」という芙蓉美知子の小説の題はまさにそんな男に与えられるものでなかったか。

帰りの船は行きよりも揺れが激しかった。中山が頭をかかえ眼をつぶっているのに、私は船酔いも感じないほどノートを読むのに夢中だった。病床の簡単な体温や食事の記録はかえって私のこの男にたいする想像を刺激させた。そしてその真中のあたりに、私は、彼の次のような文章を読んだ。

二月八日（曇）体温、七度五分。咳、血痰《けったん》。一日中、けだるし。

二月九日（雨）体温、八度。血痰つづく。書きたい。どんなことをしても書きたい。誰からも相手にされないでも書きたい。たとえ露口健三の名でなくても、書き残したい。

二月十日（曇）小さな喀血《かっけつ》。

どうせこの軀は来年には駄目だろうと思う。あることを考える。死んだあとでも私の作品が活字になるような方法を考える、しかしそういうことは不可能だ。この露口健三の名ではどんな雑誌社でも原稿を受けつけてくれぬ、東京に送った「凡人愚」も「鉄橋のある町」も「麦愁」もみな送りかえされてきた。要するにそれが露口の名で書かれたものだからすでに駄目なのだろう。

私は中山をゆさぶり、指で今、読んだ部分を指さした。

「憐《あわ》れだな」

「しかし多かれ少なかれそういうものだろう。たいてい作家の晩年なんて言うものは。しかし、この執念だけは激しいなあ」

中山はため息をついた。

「それより、今度の問題はどうなるんだ。露口はたしかに死んだ。それなのに彼の顔が芙蓉美知子の写真にのっている。これはどうしたのだ」

「わからん。結局、露口に似た男が、偶然あの写真の時、うしろについて来ていたのじゃないか」

そう考えるより仕方がなかった。それが一番、合理的な解釈だった。久保さんも、われわれの意見に同意した。

二作目「鉄は熱いうちに」は前作よりも好評だった。芙蓉美知子がとにかく、キワモノではなさそうだと言う評価はこれで決まりかけてきた時である。

朝刊をアパートのベッドで広げた私は思わずアッと叫んだ。

「久米賞受賞者芙蓉美知子さん。自動車事故」

そういう活字が眼にとび込んだからである。私はむさぼるようにその記事を読んだ。そして彼女が昨夜、三浦《みうら》半島に友人たちと遊びに行った帰りに、その友人の運転する車がトラックと衝突して、気絶したまま病院にかつぎこまれたのを知ったのだった。

編集部に電話すると久保さんはまだ来てなかったが、私はすぐカメラをもって病院にかけつけるべきだと思った。

逗子《ずし》の病院まで車をとばすと玄関にはすでにいつか選考会の時、会った幾人かの記者たちがかたまって立っていた。私はその中に中山の姿もみつけた。

「どうだ。助かるのか」

「わからん。今、昏睡《こんすい》状態だ。頭蓋骨《ずがいこつ》をやられたらしい」

彼女の大学の友だちたちが次から次へとあらわれた。病室の前の廊下ではその友だちたちが、ぎっしり、立っていた。

われわれジャーナリストはその病室から出てきた中年の医師に芙蓉美知子の状態をきくことにした。医師はちょっと、とまどったが、われわれを彼の部屋につれていった。そしてまだ濡《ぬ》れている二枚のレントゲン写真を電気にすかせて見せた。

「あーッ」と誰かが叫んだ。「ひでえもんだ」

それは実際、悲惨な写真だった。われわれがそこにみたのは顔の骸骨《がいこつ》で、その頭蓋骨にはまるでインキの滴りを水に落とした時のように二本のすじがはっきり、入っていた。それはヒビだった。芙蓉美知子の頭に入ったヒビだった。私は華やかで、うつくしかった彼女の顔を思いだそうとした。しかしその代わりに眼の前には骸骨があった。

「生きれるですか」

A紙の佐竹さんがきいた。医者は困った表情でつぶやいた。

「むつかしいですな」

「むつかしいと言うと命をとり戻すのは何パーセントぐらいなんです」

「そうですな。むつかしいですな」

「じゃあ、かりに命をとり戻したら、その後小説など書けますか」

「むつかしいですな」

「むつかしいと言うと」中山が思い切ったように言った。「治っても……白痴ということですか」

「まあ、そうです」

医者は非常に困ったように言った。われわれは茫然《ぼうぜん》として黙っていた。そしてその時、私の胸になぜか、突然、露口の日記の文字が浮かんだ。

「二月九日（曇）体温、八度。血痰つづく。書きたい。どんなことをしても書きたい」

われわれは暗澹《あんたん》として廊下に出た。その時、久保さんが病院の玄関にあらわれたのを私は見た。

「今、来たんですか」

中山は少しなじるように久保さんに言った。

「いや、俺は彼女の下宿に寄ってきた」

「下宿に？」

「うむ」

それから久保さんは、あたりに人影のないのを確かめると、

「彼女の第三作の原稿がないか、調べにいったんだ。もし彼女が死ねば、それが遺稿になる。その遺稿はどうしてもウチが取らねばならん」

中山は眼をつむった。彼だって週刊誌の記者だった。

久保さんのこの態度が、どんなにむごくみえても、それは激しい取材合戦の週刊誌の世界ではやらねばならぬことだ、と知っていた。

「それで、第三作はあったんですか」

「あったよ」

久保さんは怖ろしそうに言った。

「三十枚ほど、書きかけのものだった」

「どんな内容です」

「それは……」久保さんは少したためらった後に思い切ったように言った。「それはねえ。こういう話だった」

一人の女子学生がある日、突然、差し出し人のない郵便をうける。そしてその郵便のなかには一編の小説が入っていて、それがもし面白ければ、あなたの名でどこかの雑誌

に送ってくれと書いてあった。その小説から受けるすべての利益を自分は要求しない、自分はただそれが活字になってくれればいいのだ、と手紙には書いてあった。

その女子学生は、たんなる好奇心と面白さから、その原稿を筆写して雑誌社に送った。それが活字になった時、ふたたび第二作の原稿を入れた郵便が彼女のところに送られてきたという。

「そこで、その原稿は未完成のまま終わっていた……」

「じゃ、久保さんは、それを発表するんですか」

「俺はしない。燃やすつもりだ」

中山はうなずいた。

「やっぱり露口は生きてたんでしょうか。ぼくらにはわかりません。ぼくはたしかに彼の墓をみたんだ」

「生きているか、死んだのかもう知らん、しかし」久保さんは言った「戦後彼は生ける屍《しかばね》だった。その生ける屍がある執念という生命力で支えられて……生きかえるためには」

彼がそこまで言いかけた時、廊下がざわめいた。

さっきの医師が扉をあけ、皆に頭をさげて言った。

「芙蓉さんは、たった今、息を引きとられました」

甦ったドラキュラ

「先生。嘘じゃありません。本当にあった事なんです」

スナック・バアで私は新劇の研究生である竹田と飲んでいた。竹田は先月からアルバイトで私の原稿の清書を手伝ってくれている。劇団の研究生の中にはバーテンをやったり、臨時のホステスになったりして、生活費の一部をかせぐ者が多い。竹田もその一人で、劇団の主宰者・Y氏からの紹介で我が家にやってきたのである。

「でも、いくら言っても、誰も信じてくれないんです」

「信じるよ。君が嘘をつく男とは思えんからね」

正直いって、私はさきほどからかなり酔っている竹田をもてあましていた。しかし何となく穴から出てきた鼠のような顔と、小心な性格をもつこの青年が、私にまで嘘をつくとは思えなかった。

「信じてくれるんですね。先生だけは」

「ああ。話してごらん」

竹田は少し汗くさかった。汗のなかにアルコールの匂いがまじっていた。六本木《ろっぽんぎ》の裏通りにあるスナック・バアで私たちのほかに客はいなかった。山小屋風に板をうちつけた壁には両手をひろげたトランペット吹きの黒人のポスターがはってあった。バーテンはコップを磨きながら、聞いていない表情をしていたが、彼が少しだけ竹田の話に興味を持ちはじめていることも私にはわかっていた。

その夜――外には砂のながれるような音をたてて霧雨が降り、その雨のなかをライトの光をにじませながら車が走っている六本木で、私が竹田から聞いたのが次の話なのである。

「少し変った仕事がかかっているけれど、やってみるかい」

二ヵ月前、劇団の事務をやっている向坂さんから竹田は声をかけられた。

「なんですか」

ちょうど、それまでやっていたアルバイトが切れて、新しく口をさがさねばならぬ時だった。ドア・マンやサンドイッチマンの仕事にはもう飽きがきていた。

「おかしな仕事だよ、お化けになるんだ」

「お化けに」咄嗟《とっさ》に竹田は理解した。「遊園地のですね。子供をおどかす化物屋敷の。むかし一度、やったことがあります」

「そうじゃないんだ」

向坂は机の引出しからメモをとり出して竹田にみせた。

「一昨日《おととい》、電話がかかってきてね。新しく出来たバアなんだ。しかし普通の酒場とはちがう。経営者がロンドンの蠟人形《ろうにんぎょう》博物館をみて思いついたというんだが――いわば怪奇バアなんだな」

「すると蠟人形を飾ってあるんですか」

「うん。血まみれの首や切断した手足のね。それで客をびっくりさせようという趣向だが、それだけじゃあない。アルバイトの学生や劇団の研究生に扮装《ふんそう》をさせて、店内を歩きまわらせるわけだ」

「扮装というと、お化けになるんですね」

「うん。フランケンシュタインやせむし男や死人の恰好《かっこう》をしてもらうんだそうだ。考えたねえ。もう開店してから二週間目だが、客たちはキャア、キャア言って大悦《よろこ》びだそうだよ。そこでアルバイトをあと二人、ふやしたいと電話がかかってきたんだ」

それから向坂氏は一寸《ちょっと》、首をすくめて、

「経営者が……俺の大学の時の友人だもんでな」

メモには場所と店の名前と電話番号が書かれていた。「悪魔《サタン》」という店名である。昔ならばどんな喫茶店でも酒場でも決してつけなかった名前だが、六本木ではかえってそんな名のほうが若い連中に悦ばれるのである。

「それで……一日、いくらくれるんです」

「千五百円。夜六時から十二時までで」

悪くないなと竹田は素早く考えた。

「やるかね」

「はい」

竹田はうなずいた。向坂氏は満足したようにうなずき、名刺で紹介状を書いてくれた。雨のなかをその名刺をもって、「悪魔」に行った。六本木から青山《あおやま》にむかう都電の通りにその店は面していた。灰色のビルの一階にＳＡＴＡＮという少し毒々しい赤ネオンがついていた。

まだ時間前らしく、店におりる階段は埃《ほこり》と湿気の匂いがこもっている。厚い樫《かし》の扉には猿の体と人間の顔とを持った悪魔の姿が彫りつけてある。その扉を押すと薄暗いが、かなり広い店内のあちらこちらに、マネキン人形のように立った蠟人形の幾つかが見えた。口から血を流した女、乳房をえぐられた娘、大きな刀をもった男。ガラス箱に入れられたそういったグロテスクで幾分、通俗的な残酷趣味に合った人形たちはまるで生きているもののように、扉の前にたった竹田を空虚な眼で眺めていた。

「ふん」

肩をすぼめて彼は事務所と書かれた矢じるしの方向に歩きだした。

彼が事務室に入ると、そこに蝶《ちょう》ネクタイの主任らしい男と、背の高い青年とが何かを話していた。

「ぼくは……」

竹田が名のると、主任はこちらをふりかえって、

「文学劇場から来た方ですね」

向坂さんから既に電話があったのか、渡した名刺も読まずに、

「ちょうどいい。あなたと一緒に働いてくれる岡谷さんです」

と背の高い青年を紹介した。

血の気のない白い顔をした男だった。美男子と言えば美男子だが、竹田にはその整った顔だちに何かいやらしさを感じた。その上、服装だって洒落《しゃれ》たダーク・ブルーの背広に銀色のネクタイをしめて、ファッション・モデルだと言っても少しもおかしくなかった。

「よろしく」

岡谷はひくい声で言うと、頭を少しさげた。その時、この男の唇のあたりにこちらを見くだしたような薄笑いが浮かんだ。

「よろしく」

竹田もそう答えたが、頭はさげなかった。

こうして竹田の奇妙なアルバイトが始った。

六時少し前に店に行く。まだ客の来ない時間である。事務室のうしろに小さな着がえ部屋があって、そこでアルバイトの六人がそれぞれ、きめられた役の扮装をするのだ。まずゴムでつくった仮面をかぶる。仮面はピッチリ顔にへばりつくので、しばらくする

と息が苦しくなる時もある。フランケンシュタインになる者。いぼ男と言って、顔中にいぼのできた無表情の男に化ける者。岡谷は吸血鬼ドラキュラのマスクをつけて、黒いマントを肩にはおり、竹田は竹田で命ぜられた通りせむし男の恰好を自分に作りあげるのだった。

扮装が終ると、長い狭い通廊をほとんど手さぐりで進む。その通廊は客席の背後にあたる。壁の一部はドンデン返しになっていてそこにたって、誰かが押すと、一瞬で客席におどり出られる仕組みになっているのだった。

新劇の研究生でありながら、マスクをつけるのがこんなに苦しいとは竹田は今まで知らなかった。ゴムと顔の皮膚との間に汗がいっぱい溜《たま》り、その汗が眼や鼻に流れこんでくるからである。

だが一度、客席に出るとおかしいことはおかしかった。客の大半は若い男女たちだが、女の子たちは竹田が近づくだけで、仰天し、悲鳴をあげ、同伴の男の子にしがみつく。その悲鳴に他の客たちが笑う。

「こないでえ。近よらないでえ」

「お母さんッ」

「大丈夫だよ。本当のお化けじゃないよ」

「助けて。助けてよってば」

あっち、こっちの席からは次々と近よるいぼ男やフランケンシュタインに叫びと笑いとが爆発した。

　竹田は時々、そんな女の子のお尻《しり》にさわったり、胸に手をのばすこともした。もちろんサービスのためである。

「エッチ」

「エッチお化けえ」

　青年は面白がって、竹田に小声でいう。

「もっとおどしてやってくれえ」

　十一時まで、この仕事を交代でやっていると、いい加減クタクタである。汗と埃で顔から首までがべっとりとよごれて気持がわるい。

　十一時がすぎると、客席にはホステスをつれた中年の紳士が多くなる。中年の紳士のなかには、そっとチップをくれて、

「俺に……女が、だきつくように仕向けてくれ」

　冗談半分、本気半分で頼む者もいた。千五百円の日給のほかにチップをもらうと二千円ぐらいになる。竹田はこのアルバイト、悪くはないと思った。

　竹田は一週間もしないうちにボーイやバーテンや他のアルバイトの連中たちともすぐ仲良くなったが、一緒にはいったあの背の高い青年とは何故かなじめなかった。色が白いだけに唇だけが妙に赤くみえるこの青年は竹田をみると人を小馬鹿にしたような薄笑

いを浮かべるのだった。

（お高く、とまってやがる）

竹田は内心そう思ったけれども、その思いは彼自身だけでないらしかった。他の連中も進んで岡谷という青年に話しかける者はいなかった。向うも向うで皆と何か距離をおいている。

「気色の悪い奴だな、あいつ」

同じお化け同士なのに岡谷がいない時、一人の男がそう呟《つぶや》いたことがある。けだし竹田も同感だったが、なぜ岡谷が気色わるいのか自分でもよくわからない。たとえば夜の十二時になると岡谷は皆に挨拶《あいさつ》もせず、いつの間にか消え去るのである。何処に住んでいて、何処に帰るのか知っている者もなかった。

「あいつ、金持の息子と言うじゃないか」

「金持の息子が何故、こんなバイトをやるんだ」

一人の男が夕暮、岡谷が外車のスポーツカーに乗っているのを赤坂《あかさか》で見かけたと言った。岡谷は真正面を能面のようにじっと凝視したまま、信号が変ると、風のように車を飛ばして去ったと言うのである。

竹田がここで働きだして二週間目、一寸した出来事が店で起った。あまりのこわさに客席にいた一人の娘が気分が悪くなったのである。

ボーイが二人あわてその娘をかかえて事務室まで運んできた。スプリングの飛びだしたソファに寝かされた娘はそれこそ店内の蠟人形《ろうにんぎょう》のように血の気のない顔色になっていた。

「申訳ありません」

主任の高橋はその娘の恋人らしいサラリーマン風の青年にしきりに頭をさげて、

「今まで皆さん、お楽しみにはなりますが気を失われるようなことはなかったので」

しかし恋人の男はただオロオロとしているだけだった。一人のボーイが気つけ薬の代りに小さなグラスに入れた葡萄酒《ぶどうしゅ》を娘に飲ませると、やっと蒼白《そうはく》な彼女の頰に赤味がさした。

「皆さん脅かしすぎては困りますよ」

その夜、主任は仕事が終った竹田たちアルバイトに注意をした。

「お客さまを楽しますのが目的なんだから、行き過ぎのないようにしてください」

竹田はその時、岡谷がいつの間にか消えているのに気がついた。

「岡谷さんはもう帰ったんだね」

主任も人数が一人たりないのを見て、

「いつの間にいなくなったんだろう」

と首をかしげた。竹田はその岡谷を呼びにいったが何処にも見当らなかった。客の帰った店の中にもドンデン返しのある通廊にもいなかった。

五日ほどたって、また同じような事件があった。ホステスらしい和服姿の女性が気分が悪くなったのである。

「あれほど注意したのに」

主任はさすがに赤くなって怒った。

「あのお客さんに近づいたのは誰と誰とです」

普通、六人のアルバイトは三人ずつ二組を作って順ぐりに客席に飛び出ることになっている。その時は竹田と山下という私大のアルバイト学生と、それから岡谷の三人だった。

「ぼくらです」

仕方なく竹田がそう答えると、主任は苦々しい表情で、

「じゃあ、あのお嬢さんをその時脅かしたのは誰ですか」

「知りません。ぼくらマスクをかぶるとさ、客の顔なんか、よく見えないんだ」

竹田はあとの二人のためにそう弁解したがしかし彼自身は事実を知っていた。

思いだすとあの時、せむし男にばけた竹田は客席の左側で両手をのばしたり縮めたりしながら、そこらに腰かけている男女のグループをキャア、キャア言わせていた。彼等は職場でのコーラスのグループらしく、キャア、キャア騒ぐたびに女の子たちの膝《ひざ》から楽譜が床にすべり落ちた。

いい加減、騒がせたあと、うしろをふりむいた時、向うで黒いマントをはおったドラキュラ扮装《ふんそう》の岡谷が上半身をまげて店から客につれてこられたホステスたちの群に近づ

いているのが眼にうつった。そしてその一人のホステスの首に接吻《せっぷん》でもするように岡谷は顔をくっつけ黒マントをひろげたまま、しばらく、じっとしていた。その姿勢は壁に蛾《が》でもとまっている感じだった。

記憶しているのは、僅《わず》かにそれぐらいだが、今、急にあの時の岡谷の姿が鮮やかに心に浮かんできたのは何故だろう。ホステスの一人が気分が悪くなったのもたしかその直後である。

(あいつ、何をしたんだ)

主任にはその事実は黙ってはいたが竹田は突然、出来事と岡谷との間に何か関係があるような気がした。そう言えば前に同じような事件のあった時、岡谷は急に消えてしまっている。疑惑というものは一度、生れると、雪の玉のように次第に大きくなっていくものだ。竹田の場合も同じだった。

それから一週間目、同じ劇団の研究生仲間が四人つれだって店に来てくれた。そのなかに新庄美子もまじっていた。竹田は研究生の試験を一緒にうけた時から、美子に憬《あこが》れるような気持を持っていたが、小心な彼はそれをとても口に出せなかった。しかし練習稽古《けいこ》の時など、美子が見ていると必ず台詞《せりふ》をトチったし、美子が逆に台詞をトチると彼はわがことのように頭がカッとするのだった。

「てれ臭《くせ》えよ。君らの前にお化けの恰好《かっこう》で出るのは……」

竹田は四人にそう言ったが、

「お化けだって演技だぜ」その一人にやりかえされた。「プロの名に恥じぬお化けを演じてみなよ」

着がえ室に戻って、彼は鏡の前でせむし男の扮装にとりかかった。友だちたちが来ている以上、いつもより念入りに、背中に綿を入れていると、うしろで誰かがじっと見ている気配を感じた。岡谷があの白い能面のような顔と眼でじっと自分を見おろしていた。

「今、話していたのは、君の仲間ですか」

岡谷が竹田に口をきいたのは、これが始めてだった。うす笑いが妙に赤い唇の周りにまた浮かんでいる。

「そうですよ」

「一人、いい子がいますね」岡谷はひくい声で言った。「髪にリボンをつけた……」

美子のことを言っているのだとすぐわかった。

「そうですか」

彼は不機嫌な声で答えたが、その時、瞬間的に頭にうかんだことがあった。岡谷が美子に何かをするのではないかという想像である。ハッとして彼は岡谷の顔をみたが、その時、相手は唇のあたりに笑いを浮べたまま、もう歩きだしていた。

美子のそばにあの男を近づけまいと言う警戒心がまず起った。と同時にもし美子の身に何かが起れば、彼女からそれを聞きだせるのではないかという気もした。考えた末、竹田は事のなり行きを見て自分の態度を決定しようと思った。客席では既に、悲鳴や笑い声が起り、その騒ぎは壁ごしにこの着がえ室まで聞えていた。

「そろそろ出番ですよ」

ボーイがドアをあけて竹田を促した。

彼が通廊からドンデン返しの扉をぬけて客席におどり出た時、まばらな拍手が隅から起った。劇団の仲間にちがいなかった。

恥しさで竹田はそちらにはすぐ行かず、別の方向にまず進んだ。そしてせむし男として足をひきずり、手を前に出し、女の子たちの体にふれる恰好をした。

「助けてえ！」

女の子たちはたがいに友だちにすがりつきその背に顔を押しあてて、こちらを見まいとする。そのくせ、自分たちを脅かしてくれたことを結構、悦《よろこ》んでいるのだ。

そんな動作を続けながら、彼はうしろの方向を痛いほど意識していた。岡谷が新庄美子の方にのろのろと歩いて行っているのは、何となくもうわかっていたからである。

せむし男だから動作はノロノロとしなければならない。ゆっくりと竹田は向きを変えた。そして、吸血鬼ドラキュラに扮《ふん》した岡谷が、今、仲間の席で、他の者には眼もくれず、その顔を美子の首すじあたりに近づけているのを見た。仲間たちは何も知らず、口をあけて笑っていた。ながい間、岡谷は上半身をまげ、美子は微動だにしない。それから、しばらくして二つの体が交尾したあとの虫のように離れると、岡谷は黒マントをひるがえして風のように着がえ室と事務所とに入る扉のほうに駆けていった。

竹田は美子が茫然《ぼうぜん》としているのを見た。額に手をあててじっとしている。柴田という仲間の一人が彼女に何か言っている。それに答えもしない。「気分が悪いのか」と柴田はたずねたにちがいなかった。なぜならその直後、全員は美子をかかえるようにして出口から出ていったからである。

アルバイトの最中だから、竹田はそのあとを追いかけられなかった。あせった気持で事務室に戻った。

「あいつは？」

次の出番に待機している三人の連中に竹田はゴムマスクもはずさず、たずねた。

「岡谷、どこに行ったんだ」

「知らんねえ。便所じゃないか」

暗い通廊から店員用のトイレに行った。岡谷はどこにもいない。仕方なく着がえ室に戻ると、ボーイが電話だと知らせてきた。

事務室の電話機を耳にあてると、柴田の声で、

「すまん。急に帰ったが、新庄さんが脳貧血を起したんだ、どうしてって。こわかったんじゃないのか」

「彼女、どうしている。いるなら出してくれよ」

「いないよ。みんなが送って家に帰ったよ」

竹田はまるで一切のことが自分の責任のような気がした。岡谷をとっちめようと思ったが、どこに消えたのか影も形もなかった。

翌日、世田谷《せたがや》、三宿《みしゅく》にある美子の下宿に見舞いにいった。美子はたしか女子美大に行っている妹と一緒に住んでいるという話だった。

アパートの管理人が、その妹を下から呼んでくれた。美子をひとまわり小さくしたような娘である。

「何かあったんですか」

その妹のほうが、竹田をなじるように、

「昨夜、青い顔をして戻ってきて、それから寝たっきりなんです。……今日も気分が悪いって」

「医者、呼んだんですか」

「いいえ、自分で何でもない。疲れたんだなんて言うんですもの。しかしまるで血でも吸われたようにぐったりしているんです」

妹は何げなしに「血でも吸われたような」という形容を口に出したのだろうが、竹田は仰天したように相手の顔をみた。岡谷はいつもドラキュラの扮装をしている。ドラキュラは言うまでもなく、血を吸う男のことである。

（そんな馬鹿な……）

十九世紀の外国ならとも角、この現実の東京に怪奇映画に出てくる吸血鬼などが存在するはずがない。この連想が荒唐無稽《こうとうむけい》だとは竹田自身が百も承知していた。

帰りの電車のなかで彼は自分の妄想を追い払おうとした。しかし岡谷の能面のように蒼《あお》い顔や妙に赤い唇が眼《ま》ぶたに追い払っても追い払っても浮かんでくるのだった。

その足で店に出かけると、岡谷の姿は見えなかった。そして新しい学生が着がえ室で主任の注意を神妙な顔をして聞いていた。

「ああ。竹田さん」主任は竹田をよびとめて言った。「あの岡谷さんはやめましたからね。ええ。抜きうちにむこうから電話でそう言ってきたんです。だから今日から、この学生さんと組んで下さい」

「それだけかい」

私は竹田の話を聞いているうちに少し退屈し、生あくびを噛《か》みころした。私はもちろん岡谷という男が吸血鬼だとも思わなかったし、吸血鬼がこの現代に存在するなどとも信じていなかった。外では相変らず雨が降りつづいていたし、車の音も聞えていた。バーテンも私と同じように生あくびを噛みころした。

「それだけって、信じてくれないんですか」

「わかったよ、信じるよ」

「でも話はこれからなんです」

「まだ、あるのか」

悪いとは思ったが私は家に帰って書き続けねばならぬ仕事のことを考えていた。

「ねえ。先生。これを見てください。これを」

竹田はヨレヨレの上衣《うわぎ》の内ポケットに手を入れた。それから、「あれ」と頭をかしげながらやっと一枚の紙きれを取り出した。新聞紙の切りぬきだった。

「何だい。それ」

「読んで下さい」

新聞紙には「ホステスの死体発見さる」という小さな記事が載っていた。二十五、六の女のぼけた顔写真の下に昨日、青山墓地でホステスの死体が通行人によって見つけられたこと。警察の調べでは犯行の形跡はなく、おそらく酒の飲みすぎで心臓麻痺《まひ》を起したのではないかと思われること。ただ右手の中指が切断されているので、その点について捜査中であることが書かれていた。

「これが、どうしたんだい」

「ぼくはこの写真に憶《おぼ》えがあるんです。いつか店で気分の悪くなったホステスなんです」

「へえー」私はやっと少しだけ好奇心を起していた。「本当かね」

「本当です。主任もそうだと言っていました。だけど、ぼくが気になったのはこの切断された中指のことなんです」

「なぜ……」

「ぼくは何だか、岡谷がこのホステスを殺したような気がするんです」

「しかし犯行の形跡はないと警察は言っているんだろう」

「血を吸って、です」

「馬鹿な」

私は竹田がすっかり錯乱しているような気がした。あるいは酒の酔いで自分の言っていることがわからなくなっているのではないかと思った。

「でも中指が」

「中指と犯行と何の関係があるんだね」

「『悪魔《サタン》』に蠟人形《ろうにんぎょう》や蠟細工のおいてあることはさっき言ったでしょう。その中に切断された中指の模型を硝子《ガラス》ケースに入れてあるんです。この新聞記事をみた時、ぼくは何気なしにそのケースを覗《のぞ》いたんだけど……先生、信じてくれますか。それは蠟細工じゃなくて、その女の指のような……」

「君、どうかしているよ」

流石《さすが》に私も竹田の妄想についていけず、手をふった。バーテンもこちらを見て、皮肉な笑いをうかべた。この男もまた竹田の突飛な空想を荒唐無稽と考えたにちがいない。

「信じないんですか。先生は」

「それだけはねえ」

「じゃあ、今から『悪魔』に来てください。『悪魔』に来て、その硝子ケースの指が蠟細工か、本当の人間の指か見て下さい」

竹田は酔った顔をこちらにむけて泣かんばかりに私に哀願した。時刻はもう十一時だった。

「もう遅いよ。竹田君」

「いえ。今から行けば、まだ間にあいます。『悪魔』はここからすぐなんですから」

「君、どうでしょう。一緒に行きませんか」

私は救いを求めるようにバーテンの顔をみたがバーテンは首をふった。そんな馬鹿げたつき合いは出来ないと言っているのだった。

だが結局、私は竹田に無理矢理につれだされる破目となったのである。霧雨は一応やんでいたが、銀座《ぎんざ》帰りのタクシーが水溜《みずたま》りのハネをあげて、次から次へと無情に走り去っていく。

竹田の言うように「悪魔」はまだ扉をしめてはいなかった。客はすっかり引きあげてボーイがちょうど椅子を机の上にあげて掃除にかかっているところで、血まみれの男の顔や、金色の髪ふりみだした女の裸体がガランとした店内に、まるで生きもののように並んでいる。一人なら背すじから水を浴びせられたような気になって、途端に逃げだしたかも知れない。

「どうしたんだ。竹田さん。その後元気かい」

顔見知りらしくボーイは電気掃除機を動かすのをやめて竹田に声をかけた。それには返事もせず、

「先生、あそこにあるんです」

竹田は私を押すようにして店の隅にある硝子のケースまで引張っていった。それはまるで宝石屋のケースのように贅沢《ぜいたく》な箱だった。その中に青白い光に浮きだされるように皮膚も爪も土色に変色した中指の蠟細工がまわりを綿でつつまれて置かれてあった。見ただけでも薄気味のわるい、悪趣味なものだった。

「君、これは蠟細工だよ」

私は早くこの義務から脱《のが》れたい一心で、すぐ眼をそらして言った。

「さあ、帰ろう」

「もっと、じっと見て下さい。先生。お願いです」

竹田は大声で叫び、ボーイはこちらをふりむいて、

「どうしたんです」

「いや」私はあわてて弁解した。「蠟細工でしょう、これ」

「あたり前ですよ。本物なら大変だ」

「うじ、うじ」

竹田の言った言葉が最初、私にはわからなかった。だが数秒の後、その言葉よりも土色の指を包んでいる脱脂綿の中で、黒みがかった何かが顔をのぞかせているのに私は気がついた。一匹の蛆《うじ》だった。ボーイもそれを否定することはできなかった。主任にそれを知らせるために大急ぎで事務所に走っていく彼の足音がガランとした店内にひびいた。

「先生。信じますか」

と竹田は呻《うめ》くように言った。

蒼ざめた主任が飛んできた。彼は震える手でケースの蓋《ふた》をあけた。異様な臭気がわれ

われの鼻をついた。主任は脱脂綿をその手でつかみ出し、

「あっ」

と叫んだ。

「あいつの仕業だ。こんなことをするのは岡谷の奴にきまっている」

私は中を覗きこみ、思わず眼をそらせた。綿の奥に入っていたものを見てしまったか

らである。私はとてもそれをここに書く勇気がない。しかしこの話の結末をつけるため

に敢《あ》えて書こう。それは……チリ紙につつんだ親指ほどの糞《ふん》だったのである。猫の糞か、

人間の糞かわからない。蛆はそこから湧いていたのだ。

「岡谷の仕業だって……どうしてわかるんです」

私は茫然《ぼうぜん》としている竹田にかわって主任にたずねた。

「どうしてですって、その男はここで働いている時、ドラキュラの扮装《ふんそう》をしては、客席

におられる女性にきたならしいことを言って、気分を悪くさせていたからです」

「きたならしいこと？どんなことです」

「それはたとえば……」主任は当惑したように言葉を切ったが「それはたとえば……あ

なたはウンチのついたパンツをはいている、とか、あなたは今、スカベをしただろうと

言うようなことです」
「はア……」
「女性のお客さまは……それだけで気分がお悪くなって……友だちにも言えず……あまり下品な言葉ですから……それが奴のつけ目だったのです」

ニセ学生

浪人三年目——。今度もやっぱり落第だった。合格発表の時刻は午後二時ときいていたが、俺は宿屋で三時すぎまで、じっとねていた。

今までの経験からいって発表はいつも一時間ぐらい遅れるのが普通だし、それにそれを他の受験生たちとまっているあの気持がたまらなくいやだったからだ。

三時すぎ、のろのろと起きて洋服にきかえた。部屋の窓ガラスが埃《ほこり》っぽい風でカタコトとなっている。東京では、いつもこの受験の頃、風が窓をわびしくならすのだ。

「発表を見に行かれるんですか」

玄関で鰯《いわし》のような顔をした女中が唇のあたりにうす笑いをうかべて俺に声をかけた。

俺は一寸《ちょっと》うなずいて外に出た。

その瞬間、合格者の番号をくろぐろと書いた紙を二人の小使が掲示板にはりつけている光景を思いうかべた。

渋谷《しぶや》から電車にのってT大前でおりた。ホームにたった沢山の受験生や父兄らしい連中の姿で、たった今、発表が終ったのだとわかった。友だち同士で笑っている顔、一人でこわばっている顔、親子二人でじっと線路をみつめている顔――そんな光景も去年と同じだった。

一昨年《おととし》と同じだった。

俺はできるだけ、さりげないふりをして駅から校門までの道をあるいた。その道でも沢山の受験生や父兄とすれちがった。

「帰ったら、参考書を全部、火にくべてやるんだ。もう、用ないもんな」

急にそんな声が耳にはいった。

顔をあげると、子供のような顔をした受験生とその母親の顔がみえた。俺のお袋よりはもっと若いその母親は嬉《うれ》しそうにコックリうなずいていた。

時計台にちかく、黒砂糖のかたまりのように人々が集っていた。俺は深く息をすいこんで、まるで針でもささったような心の痛みを消そうとした。そして、おそるおそる、彼等のうしろにたったが、前の男の頭が、俺のみたい三百五十番から六十番の間の数字をその時、かくしていた。

なかった。

落第だった。

ふしぎなことに、ひどく俺の頭は冴《さ》えていた。頭のなかがまるで真空の球のように感じられ、その真空の球のどこかで、一回だけ、一つの声が叫んだ、落ちたよ――と。

うしろをふりむいてまた歩きだした。自分でも足がどこに向っているのか、よくわからなかった。

その時、お袋の顔がうかんだ。さっき、息子の嬉しそうな言葉にコックリうなずいていた母親よりも、もっとふけて、くたびれた顔だった。俺は親父を早くなくしていたし、兄弟もいなかったから、母一人、子一人の間だった。

病人の附添婦をやっているお袋の顔が胸にうかんだ時、眼から泪《なみだ》が少し流れた。つらかった。

駅前の商店街にある小さな郵便局では受験生たちでこみあっていた。俺はやっと隅の台にある頼信紙を手に入れたが、万年筆をもつ手が震えて、最初の字がどうしても書けなかった。

「早くしてくださいよ。混んでるんです」

うしろで受験生の一人が俺をせかせた。ふりむくと彼の白っぽい唇のあたりは神経質にピクピクと動いていた。

「ゴウカクス」と俺は遂に書いてしまった。

「アスカエル」

その瞬間、運命がきまった。

それから二ヵ月たった。

最初は何とも言えぬ罪悪感と自己嫌悪が毎日のように心を苦しめたが、今はそれにも馴《な》れた。もう身動きがとれない。故郷のお袋をだまし、後見人である叔父《おじ》夫婦をだまし、T大に入学したふりをしてふたたび東京にやってきた俺には少くともこの一年は、あくまでも自分でつくりだした芝居をやりつづけねばならなかった。

せめてもの救い道は来年、もう一度、T大をうけて今度は本当に合格することだった。そうすれば、これまでのことは何とか、つくろえるだろうし、話のすじみちを誤魔化すこともできる。俺としては汽車にのって新潟県から東京に出てくる間、そのことばかり考えていたのだ。

「T大生になったんだから、アルバイトの口はいくらでもあるさ。向うでの生活費はそんなにいらないよ」

俺は親父の死後、後見人になった叔父夫婦にもそう言った。人が良くて朴訥《ぼくとつ》な叔父からさすがに生活費のすべてを送ってもらうのはたまらなかった。俺はこちらで土方やキャンデー売りをしても自分でその半分はかせぐつもりだった。

東京につくと、四畳半の部屋に住みついた。場所は世田谷《せたがや》の三宿《みしゅく》で、老夫婦のやっている煙草屋の二階である。もちろん、ふれこみはT大の学生ということにした。と、それだけで老夫婦は三ヵ月分の敷金を一ヵ月分にしてくれた。何でも夫婦の息子がT大に二年まで行って、学徒出陣で戦死したのだというのである。

「この頃はあんたたち、角帽はかぶらないんですかね」

無帽の俺をみて夫婦は一寸、不審そうな顔をした。

「ええ」俺はバンドのバックルを指さして、「みんな、これで校名を示すだけです。襟に小さなバッジをつける奴もいるけど」

「そういえば、角帽の学生さんを見かけなくなったねえ」

夫婦はすぐ信用した。まるでT大生なら嘘をつく筈《はず》はないと思っているようだった。びっくりしたのは俺のほうだった。たったバンドのバックル一つで世間の俺を見る眼はちがうのだ。

びっくりすることはもう一つあった。下宿に落ちついてから三日目、俺はM新聞に家庭教師の広告を出すことにした。一週二度やれば月に少なくとも七、八千円はくれるだろう。それを二人分、引きうければ、何とか生活費の半分は得られると思ったのである。広告を出してから一週間もしないうちに五、六通の手紙が来た。T大生ならば自分の家の子供を是非、教えてくれという家ばかりだった。

びっくりしたのはそのことではない。その五通の手紙の中に、一つだけ、週二回で一万五千円を出していいという破格の条件を書いた人がいたからだ。代々木《よよぎ》上原《うえはら》に住む大田という家だった。

翌日、その家をたずねた。

夕暮だった。交番で名前をいうと、その家をすぐ教えてくれた。

新潟県から出てきた俺などは、門の中に入るのも気おくれがするような邸宅だった。テレビか映画にでも出てきそうな大きな車が塀つづきの車庫に入っていた。門から石段をあがると右に茶室のある日本家屋があり、左に少し古ぼけた洋館がみえた。

応接間に畏《かしこま》っていると、背のすらりとした髪のゆたかなうつくしい奥さんが出てきた。こちらはただ真赤になって、頭をペコンとさげるより仕方がなかった。

何を話したかもよく憶《おぼ》えていない。ただ俺は自分のワイシャツの袖口《そでぐち》がすりきれているのと、そんなに暑くもない五月なのに額からしきりに汗が吹きでるのにすっかり当惑していた。

「おしぼりで、おふきくださいな」

見かねた奥さんがそう言った。ポケットをさぐってもハンカチがなかったからである。

「子供は小学校五年ですけど……生憎《あいにく》、今日はお祖母《ばあ》ちゃまのところに行っていますの」

俺は帰りがけに、もう一度、その大きな門とガレージにおさまっている恰好《かっこう》のいい外車を見た。そしてこの車に、あの髪のゆたかなすらりとした奥さんが子供と一緒に乗るのかと思った。するとまた、俺のまぶたに病人の附添いをしながら俺を育てたお袋のくたびれた、哀しげな顔がうかんだ。


自分で自分のやっていることが恥ずかしいと思わぬようになった。むしろ、俺は下宿の老夫婦と話をしている時、自分はT大生だと信じているような時さえあった。

「そりゃ、お爺《じい》さんの息子さんの時代ならT大生も寮歌を歌ったりストームをやっていればよかったろうけど……それだからこそ戦争も起り、息子さんも軍隊に行ったんでしょう。ぼくら、今のT大生はね……」

時々、老人と学生ストについて議論することがある。老人が昔のT大生はあんなんじゃなかったのだと言う時は、

「学生も学校のなかで静かに勉強しているべき時代ではないと思うんですがね」

そう言いかえしながら俺はすっかりT大生にばけている自分に酔っていた。T大生気どりだった。

しかし電車やバスのなかで、あきらかに本当のT大生——ワイシャツのどこかに銀杏《いちょう》のバッジをつけるか、俺と同じように校章を示すバックルバンドの青年に出会うと、俺はあわてて眼をそらせ、体の向きを反対側に変えるのだった。そんな時劣等感と自己嫌悪のまじった感情が苦い胃液のように胸からこみあげてくるのだった。

煙草屋の老夫婦の家には一匹の犬がいた。スピッツと雑種の間に生れたらしく、顔形は一見、スピッツのようだが、どこか本物でない色がまじっていた。

「こいつ、本当のスピッツに散歩の途中、会うと、コソコソ首をたれるんだが……やはり自分がニセモノと知っているんですかねえ」

老人はある日、何げなしに俺にそう言い、その言葉は俺の胸をぐさりと針のようにさした。まるでこの犬に託して俺自身のことを言われているような感じだったのである。

お袋も叔父夫婦も俺のことを信じきっている。お袋からくる手紙には稚拙な字で今はどこに行っても鼻たかだかだ。病院でも患者さんたちからシノさん（母の名）は出来の

いい息子さんをもって倖《しあわ》せ者だと言われると書いてあった。そんなに悦《よろこ》んでいるお袋に、俺は東京での架空の学生生活を知らせねばならなかった。浪人三年のおかげでT大の学生生活については受験雑誌から知識をもっていたから、話をつくるには苦労しない。だが、苦痛なのは……母親をだましている自分の姿だった。

一週間後、家庭教師となった代々木上原の大田さんの家に行った。

「どうしたの、御挨拶《ごあいさつ》なさいよ」

外出前らしく奥さんは和服を着ていた。白足袋《しろたび》の白さが眼にしみた。まるで婦人雑誌に出てくるモデルのようだった。子供はその奥さんによく似ていた。半ズボンから出た足が仔鹿《こじか》のように長かった。

「算数がどうも弱いらしいのよ。先生にもそう言われましたし……」

一時間ほどその子にテストをしてみると不注意な間違いを幾つかやったが、頭は悪くない。噛《か》んでふくめるように教えると、ちゃんとわかるのだ。足音がした。

扉をあけたのは奥さんではなかった。小麦色のむきだしの肩と腕とをだした猫のような顔の娘が、さくらんぼを水色の皿にいっぱい盛って入ってきた。こちらはびっくりして椅子からたちあがった。

「あら、イヤだ、新入社員みたい」

猫のような顔をしたその娘は俺をからかった。

「お邪魔？」

「今、終ったところです」

「なら、あたし、ここにいていい」

「はあ」

俺が畏ると、

「姉はどうしても避けられない用事で外出したのよ。あなたってT大生ですって」

俺がうなずくとそばにあった椅子に腰をかけ、

「えらいなア」

まるで、まぶしいもののように眼を細めて俺の顔をじっと見つめた。

「あたしなんか、勉強のほう全然駄目。だから大学だって一度、落ちただけで諦《あきら》めちゃったけど」

そんなにじっと見つめられるのは苦痛だった。そして、それより彼女の短いスカートから組んだ太腿《ふともも》が見えるので、眼のやり場に俺は困っていた。

「T大生って本ばかり読んでムツかしいことばかり話してるんでしょ」

「そんなこと……ないです」

何だか、彼女が小麦色にやけた肩や腕や太腿を俺にわざと見せるために、この部屋に入ってきたような気がする。

「ボーリング、おやりになる」

首をふった。受験勉強、受験勉強でこの三年間、ボーリングどころではなかった。

「へえ。話せないんだなあ。T大生って」

「ぼくの場合、受験で……暇がなかったんです」

「なら、明後日《あさって》、行きましょうよ。教えてあげるわ」

半時間後、額の汗をぬぐいながら、大田さんの家を出た。浮き浮きとした気持をゆっくり嚙みしめ、黄昏《たそがれ》の陽のあたる商店街を駅にむかって歩いた。俺のようにあまり見栄えのしない青年をあの娘がなぜ誘ったのか、ふしぎだった。やっぱり、T大生という俺のニセの肩書きに彼女が興味をもったとしか考えられなかった。

(なんだ、あいつ)

ナオミというのが彼女の名だった。

下宿に戻ると、老人が道をはいていた。そのそばであの雑種の犬が俺を疑わしげな眼つきで眺めた。まるでこの犬だけが俺がニセ学生であることを知っているような眼つきだった。

外苑《がいえん》ボーリング場の前で待っていると、二十分ほど遅れてナオミは一人ではなく――俺と同じぐらいの男をつれて黄色いタクシーでやってきた。こちらは自分一人が誘いをうけたのだと信じきっていたから、真実、いい気持はしなかった。しかしナオミは平気で、

「あら、待たせたの。ごめんなさい。この人、角田さんというの」

俺をその男に紹介すると、こちらがハッとするようなことを言った。

「角田さんもT大生なのよ。二年生だって。でも彼もボーリングのほうは初めてだから、その点、同じね」

俺は角田から眼をそらせながら頭をさげた。真実とんでもない場所に来てしまったと思った。もしこの男から色々、学校について話しかけられたら、どう返事をしようという不安が胸を横切った。その俺の態度を向うは敵意と受けとったらしく、こちらを無視したように頭をさげただけで横をむいた。

ボーリング場のなかでも二人はよそよそしかった。ナオミだけがはしゃいで、ボールの投げ方、足の踏み出し方を絶えず、しゃべっていた。二人がはじめて言葉をかわしたのは、彼女が洗面所に行った時だった。

「君、今度のストに参加してますか」

と角田は不意に俺にきいた。

「いいえ」

俺はボールを持ったまま、ドギマギして答えた。汗が額に浮かぶのを感じた。

「なぜ」

「なぜって、まだ入学したばかりで」

「だって学生大会で説明きいたでしょう」

俺は流石に返事に窮した。これ以上、突っこまれればボロが次々と出るのは、わかっていた。

「ノン・ポリ派っていうのは困るなあ。じゃあ、柴田教授の学内声明を君どう思うんです」

「声明まだ読んでませんけど」

「え？　知らないって。今、一番、T大生が問題にしていることを知らないんですか」

俺は耳まで真赤になり、彼ははじめて疑わしそうにこちらの頭からつま先までじっと見つめた。この時、角田が俺に疑惑を持ったことは確かだった。

気まずい空気のなかにナオミが戻ってきたが、それ以後は彼女がいくら、はしゃいでも角田はムッツリした顔をしているだけだった。もちろん俺には二度と話しかけようとしなかった。

夕暮れごろ下宿に戻って俺は西陽のさしこむ畳に丸く寝ころがりながら考え続けた。角田はおそらく、俺が本当のT大生かどうかを調べるようにナオミに言うにちがいない。そしてナオミからそのことは奥さんに伝わるだろう。

いや、それだけではない。もし角田がシツコイ男なら学生名簿を調べただけで、俺の名が載っていないことを知るだろう。そして学生課でそれを警察に届けたならば、俺はサギ罪でつかまることになるかもしれない。

そうした想像が次から次へと俺の胸を不安と恐怖とで締めつけた。西陽が窓から退き、四畳半が夕闇につつまれると自分の人生のすべての破局が、もっとはっきりとまぶたに浮かんできた。事実を知った時のお袋の哀しみ、叔父《おじ》の怒り、故郷に戻れなくなった俺の姿が目に見えるようだった。

二日間、ほとんど何も手につかぬ状態で日をすごした。だが、煙草屋の老人は相変らず俺を信じきっていたし、警察から刑事はこなかったし、大田家から連絡もなかった。

かすかな安心がやっと胸に湧いてきた三日目、大田家に家庭教師に行こうか、どうか考えこんでいると、家主の老人が俺の名をよんだ。

「お客さんですよ」

ハッと思った。来るべきものが来たという感じだった。

観念して俺はゆっくり階段をおり、玄関のサンダルをひっかけた。果せるかな、角田が刑事のように眼つきの鋭い青年とそこにたっていた。

「君、話があるんだ。わかっているだろう」

角田はこちらの抗弁を押しかぶせるような声で言った。俺はチラッと家の内側をみて、

「ここでなく、外でしてくれませんか」

と言うと、眼つきの鋭い男が、

「いいだろう」

三人は黙って歩いた。角田ともう一人の男は俺が逃げないように両側からピタリとついてきた。

喫茶店のなかで俺が被告のようにオドオドと坐《すわ》ると、角田は小声で、

「おい、君はニセ学生だろう」

ズバリと言った。だまっていると、

「かくしたって駄目だ、調べはみんなついているんだから」

もう一人が煙草を口にくわえて脅した。

「そうだったら」俺はふてくされた。「どうするんですか」

「警察まで行ってもらってもいいんだぜ。今までこういう例は何度もあったし……。みんな警察につきだしたんだ。君の場合はT大生と偽って家庭教師をやっているんだからな。完全なサギ罪だよ。一年は臭い飯を食うんだぜ」

俺は眼前が真暗になるのを我慢しながら彼等の蒼白《そうはく》な顔を見あげた。二人ともT大生らしく頰がこけ、血ばしった眼をしていた。

「ゆるして下さい。ぼくは」

俺は卓子にふれんばかりに頭をすりつけて哀願した。

「浪人三年したんです。母一人、子一人なんです」

二人は不快な表情でその俺を見おろしていたが、やがて角田が吐き棄てるように、

「それじゃあ、何でも言うことをきくか」

「ええ、ききます。何でもやります」

「ほんとだな」

「ほんとです」

「じゃあ、俺たちに今からついてこい」

喫茶店を出るとタクシーに乗せられた。どこに行くのか、わからなかった。二人ともムッとした表情で黙っていたし、すっかり怯《おび》えた俺は口をきくことさえできぬ心理になっていたのだ。

青山《あおやま》をすぎて、車は右にまがった。電車通りにタクシーをとめて、角田は押すように俺を外に出した。

一軒のスナックの前で彼等はたちどまると、

「中に入れ」

と俺に命令した。

何の変哲もないスナックで客は一人もいなかった。ボーイが一人、コップをみがいていた。

「みんな上か」

と眼の鋭い青年がきいた。

「ああ」

ボーイが答えた。俺はミシミシと鳴る階段をのぼらされた。そして上りきった六畳に五、六人の青年たちが紙をひろげて何かを論じあっているのを見た。彼等の眼がいっせいに俺にそそがれた。

「連れてきたぜ」

「こいつか」

「ふん。似てる。こいつあ、いいや」

はじめ、何を言っているのかよくわからなかった。ただ怯え、オドオドとして俺は棒のように立っていた。だがやがて六人の青年のなかに一人、笑いもせず俺を凝視している男に気がついた。

似ていた。俺がびっくりするほど、この俺に似ていた。口をポカンとあけたまま、俺は奴の顔を眺めた。

「北里、そっくりだろ。あんたに」

「まあな、こいつに話したのか」

「まだだよ、委員長」

委員長とか北里という言葉で、鈍感な俺はやっと事情がのみこめた。T大のストライキの立役者で革ゲバ派の北里の名は俺だって聞いていたのだ。

「おい、こっちに来なよ」

青年たちの一人が俺に手まねきをした。彼等の汗くさい臭いと靴下の臭気がプンと鼻についた。

「お前、名は何んて言うんだ」

俺がうつむきながら名を言うと、

「ニセ学生だってな、そんなにT大に入りたいか、だが明日だけはお前も晴れてT大生にしてやるぜ、しかもこいつ、T大全共闘の委員長になれるんだからな」

と、嘲笑《ちょうしょう》とも侮蔑《ぶべつ》ともつかぬ声が六人の学生たちの間からどっと起った。まるでみなから、よってたかって、苛《さいな》まれている感じだった。

「おい、こいつをかぶれ」

一人の男が手ぬぐいと、部屋の隅にあったヘルメットとを俺に渡した。そして、ためらっている俺の体を、

「早くかぶらないかよ」

と、右手でこづいた。

言われた通りに、ヘルメットをかぶると、さっきよりももっと大きな笑い声が起きた。

「ぴったりじゃないか。北里」

「あんた、当分、こいつに委員長の役をゆずれよ」

「丈の高さはどうだ。問題だぜ」

俺は眼をあけた。逃げられるものなら、こっちから逃げだしたかった。しかし部屋の出口のそばで眼の鋭い男と角田とが壁にもたれて眠っていた。かすかな音をたてても、どちらかが、

「おい」

と俺を威嚇した。便所に行く時さえもどちらか一人がついてきた。

窓が白み、遠くでトラックの音がした。部屋のなかにはまだ煙草の臭いとトリス・ウイスキーの臭気とが充満していた。五時間前まで彼等が飲んでいたものである。彼等はそれを飲みながら明日——いやもう今日になっていた——今日の午前十一時から日比谷《ひびや》公園で開かれる首相訪米阻止のデモについて作戦をねっていた。神田《かんだ》でバリケードにしてとか、解放地区はここでとか、トロッキストとか、日和るとか、彼等特有の言葉が次々と飛びだしたが、一同は隅にいる俺をもう小石のように全く無視していた。

俺はそれらをぼんやり見つめながら、お袋のくたびれた顔を思いだしていた。それから合格発表の日に、母親と嬉《うれ》しそうに歩いていた受験生の顔を不意に心に甦《よみがえ》らせた。あの子供っぽい顔は今、どこで何をしているのだろう。

八時近く、二人がやっと眼をさました。そして角田が外に出て、牛乳とパンとを買ってきて、

「食え。ニセ学生」

と俺にわたした。こみあげてくる泪《なみだ》と一緒にそのパンを俺はのみこんだ。

そのあと二人は、紙の将棋をさしはじめたが、俺は将棋だけは自信があったからそれを遠くから見ていると、勝った眼の鋭いあの男が、

「おい、お前、できるか」

と言った。

俺は彼と駒をうごかした。俺が二度、待ったをしてやると彼は急にやさしい声で、

「お前も馬鹿なマネをせずに、来年は堂々と合格しろよ」

とつぶやいた。

十時少しまえ、昨夜はいなかった別の青年が階段の音をたてながら部屋に入ってきて、

「そろそろ時間だぜ」

すると角田は俺にジャンパーと手ぬぐいとヘルメットを手渡した。ジャンパーの中にヘルメットを包んで、俺は二人にはさまれ、スナックを出た。朝の光が眼に痛かった。

さっきの青年が古いブルーバードのハンドルを握っている。

日比谷に近づくにつれ、機動隊を乗せたトラックが数台、道に並んでいるのが見えた。

そして公園の柵《さく》のむこう、警官隊の列と白いワイシャツと、ヘルメット姿の学生の群れが眼にとびこんできた。

角田は俺を睨《にら》みながら、

「早く手ぬぐいで顔をかくせ、ヘルメットもかぶるんだ」

そして車をゆっくり、日比谷側の車道をまわらせた。

「やばいかな。こっちは」

「いや、かえってこの方がいいのさ。北里がまさか、堂々と現われるとは向うも考えていないからな」

三人とも俺と同じ格好をして車からおりると、その二人が俺の両腕をしっかり持ったまま歩きだした。手ぬぐいで口を覆っているので、警官隊は誰も俺が何者か気づきはしない。学生たちもふりかえりもしなかった。

公園のなかで大きな拍手と喚声とが幾度も幾度も学生たちの間から起っている。拡声器が「ヴェトナム戦争と核兵器反対」というシュプレヒコールを叫び、学生たちはそれに応じる。俺たち四人は一本の樹の下でそのどよめきが波のように高まり、波のように静まるのを何度も聞いた。

「五百人は集ったか」

「五百人じゃないぜえ。六、七百人はいる」

角田たちは学生の数を計算していた。

「緊急ニュース。諸君に今から朗報をお伝えします」

突然、ラウドスピーカーから大きな声がひびき、その声は少しだれはじめた学生たちの頭上をひろがった。

「反動警察の追求を巧みに逃れていた我等の北里T大委員長がただ今、ここに到着しています」

するとー瞬、ふかい沈黙が公園全体を支配し、それからウエーともウオーともつかぬ叫びが爆発した。

「行くんだ」

角田は俺を押していった。

「壇上に行ったらヘルメットと手ぬぐいをとるんだ」

俺は夢遊病者のように歩きはじめた。千人にちかい視線が俺のほうを注目し、一挙一動を待ちかまえていた。壇上にたつまで自分が何をしているのかわからなかった。嵐のような拍手がこちらにむかって注がれ、俺は眼前にほとんど憧《あこが》れにちかい眼でこっちを眺めている一人の女子学生の顔をみた。誰もが俺を浪人三年のニセT大生だとは知らなかった。

角田がそっと俺に紙を渡した。「T大生諸君、ぼくと一緒に叫ぼう」とそこに書いてあった。

「T大生諸君」と俺は突き出されたマイクにむかって叫んだ。「俺と一緒に叫ぼう」

機動隊の群が動きはじめた。

「ヴェトナム戦争反対」

「首相訪米と欺瞞《ぎまん》政策反対」

「首相訪米と欺瞞政策反対」

五百人のT大生たちが俺のために興奮し、陶酔していた。俺を自分たちの英雄として眺めていた。このニセ学生が、今、彼等にとって英雄だった。女子学生の一人が手で顔を覆って泣いていた。

「ヴェトナム戦争反対」

「ヴェトナム戦争反対」

俺はもうあいつらに強制されているから叫んでいるのではなかった。

俺は本当に自分がT大生になりきっているような錯覚と、一種の復讐《ふくしゅう》の快感に――俺を三度も落第させたT大学への一種の復讐の快感に酔っていた。

その時、背後で烈しく体と体がぶつかる音がした。そして一人の女の叫びがきこえた。三人の私服が壇上に駆けあがり、俺の腕をつかまえた。

「首相訪米と欺瞞政策反対」

学生たちは初めは何も気づかなかった。マイクを誰かが直しにきたのだと思ったらしかった。

しかし俺が叫びながら引きずられると彼等はシュプレヒコールを一斉にわめきながらこちらに向って走ってきた。彼等の英雄である俺を救うために……。

翌日、取調室で俺は手錠をはめられたまま、じっと腰かけていた。

むきだしの壁の一番たかい所に、窓があった。窓には鉄棒がはめてあった。さっきまで俺は黙秘しつづけ、たまりかねた刑事は、部屋を出ていったのだ。

だが、やがて廊下で足音がした。刑事は苦い顔をして部屋に入ってきた。

「おい、お前、ニセ者だってな」

俺は口に唾《つば》をためてうす笑いを浮かべた。

「お前は本当の北里じゃないんだろう。畜生、人を馬鹿にしやがって。大体、お前らT大生は……」

刑事はT大生の悪口を言いつづけていた。彼は俺を本当の北里ではないがT大生だとあくまで信じているのだった。俺は吹き出しそうになるのをじっと怺《こら》えながら口のなかの唾を飲みこんだ。

俺はその時、心のなかでもう来年はこんな大学は受けるのをよそう、故郷に戻り、叔《お》父《じ》の家で農作を手伝おうとぼんやり考えていた。

あとがき

この作品は、今から十年ほど前に「週刊新潮」に連載した「周作恐怖譚」――後に「蜘蛛」という題で本にした――と新作四編を合せたものである。
全国の幽霊屋敷を探検するというのは、私の年来の希望だったから、その時も実行したのだが、あれから十年。もし読者の中で新しい幽霊屋敷をご存知の方は、お手数でもお教え下さい。飛んでいって探検したいと思っています。

昭和四十五年一月

著　者

※編集部註　『蜘蛛――周作恐怖譚』は、一九五九年に新潮社より刊行。

解説

朝《あさ》宮《みや》運《うん》河《が》（書評家）

本書は一九五五年に「白い人」で芥川賞《あくたがわしょう》を受賞、『海と毒薬』『沈黙』など数々の名作で戦後文学に大きな足跡を遺した作家・遠藤周作《えんどうしゅうさく》が、一九七〇年に発表した短編集『遠藤周作怪奇小説集』（講談社文庫版では『怪奇小説集』と改題／以下『怪奇小説集』）を改題のうえ、角川文庫として刊行したものである。

収録作のうち「三つの幽霊」から「鉛色の朝」までの十一編は、一九五九年刊の短編集『蜘蛛——周作恐怖譚』（以下『蜘蛛』）に収められたもの。そこに「霧の中の声」から「ニセ学生」までの四編をつけ加える形で刊行された『怪奇小説集』は、純文学からユーモアエッセイまで幅広い領域で活躍した著者の人気作のひとつとして、長年多くの読者に親しまれてきた。

しかし近年はロングセラーを誇ってきた講談社文庫版が品切れとなり、電子書籍以外でのアクセスが難しい状況となっていた。著者没後二十五年にあたる今年、日本のホラー小説を語るうえでは欠かすことのできない名作『怪奇小説集』が、こうして装いも新たに甦《よみがえ》ったことはたいへん喜ばしい。

ところで『怪奇小説集』というタイトルに関して、若干の説明を加えておくべきかもしれない。というのも十五の収録作には純粋な意味での〈怪奇小説〉、すなわち超自然的な恐怖を扱った小説の他に、サスペンスやブラックユーモア、犯罪奇譚、奇妙な味の小説など、さまざまなジャンルが含まれているからだ。これらのジャンルはすべて、遠藤周作の中で広義の〈恐怖譚〉として認識されていたものと思《おぼ》しい。

もっとも著者の怪奇幻想方面への興味は、決して表面的なものではなかった。『蜘蛛』の「あとがき」から、著者の怪談嗜《し》好《こう》がうかがわれる部分を引用しておこう。

だれだって怪談とか怪奇談とかは大好きなはずである。ぼくも夏の夜など寝ころんでそんな話をきくのがたまらなく好きである。

話だけではなく好奇心の強い者はそういう怪談がひめられた場所や幽霊屋敷を探検したい気持になる。幸いこの本を書くためにそういう好奇心を満足させる好機会をえたのでぼくは、大悦びだった。

さて、バラエティ豊かな本書にあってひときわ印象的なのが、著者自身の体験や取材をもとにしたルポルタージュ風の小説である。

中でも巻頭に置かれた「三つの幽霊」は周作怪談の代表作として、くり返しアンソロジーに採られてきた折り紙付きの逸品だ。フランスのホテルと学生寮、そして友人で作家の三浦朱門《みうらしゅもん》とともに宿泊した熱海《あたみ》の旅館での恐怖体験を達意の語り口で再現したこの作品は、発表後半世紀以上経った今なお読者を戦慄《せんりつ》させずにはおかない。

熱海での一夜については作中にもあるとおり、三浦朱門も当事者としてエッセイを発表しており、この事件がいかに衝撃的なものだったかをうかがわせる。著名な作家が二人揃《そろ》って怪異に遭遇したというケースは文学史上ほとんど例がなく、つくづく興味が尽きない。

著者がカメラマンらとともに熱海の宿を再訪する「私は見た」、名古屋《なごや》の曰《いわ》くつきの妓楼《ぎろう》で怪談を検証する「時計は十二時にとまる」は、「三つの幽霊」を受けて書かれた怪談ルポルタージュ。とぼけた味わいの一人称語りが、生々しい恐怖を表現するうえで絶妙な効果をあげている。いわゆる〈実話系ホラー〉のはるかな先駆としても、これらは注目すべき試みであった。

その他の収録作についても、モチーフ・テーマごとに解説を加えておこう。「蜘蛛」は「三つの幽霊」と並んで高い知名度を誇る、遠藤ホラーのもうひとつの代表作。叔父《おじ》に誘われて出席した怪談会の帰り道、著者はタクシーに乗り合わせた男から薄気味の悪い話を聞かされる。ショッキングな幕切れが一読忘れがたい奇譚である。

本書にはこの他にも、フランスの残酷劇〈グラン・ギニョル〉を彷彿《ほうふつ》させるような生理的恐怖を扱った作品が収められている。悲惨な子殺し事件をドキュメンタリータッチで紹介する「あなたの妻も」、留守番のアルバイトをする学生の疑惑と恐怖を描いた

「針」、ジプシー（ロマ）女性との結婚の誓いを破った男がおぞましい運命に見舞われる「ジプシーの呪」。昭和四十年代の時代風俗を取り入れながら、ドラキュラ伝説をユニークに料理した「甦ったドラキュラ」も、この系統に含めることができる。

ところで怪奇小説に詳しい方ならば、「ジプシーの呪」のクライマックスが、アメリカ人作家E・L・ホワイトの「ルクンド」（別邦題「こびとの呪」）に似ていることにお気づきだろう。同作が収録されたアンソロジー『幻想と怪奇2　英米怪談集』『世界恐怖小説全集7　こびとの呪』がともに遠藤周作の蔵書目録に掲載されていることから、ホワイト作品が「ジプシーの呪」に何らかの影響を及ぼしたのではと推測したくなる。海外怪奇小説と遠藤文学の関わりについては、さらなる研究が待たれるところだろう。

軽妙洒脱《しゃだつ》な語りが冴《さ》える本書だが、一方で戦争の惨禍があちこちに暗い影を落としている。気弱なサラリーマンが不気味な追跡者に怯《おび》える「鉛色の朝」や、汽車の中でかつての上官と部下が再会を果たす「初年兵」が描いているのは、明るい戦後社会の中で薄れつつあった過去の忌まわしい記憶だ。

これらとパラレルな関係にあるのが、無意識やもうひとりの自分への怯えを描いた現代版「ジキルとハイド」ともいうべき一連の作品である。格安の中古カメラを手にした男が邪悪なものに触れる「黒痣」、情熱的な生き方に憧《あこが》れながらも夫との退屈な生活に甘んじている主婦が、奇妙な夢によって心のバランスを崩してゆく「霧の中の声」、エリート大学生を装った男の悲劇「ニセ学生」は、人間の罪や悪を凝視してきたカトリック作家・遠藤周作ならではの恐怖譚かもしれない。
「生きていた死者」は文学賞受賞者が一躍マスコミの寵児《ちょうじ》となるという、現代でもおなじみの光景を取りあげつつ、死者の執念を描いた佳品。戦後の混乱期、当時の国鉄総裁が謎の轢死《れきし》を遂げたという未解決事件（下山事件。作中では霜山事件）を背景にした「月光の男」も、生者と死者の接近を描いた作品だ。

以上十五編を通読してあらためて思うのは、著者の卓越したストーリーテラーぶりである。そして読者の懐にすっと入りこんでくるような語り口の巧《うま》さ。これらが怪奇小説を執筆するうえで、大きな武器となっていることは間違いないだろう。小説の名手は往々にして怪談の名手でもあるが、遠藤周作はまさにそのタイプの作家であった。『怪奇小説集』刊行後も、著者は見えない世界への関心を持ち続けている。一九八〇年代の『真昼の悪魔』『悪霊の午後』『妖女のごとく』などの長編には、本書と響き合うようなオカルト的・超心理的なモチーフが積極的に取りあげられた。晩年の一九九四年には、第一回日本ホラー小説大賞の最終選考委員も務めているが、これもまた『蜘蛛』以来変わることのない、未知の世界への〈好奇心〉の発露であったに違いない。

本書が背景としているのは一九六〇年代から七〇年代の日本社会であり、今日とはモラルやジェンダー観が当然異なっている。とはいえ怪しくも奇妙な物語の魅力は、決して古びてはいない。達意の名人芸をどうか楽しんでいただきたい。

本書は一九七三年十一月、講談社文庫より『怪奇小説集』として刊行されたものを、著作権継承者の了解を得て改題しました。

本書には、南支那、ジプシー、三国人、ウスノロ、白痴、せむし男、トルコ風呂、淫売婦といった、今日の人権擁護の見地に照らして、使うべきではない語句、ならびに不適切と思われる表現がありますが、執筆当時の時代背景や社会世相、また、著者が故人であることを考慮の上、原文のままとしました。差別や人権について考えるきっかけになればと考えます。

（編集部）

怪《かい》奇《き》小《しよう》説《せつ》集《しゅう》

蜘《く》蛛《も》

遠《えん》藤《どう》周《しゅう》作《さく》

令和3年 8月25日　初版発行
令和6年 12月10日　11版発行

発行者●山下直久

発行●株式会社KADOKAWA
〒102-8177　東京都千代田区富士見2-13-3
電話　0570-002-301(ナビダイヤル)

角川文庫 22780

印刷所●株式会社KADOKAWA
製本所●株式会社KADOKAWA

表紙画●和田三造

◎本書の無断複製（コピー、スキャン、デジタル化等）並びに無断複製物の譲渡および配信は、著作権法上での例外を除き禁じられています。また、本書を代行業者等の第三者に依頼して複製する行為は、たとえ個人や家庭内での利用であっても一切認められておりません。
◎定価はカバーに表示してあります。

●お問い合わせ
https://www.kadokawa.co.jp/ (「お問い合わせ」へお進みください)
※内容によっては、お答えできない場合があります。
※サポートは日本国内のみとさせていただきます。
※Japanese text only

©Shusaku Endo 1970, 1973, 2021　Printed in Japan
ISBN 978-4-04-111637-1　C0193

角川文庫発刊に際して

角川源義

第二次世界大戦の敗北は、軍事力の敗北であった以上に、私たちの若い文化力の敗退であった。私たちの文化が戦争に対して如何に無力であり、単なるあだ花に過ぎなかったかを、私たちは身を以て体験し痛感した。西洋近代文化の摂取にとって、明治以後八十年の歳月は決して短かすぎたとは言えない。にもかかわらず、近代文化の伝統を確立し、自由な批判と柔軟な良識に富む文化層として自らを形成することに私たちは失敗して来た。そしてこれは、各層への文化の普及滲透を任務とする出版人の責任でもあった。

一九四五年以来、私たちは再び振出しに戻り、第一歩から踏み出すことを余儀なくされた。これは大きな不幸ではあるが、反面、これまでの混沌・未熟・歪曲の中にあった我が国の文化に秩序と確たる基礎を齎らすためには絶好の機会でもある。角川書店は、このような祖国の文化的危機にあたり、微力をも顧みず再建の礎石たるべき抱負と決意とをもって出発したが、ここに創立以来の念願を果すべく角川文庫を発刊する。これまで刊行されたあらゆる全集叢書文庫類の長所と短所とを検討し、古今東西の不朽の典籍を、良心的編集のもとに、廉価に、そして書架にふさわしい美本として、多くのひとびとに提供しようとする。しかし私たちは徒らに百科全書的な知識のジレッタントを作ることを目的とせず、あくまで祖国の文化に秩序と再建への道を示し、この文庫を角川書店の栄ある事業として、今後永久に継続発展せしめ、学芸と教養との殿堂として大成せんことを期したい。多くの読書子の愛情ある忠言と支持とによって、この希望と抱負とを完遂せしめられんことを願う。

一九四九年五月三日

角川文庫ベストセラー

海と毒薬　遠藤周作

腕は確かだが、無愛想で一風変わった中年の町医者、勝呂。彼には、大学病院時代の忌わしい過去があった。第二次大戦時、戦慄的な非人道的行為を犯した日本人。その罪責を根源的に問う、不朽の名作。

ぐうたら生活入門　遠藤周作

柿生の山里に庵を結ぶ狐狸庵山人が、つれづれなるまに筆をとった〝ぐうたら人生論〟。山人一流の機知と諧謔、鋭い人間洞察のその先で、真摯に謙虚に生きることへのすすめをこめたユーモアエッセイ。

恋愛とは何か
初めて人を愛する日のために　遠藤周作

愛についてのエッセイ・方法論は数多い。本書は豊かな恋愛経験と古今東西の文学に精通する著者が、わかりやすく男女間の心の機微を鋭く解明した、全女性必読の愛のバイブル。

おバカさん　遠藤周作

銀行員・隆盛を頼って、昔のペン・フレンドが日本にやって来るという。現れたのはナポレオンの子孫と自称する、馬面の青年だった。臆病で無類のお人好しのガストンは、行く先々で珍事件を巻き起こすが……。

舞踏会・蜜柑　芥川龍之介

夜空に消える一閃の花火に人生を象徴させる「舞踏会」や、見知らぬ姉妹の情に安らぎを見出す「蜜柑」。表題作の他、「沼地」「竜」「疑惑」「魔術」など大正8年の作品計16編を収録。

角川文庫ベストセラー

藪の中・将軍
芥川龍之介

山中の殺人に、4人が状況を語り、3人の当事者が証言するが、それぞれの話は少しずつ食い違う。真理の絶対性を問う「藪の中」、神格化の虚飾を剝ぐ「将軍」。大正9年から10年にかけての計17作品を収録。

羅生門・鼻・芋粥
芥川龍之介

荒廃した平安京の羅生門で、死人の髪の毛を抜く老婆の姿に、下人は自分の生き延びる道を見つける。表題作「羅生門」をはじめ、初期の作品を中心に計18編。芥川文学の原点を示す、繊細で濃密な短編集。

蜘蛛の糸・地獄変
芥川龍之介

地獄の池で見つけた一筋の光はお釈迦様が垂らした蜘蛛の糸だった。絵師は愛娘を犠牲にして芸術の完成を追求する。両表題作の他、「奉教人の死」「邪宗門」など、意欲溢れる大正7年の作品計8編を収録する。

河童・戯作三昧
芥川龍之介

芥川が自ら命を絶った年に発表され、痛烈な自虐と人間社会への風刺である「河童」、江戸の戯作者に自己を投影した「戯作三昧」の表題作他、「或日の大石内蔵之助」「開化の殺人」など著名作品計10編を収録。

杜子春
芥川龍之介

人間らしさを問う「杜子春」、梅毒に冒された15歳の南京の娼婦を描く「南京の基督」、姉妹と従兄の三角関係を叙情とともに描く「秋」他「黒衣聖母」「或敵打の話」などの作品計17編を収録。

角川文庫ベストセラー

トロッコ・一塊の土　芥川龍之介

写実の奥を描いたと激賞される「トロッコ」、一つの事件に対する認識の違い、真実の危うさを冷徹な眼差しで綴った「報恩記」、農民小説「一塊の土」ほか芥川文学の転機と言われる中期の名作21篇を収録。

或阿呆の一生・侏儒の言葉　芥川龍之介

時代を先取りした「見えすぎる目」がもたらした悲劇。自らの末期を意識した凄絶な心象が描かれた遺稿「歯車」「或阿呆の一生」、最後の評論「西方の人」、箴言集「侏儒の言葉」ほか最晩年の作品を収録。

青の炎　貴志祐介

秀一は湘南の高校に通う17歳。女手一つで家計を担う母と素直で明るい妹の三人暮らし。その平和な生活を乱す闖入者がいた。警察も法律も及ばず話し合いも成立しない相手を秀一は自ら殺害することを決意する。

硝子のハンマー　貴志祐介

日曜の昼下がり、株式上場を目前に、出社を余儀なくされた介護会社の役員たち。厳重なセキュリティ網を破り、自室で社長は撲殺された。凶器は？　殺害方法は？　推理作家協会賞に輝く本格ミステリ。

狐火の家　貴志祐介

築百年は経つ古い日本家屋で発生した殺人事件。現場は完全な密室状態。防犯コンサルタント・榎本と弁護士・純子のコンビは、この密室トリックを解くことができるか!?　計4編を収録した密室ミステリの傑作。

角川文庫ベストセラー

鍵のかかった部屋　貴志祐介

防犯コンサルタント（本職は泥棒？）・榎本と弁護士・純子のコンビが、4つの超絶密室トリックに挑む。表題作ほか「佇む男」「歪んだ箱」「密室劇場」を収録。防犯探偵・榎本シリーズ、第3弾。

ミステリークロック　貴志祐介

外界から隔絶された山荘での晩餐会の最中、超高級時計コレクターの女主人が変死を遂げた。居合わせた防犯コンサルタント・榎本と弁護士・純子のコンビは事件の謎に迫るが……。

コロッサスの鉤爪　貴志祐介

夜の深海に突然引きずり込まれ、命を落とした元ダイバー。現場は、誰も近づけないはずの海の真っただ中。海洋に作り上げられた密室に、奇想の防犯探偵・榎本が挑む！（「コロッサスの鉤爪」）他1篇収録。

ダークゾーン　(上)(下)　貴志祐介

何だこれは⁉　プロ棋士の卵・塚田が目覚めたのは闇の中。しかも赤い怪物となって。そして始まる青い軍勢との戦い。軍艦島で繰り広げられる壮絶バトルの行方と真相は⁉　最強ゲームエンターテインメント！

狂王の庭　小池真理子

「僕があなたを恋していること、わからないのですか」昭和27年、国分寺。華麗な西洋庭園で行われた夜会で、彼はまっしぐらに突き進んできた。庭を作る男と美しい人妻。至高の恋を描いた小池ロマンの長編傑作。

角川文庫ベストセラー

青山娼館 小池真理子

東京・青山にある高級娼婦の館「マダム・アナイス」。そこは、愛と性に疲れた男女がもう一度、生き直す聖地でもあった。愛娘と親友を次々と亡くした奈月は、絶望の淵で娼婦になろうと決意する――。

二重生活 小池真理子

大学院生の珠は、ある思いつきから近所に住む男性・石坂を尾行、不倫現場を目撃する。他人の秘密に魅了された珠は観察を繰り返すが、尾行は珠と恋人との関係にも影響を及ぼしてゆく。蠱惑のサスペンス！

仮面のマドンナ 小池真理子

爆発事故に巻き込まれた寿々子は、ある悪戯が原因で、玲奈という他人と間違えられてしまう。後遺症で意思疎通ができない寿々子、〝玲奈〟の義母とその息子――陰気な豪邸で、奇妙な共同生活が始まった。

白痴・二流の人 坂口安吾

敗戦間近。かの耐乏生活下、独身の映画監督と白痴女の奇妙な交際を描き反響をよんだ「白痴」。優れた知略を備えながら二流の武将に甘んじた黒田如水の悲劇を描く「二流の人」等、代表的作品集。

堕落論 坂口安吾

「堕ちること以外の中に、人間を救う便利な近道はない」。第二次大戦直後の混迷した社会に、かつての倫理を否定し、新たな考え方を示した『堕落論』。安吾を時代の寵児に押し上げ、時を超えて語り継がれる名作。

角川文庫ベストセラー

不連続殺人事件　坂口安吾

詩人・歌川一馬の招待で、山奥の豪邸に集まった様々な男女。邸内に異常な愛と憎しみが交錯するうちに、血が血を呼んで、恐るべき八つの殺人が生まれた——。第二回探偵作家クラブ賞受賞作。

肝臓先生　坂口安吾

戦争まっただなか、どんな患者も肝臓病に診たてたことから〝肝臓先生〟とあだ名された赤木風雲。彼の滑稽にして実直な人間像を描き出した感動の表題作をはじめ五編を収録。安吾節が冴えわたる異色の短編集。

明治開化　安吾捕物帖　坂口安吾

文明開化の世に次々と起きる謎の事件。それに挑むのは、紳士探偵・結城新十郎とその仲間たち。そしてなぜか、悠々自適の日々を送る勝海舟も介入してくる……世相に踏み込んだ安吾の傑作エンタテイメント。

続　明治開化　安吾捕物帖　坂口安吾

文明開化の明治の世に次々起こる怪事件。その謎を鮮やかに解くのは英傑・勝海舟と青年探偵・結城新十郎。果たしてどちらの推理が的を射ているのか？　安吾が描く本格ミステリ12編を収録。

こんな女もいる　佐藤愛子

「自分は全然わるくないのに、男のせいで、こんなに苦しめられている……」女は被害者意識が強すぎる。失恋が何ですか。心の痛手が貴女の人生を豊かにするのです。痛快、愛子女史の人生論エッセイ。

角川文庫ベストセラー

こんな老い方もある　佐藤愛子

人間、どんなに頑張ってもやがては老いて枯れるもの。どんな事態になろうとも悪あがきせずに、ありのままに運命を受け入れて、上手にゆこうではありませんか。美しく歳を重ねて生きるためのヒント満載。

空の青さをみつめていると　谷川俊太郎詩集Ⅰ　谷川俊太郎

1952年に第1詩集『二十億光年の孤独』で鮮烈な衝撃を与え、日本を代表する詩人となった著者の1950年代～60年代の代表作を厳選した詩集が、読みやすくなって再登場！　著者によるあとがきも収録。

朝のかたち　谷川俊太郎詩集Ⅱ　谷川俊太郎

日本を代表する詩人・谷川俊太郎の1970年代～80年代前半までの代表作を精選した文庫版詩集、第2弾。「ことばあそびうた」「わらべうた」「みみをすます」など、日本語の豊かさとリズムに満ちた1冊。

時をかける少女〈新装版〉　筒井康隆

放課後の実験室、壊れた試験管の液体からただよう甘い香り。このにおいを、わたしは知っている――思春期の少女が体験した不思議な世界と、あまく切ない想いを描く。時をこえて愛され続ける、永遠の物語！

日本以外全部沈没　パニック短篇集　筒井康隆

地球の大変動で日本列島を除くすべての陸地が水没！　日本に殺到した世界の政治家、ハリウッドスターなどが日本人に媚びて生き残ろうとするが。時代を超越した筒井康隆の「危険」が我々を襲う。

角川文庫ベストセラー

陰悩録
リビドー短篇集
筒井康隆

風呂の排水口に○○タマが吸い込まれたら、自慰行為のたびにテレポートしてしまったら、突然家にやってきた弁天さまにセックスを強要されたら。人間の過剰な「性」を描き、爆笑の後にもの哀しさが漂う悲喜劇。

夜を走る
トラブル短篇集
筒井康隆

アル中のタクシー運転手が体験する最悪の夜、三ヵ月以上便通のない男の大便の行き先、デモに参加した女子大生を匿う教授の選択……絶体絶命、不条理な状況に壊れていく人間たちの哀しくも笑える物語。

佇むひと
リリカル短篇集
筒井康隆

社会を批判したせいで土に植えられ樹木化してしまった妻との別れ。誰も関心を持たなくなったオリンピックで黙々と走る男。現代人の心の奥底に沈んでいた郷愁、感傷、抒情を解き放つ心地よい短篇集。

ビアンカ・オーバースタディ
筒井康隆

ウニの生殖の研究をする超絶美少女・ビアンカ北町。彼女の放課後《オーバースタディ》は、ちょっと危険な生物学の実験研究にのめりこむ、生物研究部員。そんな彼女の前に突然、「未来人」が現れて――！

にぎやかな未来
筒井康隆

「超能力」「星は生きている」「最終兵器の漂流」「怪物たちの夜」「007入社す」「コドモのカミサマ」「無人警察」「にぎやかな未来」など、全41篇の名ショートショートを収録。

角川文庫ベストセラー

偽文士日碌　筒井康隆

農協月へ行く　筒井康隆

幻想の未来　筒井康隆

霊長類 南へ　筒井康隆

アフリカの爆弾　筒井康隆

後期高齢者にしてライトノベル執筆。芸人とのテレビ番組収録、ジャズライヴとSF読書、美食、文学賞選考の内幕、アキバでのサイン会。リアルなのにマジカル、何気ない一コマさえも超作家的な人気ブログ日記。

ご一行様の旅行代金は一人頭六千万円、月を目指して宇宙船ではどんちゃん騒ぎ、着いた月では異星人とコンタクトしてしまい、国際問題に……⁉　シニカルな笑いが炸裂する標題作など短篇七篇を収録。

放射能と炭疽熱で破壊された大都会。極限状況で出逢った二人は、子をもうけたが。進化しきった人間の未来、生きていくために必要な要素とは何か。表題作含む、切れ味鋭い短篇全一〇編を収録。

新聞記者・澱口が恋人の珠子と過ごしていた頃、合衆国大統領は青くなっていた。日本と韓国、ソ連に原爆が落ちたのだ。ソ連はミサイルで応戦。澱口と珠子は、人類のとめどもない暴走に巻き込まれ——。

それぞれが違う組織のスパイとわかった家族の末路（「台所にいたスパイ」）。アフリカの新興国で、核弾頭ミサイルを買う場に ついて行くことになった日本人セールスマンは（「アフリカの爆弾」）。12編の短編集。

角川文庫ベストセラー

ホンキイ・トンク　筒井康隆

関西弁で虚実が入り乱れる「オナンの末裔」、老私小説作家の脱線を劇中劇で描いた「小説「私小説」」ほか、「君発ちて後」「ワイド仇討」「断末魔酔狂地獄」「ホンキイ・トンク」等、全8篇を収録。

日本列島七曲り　筒井康隆

おれの乗ったタクシーは渋滞に巻き込まれた。今日、大阪で挙げる自分の結婚式に間に合わなくなったら大変だ。仕方ないから、飛行機で大阪まで、と思ったら、その飛行機がハイ・ジャックされて……。異色短編集。

ウィークエンド・シャッフル　筒井康隆

硫黄島の回顧談が白熱した銀座のクラブは戦場と化し（『蝶』の硫黄島」）。子供が誘拐され、主人が行方不明になった家に入った泥棒が、主人の役を演じ始め……（「ウィークエンド・シャッフル」）。全13篇。

家出のすすめ　寺山修司

愛情過多の父母、精神的に乳離れできない子どもにとって、本当に必要なことは何か？「家出のすすめ」「悪徳のすすめ」「反俗のすすめ」「自立のすすめ」と四章にわたり現代の矛盾を鋭く告発する寺山流青春論。

書を捨てよ、町へ出よう　寺山修司

平均化された生活なんてくそ食らえ。本も捨て、町に飛び出そう。家出の方法、サッカー、ハイティーン詩集、競馬、ヤクザになる方法……、天才アジテーター・寺山修司の100％クールな挑発の書。

角川文庫ベストセラー

ポケットに名言を　寺山修司

世に名言・格言集の類は数多いけれど、これほど型破りな名言集はきっとない。歌謡曲から映画の名セリフ。思い出に過ぎない言葉が、ときに世界と釣り合うことさえあることを示す型破りな箴言集。

不思議図書館　寺山修司

けた外れの好奇心と独特の読書哲学をもった「不思議図書館」館長の寺山修司が、古本屋の片隅や古本市で見つけた不思議な本の数々。少女雑誌から吸血鬼の文献資料まで、奇書・珍書のコレクションを大公開！

あゝ、荒野　寺山修司

60年代の新宿。家出してボクサーになった〝バリカン〟こと二木建二と、ライバル新宿新次との青春を軸に、セックス好きの曽根芳子ら多彩な人物で繰り広げられる、ネオンの荒野の人間模様。寺山唯一の長編小説。

すじぼり　福澤徹三

ひょんなことからやくざ事務所に出入りすることになった亮。時代に取り残され、生きる道を失っていく昔ながらの組の運命を、人生からドロップアウトしかけた青年の目を通して描く、瑞々しい青春極道小説。

真夜中の金魚　福澤徹三

ツケを払わん奴は盗人や。ぼんぼん追い込みかけんかい！　社長が吠えたその日から、バーの名ばかりチーフのおれの災難は始まった。北九州のネオン街に生きる男達の疾走する生き様を描く異色の青春物語！

角川文庫ベストセラー

注文の多い料理店　宮沢賢治

二人の紳士が訪れた山奥の料理店「山猫軒」。扉を開けると、「当軒は注文の多い料理店です」の注意書きが。岩手県花巻の畑や森、その神秘のなかで育まれた九つの物語からなる童話集を、当時の挿絵付きで。

セロ弾きのゴーシュ　宮沢賢治

楽団のお荷物のセロ弾き、ゴーシュ。彼のもとに夜ごと動物たちが訪れ、楽器を弾くように促す。鼠たちはゴーシュのセロで病気が治るという。表題作の他、「オツベルと象」「グスコーブドリの伝記」等11作収録。

銀河鉄道の夜　宮沢賢治

漁に出たまま不在がちの父と病がちな母を持つジョバンニは、暮らしを支えるため、学校が終わると働きに出ていた。そんな彼にカムパネルラだけが優しかった。ある夜二人は、銀河鉄道に乗り幻想の旅に出た——。

風の又三郎　宮沢賢治

谷川の岸にある小学校に転校してきたひとりの少年。その周りにはいつも不思議な風が巻き起こっていた——落ち着かない気持ちに襲われながら、少年にひかれてゆく子供たち。表題作他九編を収録。

蛙のゴム靴　宮沢賢治

宮沢賢治の、ちいさくてうつくしい世界が、新装版でよみがえる。森の生きものたちをみつめ、生きとし生けるすべてのいのちをたたえた、心あたたまる短編集。